W0023682

LE DERNIER MESSAGE

Nicolas Beuglet

LE DERNIER MESSAGE

Roman

© XO Éditions, 2020
ISBN : 978-2-37448-213-2

*À ma formidable femme, Caroline,
avec laquelle j'espère transmettre le meilleur des messages
à nos tout aussi formidables filles, Éva et Juliette.*

– 1 –

Dans l'obscure ruelle, une lumière filtra à travers un volet d'un des petits immeubles en pierre. La lueur n'était pas franche, vacillante, mais suffisante pour dessiner les contours de la fenêtre rectangulaire encadrée de colonnades victoriennes.

Plutôt que le brutal et synthétique éclairage électrique, Grace aimait la douceur du feu pour son réveil quotidien à trois heures du matin. Dans sa chambre, assise sur le rebord de son lit, elle contemplait la flamme de sa lanterne en attendant qu'elle se stabilise.

Le déliement de ses doigts de pied engourdis fit craquer le plancher et la tira de sa rêverie. Comme saisie d'une inquiétude subite, elle s'accroupit pour ouvrir le tiroir de sa table de chevet, avant de se raviser en secouant la tête. Tu sais bien qu'elle est encore là, se dit-elle intérieurement. Elle s'empara de sa lanterne et s'arrêta devant sa fenêtre. Des ombres branchues griffaient les vitres et derrière, se découpant dans le halo de la lune, s'élevait la haute tour de l'université de Glasgow, que Grace admira avec envie pendant quelques instants.

Puis, sa lumière suspendue à la main tel un crochet, elle entra dans son salon, goûta la douceur feutrée des tapis sous ses pieds et huma l'air. À l'exception d'une paroi de la largeur d'une porte couverte par un rideau, chaque mur n'était qu'une bibliothèque aux rayonnages emplis de livres dont l'odeur rassurante de vieux papier imprégnait la pièce. Grace balaya du regard chaque étagère, savourant la présence silencieuse des seules vies qu'elle avait autorisées à partager la sienne. Les volumes s'étaient même invités sur des planches fixées à la porte d'entrée, comme autant de gardiens de son foyer.

En prenant soin de marcher à pas mesurés pour ne pas réveiller les voisins, Grace alluma une à une les lampes du salon, éteignit sa lanterne, et, vêtue de son pyjama en soie qui noyait ses formes dans un flottement d'étoffes, elle s'allongea sur le tapis près de la table basse pour entamer ses exercices de Pilates avec une rigueur professorale. Elle était parvenue à profondément renforcer sa ceinture abdominale. Notamment pour augmenter ses chances de résister à la brutalité de certaines situations qu'elle rencontrait dans son métier.

Trente minutes plus tard, elle s'observait dans le miroir de la salle de bains. Des triangles de chaleur dessinaient outrageusement le contour de ses joues, lui rappelant la tête ronde et brillante de sueur qui lui avait valu les moqueries de quelques collègues abrutis lors de sa récente époque obèse. Aujourd'hui, à trente-deux ans, sa poitrine avait conservé un peu de cette générosité et sa taille était plus *féminine que magazine* comme elle s'amusait à le penser parfois. Certains auraient dit qu'elle devrait perdre encore deux ou trois kilos, tandis que d'autres auraient trouvé qu'elle était une belle et vraie femme. D'ailleurs, son visage offrait de jolis traits, et ses lèvres, aux extrémités étirées et relevées en vaguelettes rebondies, attiraient autant le regard que ses grands yeux noisette qui semblaient vous caresser. Quant à ses mains potelées, elles s'étaient allongées et avaient acquis une discrète délicatesse.

Grace pencha la tête sur le côté et ses longs cheveux châtains glissèrent dans son cou. Elle venait de repérer un pli abdominal plus épais qu'elle ne l'aurait imaginé. En haussant les épaules, elle ironisa en décidant qu'elle avait son poids de *formes*.

Elle retourna dans sa chambre sur la pointe des pieds, et ouvrit son armoire à vêtements. À droite, quelques robes, jeans et chemises aux couleurs foncées. À gauche, alignés tels des militaires en uniforme, cinq tailleurs-pantalons similaires attendaient au garde-à-vous sur leurs cintres.

Grace était sur le point d'en choisir un, avant de s'installer dans le canapé avec un thé et un livre, lorsqu'elle suspendit son geste et regarda en direction du mur en face de son lit. Soucieuse, elle s'approcha discrètement de la paroi. Cela recommençait. Immobile, elle écouta le bruit qui parvenait jusqu'à elle par cascades étouffées. Des sanglots. D'un homme. Comme souvent au cœur des heures les plus profondes de la nuit, depuis près d'un an.

Que lui était-il arrivé ? À quoi ressemblait-il ? Grace l'ignorait. Elle ne l'avait jamais croisé, probablement parce que leurs horaires d'activité n'étaient pas les mêmes. Mais comme chaque fois, elle s'adossa au mur. Et, dans le silence troublé par les pleurs de l'inconnu, elle fredonna une berceuse en dodelinant joliment de la tête. Les notes n'étaient pas toutes justes, mais les vibrations de sa poitrine se communiquaient à la cloison alors qu'elle accompagnait d'un index virevoltant chacune des paroles qui s'échappaient d'entre ses lèvres. Vieux souvenir d'enfance, sa douce comptine racontait comment Marie demandait aux anges de veiller sur son fils. Une mélodie qu'elle s'était si souvent chantée à elle-même dans les moments les plus sombres de sa vie.

Et bientôt, les plaintes de la pièce voisine s'espacèrent, la douleur parut s'assoupir et le silence molletonné de la nuit réinvestit l'espace.

Grace se redressa avec la précaution d'une mère s'éloignant du lit de son enfant endormi, prit un de ses tailleurs, enfila son holster, s'habilla, accrocha des menottes à sa ceinture, glissa un anneau d'argent à son pouce et s'agenouilla devant la table de chevet. Cette fois, elle ouvrit la petite porte qui cachait un coffre-fort qu'elle déverrouilla à l'aide d'un code secret. Deux objets occupaient la cavité. Elle ignora l'arme de poing et, avec un empressement qui contrastait avec son apparente quiétude, elle saisit un tissu en velours rouge, le déplia et poussa un soupir de soulagement.

La clé au double panneton typique des serrures blindées était toujours là. Grace la garda en main et regagna le salon. Elle écarta le rideau suspendu entre deux bibliothèques et dévoila une austère porte métallique différente de la modeste porte d'entrée. Elle glissa la clé dans la serrure, quand une vibration détourna son attention. Son téléphone portable posé sur la table basse y faisait trembler ses statuettes d'animaux en bois et les quelques piles de livres. Qui pouvait la contacter à une heure pareille ?

Elliot Baxter. Son supérieur. Cela devait faire un an qu'il ne l'avait pas appelée. Que pouvait-il lui vouloir, et plus encore en pleine nuit ? Elle décrocha, tout aussi curieuse qu'anxieuse.

— Seulement deux sonneries. Je vois que tu n'as pas perdu tes habitudes de lève-tôt, lança-t-il.

— Sauf que ce n'est plus pour me goinfrer avant tout le monde, mais pour faire du sport.

— Bien, bien, content de l'entendre, mais je vais être franc avec toi, Grace. Si je t'appelle, c'est parce que je n'ai personne d'autre de disponible, donc ne te fais pas d'illusions.

— Comme je ne me fais pas d'illusions sur ton sens de la délicatesse, répondit-elle sans agressivité.

— Grace, tu as été une formidable enquêtrice, fut un temps, mais tu sais comme moi que...

Que lorsque tu m'as rétrogradée, j'aurais eu plus besoin d'aide que d'être mise au placard ? faillit répliquer Grace.

Mais si Baxter l'appelait, c'est qu'il avait peut-être une affaire intéressante à lui proposer. Mieux valait ne pas le contrarier. Pour le moment.

— Je me suis reprise en main depuis cette époque, finit-elle par dire. N'en parlons plus. Je t'écoute.

Elliot Baxter soupira profondément.

— Un homicide, lâcha-t-il.

Grace décela une forme d'inquiétude qui n'était pas courante chez son responsable.

— Le type a été retrouvé il y a à peine une heure dans une chambre, poursuivit Elliot. Le visage boursouflé, le crâne fracassé, avec... D'après le premier témoignage, une espèce de liquide épais et blanchâtre coulait de son nez.

— Où cela s'est-il passé ?

La voix de Grace, douce et patiente, encourageait à la confidence. Comme si elle parlait au chevet d'un enfant timide.

— C'est bien le problème.

Elle l'entendit s'humecter les lèvres et chercher ses mots.

— Sur l'île d'Iona.

À l'instar de tous les Écossais, Grace connaissait cette minuscule île à l'extrême ouest du pays. Un lieu réputé pour sa sérénité.

— Cela s'est produit dans le village ?

— Non.

Grace commença alors à comprendre le malaise de son supérieur. Il n'existait qu'une seule autre construction humaine sur l'île en dehors du bourg.

Un endroit où ce genre de choses n'arrive jamais. Ou n'aurait jamais dû arriver.

– 2 –

Seul être humain à des centaines de kilomètres à la ronde, Grace conduisait à vitesse prudente sur l'étroit sillon de goudron qui esquissait ses lacets au creux de la brumeuse vallée. S'élançant sur chaque versant, les vertes herbes gorgées d'humidité laissaient surgir, ici et là, de cassantes roches moussues, dont les plus élevées se mêlaient à la chape de nuages dilués à l'encre noire. Une de ces nuées grises se déchirait parfois sur les plus hautes cimes, dévoilant des alignements de crêtes pierreuses, comme autant de vertèbres d'un ancestral géant prêt à déployer sa masse au-dessus de son domaine.

Grace guettait les apparitions de ce massif squelette aux allures divines pour tenter d'apaiser l'agitation qui ne la quittait plus depuis qu'elle avait raccroché. Elliot avait certes fait appel à elle par défaut. Mais, en lui confiant cette affaire, il lui offrait peut-être son unique chance de prouver qu'elle était capable de récupérer son poste d'enquêtrice criminelle. Celui qui lui avait été retiré ce jour maudit où son surpoids accumulé au cours des années avait porté un coup fatal à sa carrière. Ce jour où elle n'avait pas réussi à rattraper le violeur en série qu'elle avait traqué après un an de coûteuses et éprouvantes investigations. Là où n'importe quel autre agent aurait tenu la distance, elle s'était essoufflée en quelques instants et le criminel avait disparu dans la nature, restant depuis introuvable. À la suite de cet échec, Grace avait été rétrogradée à des enquêtes de voisinage sur des cambriolages, où l'essentiel de son travail consistait à interroger des témoins qui n'avaient rien vu et à expliquer à des victimes exaspérées que la police faisait de son mieux. Dévorée par la culpabilité, elle avait dans un premier temps accepté la sentence, et fourni des efforts hors du commun pour essayer de retrouver un corps affûté. Elliot Baxter n'y avait prêté aucune attention, ignorant le combat qu'elle menait contre elle-même avec courage. Après un an de « placard », elle sentait qu'elle ne tiendrait plus très longtemps avant de démissionner et renoncer au seul métier qui donnait du sens à son existence. Cette affaire inespérée pouvait être celle de son salut ou de sa condamnation définitive si elle échouait.

Grace respira profondément pour chasser la pression liée à l'enjeu, qui risquait de parasiter sa concentration, et préféra se remémorer les quelques éléments supplémentaires qu'Elliot Baxter lui avait livrés avant qu'elle ne prenne la route pour plus de cinq heures de trajet.

— Est-ce que l'on connaît les circonstances de l'homicide ?

— Écoute, le responsable des lieux est un ancien copain de la fac de droit. Un type solide, posé, mais là, il était au bord de la panique. Il arrivait à peine à parler.

— Pourquoi tu ne contactes pas la police de l'île de Mull ? C'est juste à côté. Ils ont des inspecteurs, là-bas.

— Il a peur que l'information ne fuite dans la presse, les flics du coin connaissent un peu trop bien les journalistes locaux. Grace, même pour l'image de l'Écosse, ce ne serait pas bon que ça s'ébruite. Un truc pareil dans le quartier chaud du Drag, tout le monde trouve ça normal, mais là-bas...

— Tu ne comptes quand même pas sur moi pour que j'étouffe l'affaire ?

Cette fois, sa voix s'était imperceptiblement tendue.

— Non. Mais ce serait mieux que tu restes discrète jusqu'à ce que l'on puisse expliquer clairement ce qu'il s'est passé.

— OK. T'as déjà envoyé la scientifique ?

— Non, t'es la première. Je les appelle tout de suite. Et je te transmets le numéro du légiste qui va prendre l'affaire.

— Quelle est l'identité de la victime ?

Elliot laissa échapper un soupir.

— C'est le problème, on ne l'a pas. Ils ne demandent pas leurs papiers à ceux qui viennent chez eux et je leur ai dit de ne pas fouiller dans ses effets personnels pour éviter de polluer la scène.

— Autre chose ?

— Non, rien, enfin si, j'espère que, cette fois, tu ne feras pas tout foirer.

Au bout d'une heure, les montagnes s'affaissèrent pour laisser apparaître les plaines d'herbes brunes ondulant au gré d'un vent marin. Elle approchait de la côte, et tandis que sur un promontoire rocheux se découpait la silhouette fatiguée d'un château en ruine, elle atteignit enfin la petite cité portuaire d'Oban, où elle gara sa voiture et embarqua sur le premier ferry, direction l'île de Mull. Passage obligé pour rejoindre Iona, sa petite sœur plus lointaine. Il lui fallut encore traverser l'île en bus, jusqu'au bien plus modeste port de Fionnphort, pour enfin prendre place sur le dernier bateau de son voyage, qui ne tarda pas à appareiller.

Appuyée au bastingage, Grace consulta son téléphone qui venait de vibrer. Elliot lui avait fait parvenir la fiche contact de Wallace Murray, le légiste, précisant qu'il était en route et arriverait après elle. Grace constata alors qu'il était à peine plus de huit heures du matin, mais elle avait pourtant le sentiment d'avoir vécu une journée entière.

Ses longs cheveux agités par le vent du large et le visage piqueté par les embruns, elle fixa les lignes de la petite Iona qui se rapprochait. Elle estima que l'île ne devait pas faire plus de cinq kilomètres de long sur deux ou trois de large. On n'y devinait qu'un minuscule groupement de maisonnettes, toutes construites au bord de l'eau. On les discernait d'autant mieux que le vent s'était levé, desserrant l'étau nuageux pour laisser passer un rayon de soleil. Sa lumière orpheline illumina les murs blancs et les toitures en ardoise alignées le long de la côte, apportant pour un bref instant une lueur de vie dans l'éternelle grisaille.

— Vous ne le verrez pas d'ici.

Grace tourna la tête vers l'homme d'une quarantaine d'années qui s'était accoudé auprès d'elle, son bonnet rouge enfoncé sur le crâne, ses cheveux blancs virevoltant autour de sa mine osseuse.

— Oui, je sais, il est de l'autre côté de la colline.

— Dites donc, c'est rare d'avoir des visiteurs en plein automne. Et encore moins une femme seule.

Grace n'avait pas envie d'être désagréable, mais elle n'allait pas justifier sa présence face à un homme qui s'étonnait encore qu'une femme puisse voyager seule.

— Cela tombe bien, rétorqua-t-elle en le fixant avec un doux sourire qui faisait plisser les coins de ses yeux. J'aime justement être tranquille.

L'homme s'attendait visiblement à une autre réponse et resta bouche bée l'espace d'un instant, avant de se reprendre.

— Tranquille, tranquille, mais qui sait ce qu'il se passe derrière ces murs quand les touristes sont partis.

Une bourrasque gifla la mer. Grace remonta la fermeture Éclair de sa parka. L'homme coula vers elle un regard moqueur.

— Hey, ne vous inquiétez pas, avec des joues pareilles, vous ne devriez pas avoir froid.

Puis il quitta le bastingage en agitant la main de mépris. Grace fut à peine surprise par le sarcasme de la part d'un homme si maigre qui devait juste envier sa bonne santé.

Elle remarqua alors que le bateau avait accéléré. Le choc des vagues se fit plus cassant et le vent caressant se mua en agressives rafales. Derrière elle, elle entendit les passagers parler avec une certaine inquiétude. Tous avaient le visage tourné vers le ciel. Au loin, de funestes nuages noirs approchaient à marche forcée. Dans sa cabine de pilotage, le capitaine jetait des œillades suspicieuses par-dessus le toit de son abri. Il fit crier la corne de brume et ordonna à chacun de s'asseoir.

Les premières gouttes s'écrasèrent sur le pont au moment où le navire accostait. L'embarcation tanguait sérieusement et la coque frottait contre les bouées d'amarrage dans de sinistres crissements. Le capitaine pressa la dizaine de voyageurs de descendre quand un rideau de pluie cingla l'île, faisant claquer les manteaux, voler les cheveux et se balancer le bateau de plus belle.

Grace rabattit sa capuche, sauta sur le ponton et repéra l'homme au bonnet rouge juste devant elle. Penchée en avant pour offrir moins de prise à l'averse qui frappait de biais, elle marcha vers lui et le bouscula légèrement. Proche du bord et soumis à la force du vent, il perdit l'équilibre. Grace le rattrapa in extremis par le bras avant qu'il ne tombe deux mètres plus bas dans la mer glaciale et agitée.

Effaré, sous le choc de la peur, le malheureux dévisagea Grace.

— Je suis désolée, cria-t-elle pour couvrir le brouhaha des puissantes vagues s'écrasant sur la grève. Mes joues me cachaient les yeux et je ne vous ai pas vu.

Elle lui adressa un sourire, lui réajusta son manteau et poursuivit sa route d'un pas décidé jusqu'à rejoindre l'unique rue du minuscule port. En l'espace d'une minute, tous les passagers se dispersèrent et Grace se retrouva seule sous la pluie battante. Les mugissements du vent rivalisaient de hargne tandis que le ciel déversait ses flots torrentiels, plongeant l'île dans une obscurité d'éclipse solaire.

De vastes flaques s'étaient déjà formées et c'est en les enjambant que Grace longea la ruelle pour gagner un chemin s'élevant vers la colline qui surplombait la bourgade. Un panneau d'avertissement interdisait d'emprunter ce sentier par mauvais temps. Mais Grace ne pouvait s'offrir le luxe d'attendre que la tempête s'arrête.

Elle laissa la pancarte derrière elle et, la boue s'accrochant à ses chaussures, elle évita au mieux les rigoles qui creusaient la terre et rendaient le sol glissant. Le visage ruisselant malgré sa tête rentrée dans les épaules, elle gravit la pente jusqu'à atteindre son sommet. Le vent y soufflait avec une sauvagerie accrue, plaquant les herbes trempées, collant ses vêtements contre son corps. La pluie s'infiltrait dans sa bouche, dégoulinait dans son cou. Elle continua à avancer, mais ne voyait pas à plus de deux mètres. Elle ne devina qu'au dernier moment la présence d'un ravin longeant le chemin, à la déflagration des vagues s'écrasant en contrebas.

Prudente, elle tenta d'assurer chacun de ses pas, mais une bourrasque plus violente que les autres la poussa brutalement en avant. Elle chuta et dévala la pente si boueuse qu'elle semblait imbibée d'huile. Les mains crispées dans le sol, Grace ne parvenait pas à freiner sa glissade. Elle cria de terreur. À quelques mètres, le gouffre lui répondit en ouvrant sa gueule écumante hérissée de rochers prêts à empaler leur proie. Avec la rage du désespoir, elle enfonça ses ongles dans la terre. Ses doigts brûlèrent, sa peau s'écorcha, mais elle finit par arrêter sa descente mortelle. Lentement, prudemment, elle rampa jusqu'au sentier au-dessus d'elle et, une fois en sécurité, elle s'affala d'épuisement. Elle regarda ses mains et fut soulagée de constater que les blessures n'étaient que superficielles.

Souillée de gadoue, elle demeura momentanément allongée, le temps que la nausée de peur et la douleur se dissipent.

Grace savait peut-être plus que n'importe quel inspecteur pourquoi elle faisait ce métier, mais dans ces instants de lutte, elle testait la profondeur de sa conviction. Reprenant doucement son souffle, elle se redressa avec peine et sonda le paysage, le regard plissé.

D'ici, elle aurait dû le voir, mais le grain était si dense qu'il avait tout avalé dans une semi-obscurité, et seules des ombres informes apparaissaient parfois entre les rideaux de pluie pour s'éteindre aussitôt.

Suivant avec une vigilance accrue l'inclinaison de la pente, elle finit par atteindre un terrain plat et perçut sous ses semelles de larges pierres polies entre lesquelles couraient des ruisseaux affolés. Ces derniers eurent raison de l'étanchéité de ses chaussures, dont le confort se mua en humidité spongieuse. Mais où était-il ? s'impatienta-t-elle. Pourquoi ne le voyait-elle toujours pas ?

Comme une réponse à sa demande, un éclair zébra le ciel et un roulement de tonnerre fit vibrer le sol. Elle eut tout juste le temps d'entrevoir un muret de pierre à quelques pas. Elle pressa la cadence, suivit le parapet et un panneau se dressa sur sa route. Sa vision floutée par l'eau qui coulait dans ses yeux, elle mit plusieurs secondes à déchiffrer les petites lettres inscrites en noir : « Le Chemin des morts ».

Sur sa droite, au-delà du mur, vers une partie de l'île qui devait glisser en pente douce en direction de la mer, elle aperçut brièvement leurs contours fantomatiques, tordues, penchées. Les pierres tombales des tout premiers rois d'Écosse, dont les squelettes reposaient sous terre depuis plus de mille ans, à l'instar de celui du tristement célèbre Macbeth. Détournant le regard, frissonnant sous sa parka détrempée et salie par la boue, Grace posa un pied devant l'autre sur le funèbre chemin. Elle dépassa une haute croix celtique aux allures d'humain longiligne et son ombre commença à emplir l'espace. Elle leva la tête et marqua un arrêt, intimidée, une appréhension imprévue se nouant dans son ventre.

Oui, il était là. Comme s'il l'attendait, depuis plus de mille quatre cents ans. Loin de la frénésie des hommes. Sa sombre silhouette de pierre construite en croix, où dominait une tour carrée médiévale. C'est au sein de ces murs suppliciés par le vent que l'attendait le cadavre de cet homme, là que l'attendaient, fébriles, les habitants terrifiés du lieu.

Grace courba de nouveau la tête, et après quelques ultimes pas, épuisée, elle parvint enfin sous le portique sculpté, face à l'imposante porte en ogive du monastère d'Iona.

– 3 –

Les doigts endoloris par le froid et les écorchures, Grace saisit le gros anneau métallique qui pendait à droite de la porte et tira à trois reprises. Un éclair embrasa la pénombre et un craquement de tonnerre déchira l'air juste au-dessus d'elle, couvrant le son de la cloche qui annonçait son arrivée. La jeune femme sursauta et l'actionna à nouveau, avant d'appuyer sa tête sur son avant-bras, tandis que l'eau glissait de sa capuche par grosses gouttes.

Elle crut un moment que le tonnerre s'était déjà remis à gronder, mais elle comprit que quelqu'un déverrouillait lourdement la porte de l'autre côté. Le pesant pan de chêne clouté s'ouvrit.

— Vite, entrez, la pressa une voix d'homme étouffée.

Grace franchit le seuil et l'on referma immédiatement derrière elle, dans un claquement de serrure qui tentait d'être discret.

Elle distinguait mal les traits de son interlocuteur au visage obscurci par une capuche à pointe. Pour seul éclairage, il brandissait une torche crépitante faisant danser leurs ombres sur les pierres d'un couloir voûté. Un peu plus loin, on distinguait une série d'arches en ogive qui révélait le jardin du cloître à ciel ouvert. Devant chaque arcade, la pluie dégoulinait dans un vacarme de cascades, et des courants d'air glacés faisaient frémir la flamme de la torche.

Un nouveau roulement de tonnerre vibra dans l'air, alors que le moine relevait la capuche de sa robe de bure et appliquait son index sur ses lèvres en signe de silence. Il devait avoir une cinquantaine d'années, sa barbe blanche taillée court remontait en collier jusqu'à la naissance de ses cheveux tout aussi immaculés et coupés ras. Grace nota ses cernes et son front saillant qu'on imaginait aisément posé dans la paume de sa main au cours de longues séances de lecture. Le regard chargé d'inquiétude, il semblait surveiller les alentours.

— Grace Campbell, inspectrice de police de l'unité de Glasgow.

Elle avait parlé à voix basse en tendant une main à la fois calme et franche.

Le moine sembla soulagé qu'elle accepte de suivre sa consigne de discrétion et lui répondit d'un simple salut de tête.

— Je suis l'abbé Cameron, c'est moi qui ai appelé Elliot Baxter.

Comprenant que le moine déclinait le contact physique, Grace fit mine de se frotter les mains pour se réchauffer et dirigea un regard interrogateur vers la torche.

— Oui, je suis désolé…, chuchota-t-il, la tempête a provoqué une coupure de courant. Mais dans des pièces aussi vastes que celles du monastère, les torches de nos ancêtres éclairent mieux qu'une lampe de poche électrique.

Transie de froid, Grace accueillit la chaleur de la flamme qui lui rappelait la lueur réconfortante de sa lanterne. Puis elle retira sa capuche à son tour pour mettre en confiance son interlocuteur.

— Vous chuchotez par respect pour le silence du lieu ou...

L'abbé ferma les yeux, comme s'il essayait de reprendre ses esprits.

— Non, ce n'est pas par respect... Enfin... si, aussi... mais...

Il s'approcha de Grace, qui sentit la chaleur des flammes sur sa peau, l'odeur de l'huile brûlée et l'âpreté de la robe de bure frotter contre sa main. Le souffle du moine glissa jusqu'à son oreille.

— Si vous saviez ce qu'il lui a fait... à ce si gentil garçon.

Elle perçut la profonde détresse de la voix.

— Vous voulez bien me conduire au corps ? osa-t-elle.

— Attendez !

L'abbé saisit soudainement Grace par le bras. Nerveuse, l'empoigne lui fit l'effet de serres d'aigle écrasant ses os.

— À part frère Logan, qui a découvert le corps, et moi-même, les autres moines ne savent pas encore ce qu'il s'est passé.

L'abbé se retourna vivement, comme s'il avait entendu un bruit. Grace scruta le fond du couloir, mais elle ne vit personne.

— Ils savent encore moins que j'ai appelé la police, susurra-t-il.

— Pourquoi ? murmura Grace, que la poigne de plus en plus crispée du moine fit grimacer.

L'abbé Cameron mordilla les poils de sa barbe dressés près de ses lèvres, sans se rendre compte qu'il faisait mal à la jeune femme.

— Frère Logan a trouvé le corps vers deux heures du matin, et à minuit environ, notre pensionnaire était encore en vie, puisque j'ai moi-même parlé avec lui. Le meurtre a donc eu lieu en pleine nuit. À ces heures, toutes les issues du monastère sont verrouillées. Or, il n'y a eu aucune effraction. Nulle part, j'ai vérifié. Ni sur les portes, ni sur les volets...

Le moine relâcha le bras de Grace, qui fit lentement descendre la fermeture Éclair de sa parka pour glisser la main sur la crosse de son arme.

— Je n'arrive pas à y croire, reprit l'abbé d'un timbre tremblant, mais le coupable est forcément l'un des membres de la communauté... et il est encore là.

– 4 –

— Où sont les autres ? murmura Grace en examinant le couloir de pierre avec une acuité nouvelle.

L'abbé ne pouvait détacher ses yeux du pistolet que la jeune femme tenait fermement dans son poing, le canon pointé vers le sol.

— Mon Dieu, pardonnez-moi. Qu'avons-nous trop péché pour mériter tel châtiment...

Grace lui posa une main réconfortante sur le bras.

— Calmez-vous, frère Cameron. Maintenant, je suis là, vous n'êtes plus seul. Mais j'ai besoin que vous gardiez votre sang-froid, si nous voulons régler cette affaire dans les meilleures conditions. D'accord ?

— Oui... pardon, répondit-il en triturant le chapelet qui lui pendait autour du cou.

— Donc, où sont les autres membres de la communauté ?

— Ce matin, tous les frères sont dans le scriptorium, chacun à la copie de son manuscrit.

— Combien êtes-vous ici au total ?

— Nous ne sommes que cinq. Les ordres n'attirent plus grand monde...

— Si, pour le moment, on exclut frère Logan, qui vous a alerté, et vous-même, il ne reste plus que trois individus, on est bien d'accord ? Pas de jardinier, cuisinier ni autre personnel ?

— Non, nous faisons tout nous-mêmes.

— Et aucun pensionnaire autre que la victime ?

L'abbé Cameron secoua la tête en fermant un instant les yeux.

Grace avait besoin de renforts afin de faire surveiller les issues du bâtiment. Mais Elliot Baxter avait été clair : pas de contact avec la police locale. Elle n'avait plus qu'à faire appel à une équipe de Glasgow qui mettrait plusieurs heures à arriver. Surtout avec cette tempête.

Sans relâcher sa vigilance, Grace écrivit rapidement la demande à son supérieur : « URGENT : *suspect probablement encore sur site. Besoin de renforts ASAP. Quatre équipiers.* »

— Vous pouvez me conduire à la chambre de la victime sans que personne me voie ? s'enquit Grace en retirant la sécurité de son Glock 17.

— Logiquement, oui, les quartiers des pensionnaires se trouvent à l'opposé du scriptorium. Suivez-moi.

Brandissant sa torche, l'abbé s'empressa d'avancer dans le couloir. Grace lui emboîta le pas.

Son métier lui avait appris à se déplacer avec discrétion et souplesse. Son épaule droite frôlant le mur, son arme braquée vers le bas, elle se tenait un peu en retrait du halo de la torche. Ils longèrent le cloître, où continuaient de s'abattre des trombes de pluie, tandis que le grognement sourd du tonnerre faisait vibrer le sol. Des bourrasques tourbillonnaient dans la cour et des écharpes de courants d'air s'enfuyaient entre les arches pour glisser sur les pierres du couloir tels des fantômes glacés. Grace réprima un nouveau frisson. Était-ce le vent qui s'infiltrait entre ses vêtements détrempés ou la peur qui commençait à se glisser en elle ? La réponse qu'elle reçut de Baxter ne l'aida pas à se calmer. « *Renforts en route. Arrivée prévue dans 1 heure par hélico.* » Avec la tempête, ils n'atteindraient jamais l'île dans ce délai. Il fallait définitivement qu'elle se débrouille toute seule pour le moment.

L'abbé déverrouilla une autre porte en ogive. Cette fois, aucune bouche sur l'extérieur ne venait refroidir l'air un peu moins humide de cette aile du monastère. Devant Grace, la lueur ronde de la torche esquissait les lignes mouvantes d'un long corridor à la charpente en chêne ponctuée de niches à vitraux, dans lesquelles veillaient des statuettes aux visages longs et tristes.

L'abbé referma la porte à clé derrière lui, non sans avoir vérifié que personne ne les suivait. Foulant le damier en pierre calcaire polie par les siècles, il se dirigea droit devant.

Un éclair éclaboussa brièvement le couloir de sa lumière blafarde, projetant les silhouettes des statuettes sur les murs.

— Que pouvez-vous me dire de la victime ? demanda Grace en profitant du coup de tonnerre pour étouffer le son de sa voix.

— Il s'appelle... s'appelait Anton. C'est tout ce que nous savions et avions besoin de savoir. Il devait avoir une vingtaine d'années et il était chez nous depuis deux ans et demi environ. Il nous aidait à recopier des manuscrits pour payer sa pension. Il était très habile, mais ce n'était pas seulement un manuel. Il s'intéressait à beaucoup de choses et j'avais souvent de longues et très enrichissantes discussions avec lui. D'ailleurs, il connaissait assez bien la Bible et les autres textes religieux.

L'abbé haussa les épaules.

— Il disait qu'il espérait y trouver des pistes pour expliquer ce que la science ne parvenait pas à comprendre. Car, c'était bien cela, sa spécialité, la science… Et même si je ne m'y connais guère en la matière, il m'a semblé être un esprit brillant. Ne serait-ce que par sa capacité à m'expliquer les grandes questions encore en suspens dans le domaine de la recherche. Et puis je l'ai vu évaluer les infimes subtilités de certaines problématiques religieuses, sujet que je maîtrise un peu mieux. Il y avait quelque chose de fascinant à l'écouter raisonner, termina-t-il d'un air pensif.

— Vous l'appréciiez donc beaucoup, suggéra Grace, qui lançait des regards méfiants en direction des fenêtres qui projetaient une lumière grise dans le couloir.

— Oui, c'était une personne à part.

— Mais tout le monde ne s'entendait peut-être pas aussi bien avec lui, parmi vos frères.

— Je ne cesse de me poser la question et je ne vois rien qui puisse me laisser croire que l'un des membres de la communauté ait pu lui vouloir du mal. Je n'ai jamais eu vent d'une quelconque dispute, ni même d'un léger différend avec l'un d'entre nous. Encore moins de quoi que ce soit pouvant conduire quelqu'un à commettre une telle abomination. Tout cela n'a aucun sens.

Grace écoutait avec attention, et même une certaine compassion, le témoignage de l'abbé. Pourtant, dans un coin de sa tête, elle n'excluait en rien de ranger cet homme, à un moment ou un autre, dans la catégorie des suspects. Elle avait la diffuse intuition qu'il ne lui disait pas tout ce qu'il savait sur la victime. Mais peut-être n'était-ce qu'une mauvaise interprétation de la pudeur monastique.

— Voilà, les cellules destinées aux pensionnaires sont derrière cette porte.

Ils étaient parvenus au bout du couloir et l'abbé eut de la peine à contenir le tremblement de sa main pour glisser la clé dans la serrure.

— Excusez-moi, je...
— Ça va aller.

Grace regarda derrière elle en se demandant à quel point le tueur était dupe de ce qui se tramait dans son dos.

— Les moines sont occupés à leur tâche d'écriture encore combien de temps ?

— Jusqu'à dix heures. Autrement dit, pendant une heure et quart, précisa l'abbé en consultant sa montre.

La porte pivota enfin, pour dévoiler un autre passage voûté, distribuant une série de chambres.

L'abbé ouvrit la marche, sa torche toujours brandie devant lui.

— C'est la deuxième à droite...
— Comment frère Logan, c'est bien ça, a-t-il découvert le corps et à quelle heure précisément ? demanda Grace.

— C'est un hasard. Normalement, les moines ne viennent pas ici. Leurs cellules sont dans un autre bâtiment. Mais lorsque frère Logan s'est levé, vers deux heures et quart du matin, pour aller aux toilettes, cette nuit-là, les WC communs de nos quartiers étaient déjà occupés. Pressé par son envie, il a exceptionnellement décidé d'aller utiliser ceux des pensionnaires.

C'est là qu'il a remarqué la porte de la chambre 2 entrouverte. Il est entré et...

L'abbé s'était arrêté. On n'entendait plus que le grésillement de l'huile brûlant la mèche enflammée.

— Il est là... derrière la porte.

Sa voix était aussi émue que celle d'un homme qui a perdu un ami.

— Personne d'autre que vous et frère Logan, qui a découvert le corps, n'est entré dans la chambre ?

— Personne. Et nous n'avons touché à rien. Tout est dans l'état dans lequel nous avons trouvé la pièce... et Anton.

Grace enfila des gants de latex – elle en gardait toujours une paire ou deux dans sa poche de blouson. L'abbé la regarda faire et avala une goulée d'air par saccades angoissées.

— Si vous me le permettez, je préférerais vous laisser y entrer seule, balbutia-t-il.

Grace acquiesça d'une petite moue compréhensive, lui confia sa parka dégoulinante de pluie, lui emprunta la torche et poussa la porte du bout des doigts.

– 5 –

Éblouie par la flamme de la torche, Grace mit un peu de temps à distinguer la forme en pointe de flèche de la cellule. L'entrée constituait la partie la plus large, la pièce se resserrant ensuite jusqu'à un maigre vitrail allongé, devant lequel était posé un crucifix. Les murs en pierres taillées ne supportaient qu'une grossière étagère en vieux bois ; le reste du mobilier était composé d'un étroit bureau poussé sous la fenêtre, dont la chaise avait été renversée, d'une armoire massive et d'un modeste lit dont la moitié des draps pendaient jusqu'au sol. Une odeur nauséabonde emplissait l'air.

Grace réprima un haut-le-cœur. Elle suivit le linge des yeux et devina les doigts agrippés aux draps comme s'ils voulaient encore les arracher. Le bras qu'elle découvrit était tordu, tiré vers l'arrière, alors que le reste du corps gisait sur les dalles de pierre froide. Elle aperçut d'abord le reflet de la torche dans les iris du mort, grands ouverts, puis le visage blafard, les lèvres bleutées et la tête renversée sur la joue droite. Le jeune homme portait visiblement ses vêtements de nuit, un caleçon large et un tee-shirt blanc à manches longues.

Grace s'accroupit près du corps en essayant de ne respirer que par la bouche. C'est là qu'elle vit avec netteté les œdèmes sous les yeux, le nez fracturé, la mâchoire affaissée dont la mandibule tombait sur le côté à la manière d'un pantin mal assemblé, et surtout cette étrange substance blanchâtre teintée de rouge qui avait coulé du nez et séché sur le haut de la lèvre.

Grace effleura le dessous du crâne et sa main glissa sur une flaque de sang gélifié, qui s'effilocha lorsqu'elle la palpa entre ses doigts. Elle ausculta l'arrière de la tête et une partie de l'os occipital lui parut molle. La victime était-elle morte suite à un choc ? Pour être certaine de ne rien rater, elle fit davantage pivoter le crâne. Elle n'observa aucune autre blessure, mais fut surprise de la facilité avec laquelle elle pouvait le bouger malgré la rigidité cadavérique attendue. Un processus biologique lui échappait-il ou la mort était-elle plus récente que ce qu'on lui avait annoncé ?

Grace n'aimait pas cette situation. À bien y réfléchir, elle était seule dans ce monastère isolé, et rien ne prouvait qu'elle pouvait faire confiance à qui que ce soit. Pas même à l'abbé Cameron, en apparence si remué par le meurtre de son pensionnaire.

Elle retourna vers la porte d'entrée. L'abbé faisait les cent pas dans le couloir, sa main égrenant son chapelet. Rassurée, elle rangea la torche sur un support fixé au mur de la chambre, rengaina son arme dans son holster, et prit son téléphone dans la poche intérieure de sa veste de tailleur. Puis elle photographia le corps et la pièce sous de multiples angles, en prenant soin de saisir en gros plans toutes les blessures apparentes de la victime.

Le légiste ne pourrait pas la rejoindre avant la fin de la tempête, et si l'assassin se trouvait bien entre ces murs, il ne tarderait pas à se douter de la présence de la police. Comment réagirait-il ? Le temps était compté. Procédure inhabituelle, elle envoya les clichés à Wallace Murray, accompagnés d'un message : *« Heure de découverte du corps : 2 h 15 du matin selon témoin. Premières déductions ? Idée sur la nature de la matière blanche sous le nez ? À noter une souplesse/ légèreté dans la manipulation du crâne. »*

En attendant une réponse, elle inspecta la cellule. Compte tenu de la chaise renversée, des draps chiffonnés et surtout de l'état du corps de la victime, nul doute que le jeune homme avait essayé de se défendre contre son assassin. Cette lutte avait dû faire du bruit, mais pas assez pour alerter les moines dormant de l'autre côté du monastère.

Grace ouvrit l'armoire en chêne, y trouva quelques vêtements, deux paires de chaussures, une valise vide et un passeport posé sur une étagère. Il était au nom d'Anton Weisac, né le 25 octobre 1995 à Édimbourg. Elle communiqua immédiatement l'identité de l'homme à Elliot Baxter afin qu'il se renseigne sur cet individu dont les papiers ne stipulaient aucun voyage en dehors de l'Écosse. Elle ajouta une photo de la victime.

Grace refermait le placard quand elle entendit des voix dans le couloir. L'abbé lui avait pourtant assuré que personne ne viendrait ici, au moins pendant une heure.

Elle se faufila derrière la porte entrouverte et écouta.

— Mais vous av… avez dit qu… que vous alliez nous rejoindre… et vous… vous venez pas !

Bien que provenant d'un homme, la voix était très aiguë, le débit précipité, avec des bizarreries de prononciation.

— Frère Colin, je vous répète que je suis allé récupérer des nouvelles torches à la remise parce que la tempête s'apprête à durer.

— Je vous ai... je vous ai... je vous ai cherché dans tout le monastère !

— Vous avez eu peur que je vous abandonne, mais vous savez que je ne ferai jamais une chose pareille.

L'abbé parlait d'un timbre chaud et enveloppant, mais Grace sentait poindre la peur sous cette apparente assurance.

— Mais pourquoi vous... vous avez un blou... un blouson tout mouillé avec vous ?

La jeune femme se mordit les lèvres.

— Parce que je suis allé vérifier le disjoncteur principal, qui est dehors, et vous le savez, frère Colin. Maintenant...

— Mais pourquoi vous... vous... vous êtes devant chez le pensionnaire Anton ? Il y a quel... quelque chose ? Et puis sa porte est ouv... ouverte. Oui, sa porte est ouverte et il y a de la lumière.

Grace se raidit et paria que l'abbé avait pâli. Au même moment, son téléphone vibra dans sa poche et deux sonneries se firent entendre avant qu'elle n'ait eu le temps de rejeter l'appel.

— C'était... c'était quoi, ce bruit ? Hein ? Anton, vous êtes là ?

— Cette fois, ça suffit, frère Colin ! tonna l'abbé. Si inquiet que vous soyez, je vous interdis de passer outre à mon autorité. Vous allez immédiatement regagner le scriptorium et demander pardon à notre

Seigneur pour l'offense que vous faites à l'un de ses représentants terrestres !

— Oui, pardon..., gémit le moine.

Et des pas s'éloignèrent.

Grace rejoignit l'abbé.

— Le vernis craquelle, inspectrice, vous avez trouvé quelque chose ?

— Pas encore. Qui était ce frère ? Pourquoi était-il là ?

— Frère Colin a un léger retard mental et il panique dès qu'il ne me voit pas pendant une heure, déplora l'abbé. Je ne crois pas qu'il soit venu jusqu'ici parce qu'il est mêlé à ce meurtre, je pense qu'il m'a vraiment cherché partout.

— Vous en êtes certain ?

L'abbé Cameron secoua la tête en poussant un profond soupir.

— Je... ne suis plus sûr de rien, inspectrice. Après tout...

— ... un assassin ne revient pas toujours, en tout cas, pas si vite, sur le lieu de son crime, mais une personne avec un retard mental... Frère Colin a-t-il déjà fait preuve de violence ?

— Non, jamais ! Pas même à l'égard d'un animal.

— Pour l'instant, pouvez-vous m'assurer qu'il va rester au scriptorium jusqu'à nouvel ordre ?

— Oui, il m'écoute et craint le châtiment divin plus que n'importe lequel d'entre nous.

Grace consulta son portable. C'était Elliot Baxter qui lui avait téléphoné. Elle regagna la cellule en le rappelant, son oreillette en place.

En attendant qu'il décroche, elle étudia le bureau, où une pile de magazines scientifiques s'était écroulée.

Elle les feuilleta à la recherche de notes ou de marque-pages, mais ne trouva rien de particulier. Elle souligna, en revanche, la présence d'une feuille punaisée sur une planche de liège accrochée au mur.

— C'est Grace, j'étais en train de...

— J'ai envoyé une équipe à Édimbourg, à l'adresse indiquée sur le passeport de cet Anton Weisac, la coupa Elliot Baxter sans préambule. Pour le moment, on n'a rien sur lui, il n'a jamais été fiché. On n'a même pas trouvé de profil sur les réseaux sociaux. Qu'est-ce que tu as d'autre ?

— Rien de clair pour l'instant, répondit Grace en survolant ce qui était écrit sur la feuille qu'elle venait de dénicher. L'assassin savait que la police viendrait tôt ou tard, il a donc forcément nettoyé la scène. Sans la scientifique, je ne peux rien voir. Je vais aller questionner les moines, mais si je parviens à démasquer le coupable, je ne sais pas comment il va réagir. J'espère que les quatre équipiers seront là d'ici peu. Je te tiens au courant.

— Attends les renforts avant de faire les interrogatoires.

— Non, tu sais bien que plus on laisse passer de temps, plus l'assassin reprend ses esprits et plus il est préparé.

— Il vaut mieux pour nous tous, et toi la première, que tu aies raison.

— Hey, Elliot. OK, j'ai commis une grave erreur il y a un an, mais je te signale que je ne suis pas pour autant une débutante.

— On verra.

Et il raccrocha.

Grace observa le plafond, indécise : jeter son téléphone par terre ? Attendre les renforts, comme Elliot le lui avait demandé ? Le rappeler pour lui dire d'aller se faire voir ? Les options étaient nombreuses, mais elle choisit la seule valable à ses yeux : conserver son calme et se faire confiance.

Elle s'empara du document punaisé pour découvrir qu'il s'agissait d'un planning hebdomadaire des activités du monastère. Le lundi était consacré au jardinage et à l'entretien du cimetière ; le mardi, dédié au nettoyage du linge ; le mercredi, donc la veille, à l'entretien des parties communes ; le jeudi, le vendredi et le samedi, à la recopie de manuscrits, et le dimanche, à la préparation des repas de la semaine. Une recommandation avait été ajoutée en bas de page : « Merci de respecter scrupuleusement cet emploi du temps, comme nous nous attachons nous-mêmes à le faire, pour le serein fonctionnement de notre communauté. »

Grace soupira en reposant la feuille et se retourna pour embrasser la pièce d'un seul regard. Qu'est-ce qui avait bien pu pousser ce jeune homme à s'isoler si longtemps dans ce monastère perdu ?

Un sourire ironique passa sur ses lèvres et elle leva au ciel ses grands yeux noisette à l'idée qui venait de la traverser. Ne serait-elle pas la première à avoir envie de s'installer ici pour être tranquille avec ses livres et ses petits rituels pour seule compagnie ? Elle admit volontiers qu'un mois ou deux, voire un an de retraite la séduirait sans hésitation. Mais deux ans et demi ? Si Anton Weisac était tant versé dans le savoir que l'abbé le disait, il aurait dû rejoindre une école ou une université. À tout le moins, un lieu où les dernières découvertes se trouvaient à portée de main.

Pourquoi était-il là ? Que cherchait-il ou, à l'inverse, que fuyait-il ?

Grace consulta son téléphone. Toujours pas de réponse du légiste. Dehors, elle entendait encore la pluie se déverser à torrents. Elle reprit la torche et retourna dans le couloir. L'abbé approcha immédiatement d'elle à grands pas.

— Alors ?

— Donnez-moi la clé de la chambre de la victime, s'il vous plaît, chuchota Grace.

Il lui tendit un trousseau.

— C'est celle-là, précisa-t-il.

Grace referma la porte en silence, détacha la clé du trousseau et la rangea dans sa poche. L'abbé la regarda faire en silence.

— Je suis désolée, dit-elle enfin, je ne peux rien conclure pour le moment. En revanche, vous qui aviez l'air de bien connaître Anton, vous devez savoir pourquoi il était pensionnaire au monastère depuis si longtemps, non ?

Elle avait légèrement changé l'intonation de sa voix pour la rendre moins douce, plus autoritaire.

L'abbé passa une main sur son crâne, visiblement embarrassé.

— C'est une question qui semble vous déranger, remarqua la jeune femme. Êtes-vous bien certain de me dire tout ce que vous savez ?

Il fronça ses épais sourcils blancs, mais n'affronta pas pour autant Grace, qui avait redressé le menton et penché la tête sur le côté, l'air bien plus décidée à déceler la vérité qu'au début de son interrogatoire.

— À son arrivée, j'ai essayé de lui demander pourquoi il était là, commença l'abbé, mais il s'est braqué et m'a répondu qu'il était venu jusqu'ici justement pour qu'on ne lui pose aucune question. J'ai compris qu'il ne fallait pas insister.

— Il comptait rester combien de temps encore ?

— Pour être très honnête, j'ai l'impression qu'il ne serait jamais reparti, inspectrice.

L'abbé s'adossa au mur, l'air effondré. Dans la lueur des flammes, Grace discerna le reflet de larmes qui affluaient au bord de ses yeux.

— Qui a pu faire une chose pareille ? Et pourquoi ? Pourquoi ?

Entendant sa propre voix se casser sous l'émotion, le moine se reprit aussitôt.

— Si notre Seigneur en a décidé ainsi, c'est qu'il avait ses raisons...

— Frère Cameron, intervint Grace, je vais devoir interroger tous les moines.

— Mais le tueur risque de commettre l'irréparable s'il se sait démasqué...

— S'il est malin, il ne réagira pas. Sinon... il faudra improviser, mais c'est mon métier, pas le vôtre. D'accord ? Vous, ne tentez rien.

— Bien, bien...

L'abbé se signa.

— Mais, avant toute chose, je vais aller inspecter les chambres. Y compris la vôtre, ajouta Grace avec un pincement de lèvres qui voulait dire qu'elle était désolée, mais qu'elle n'avait pas le choix.

Il lui lança un regard plus noir que ce à quoi elle s'attendait. Elle ne se démonta pas, le considérant de ses grands yeux patients.

— Si vous pensez que ça peut aider.

Le téléphone de la jeune femme sonna de nouveau. Elle se retourna pour décrocher.

— Grace Campbell, c'est le docteur Murray, dit une voix rocailleuse.

— Merci de rappeler. Alors ?

— Inspectrice, si je ne me trompe pas sur la nature de la substance rosée, ce n'est pas à un crime ordinaire que vous avez affaire, cela va bien au-delà.

– 6 –

Grace fit signe à l'abbé de lui accorder un instant et elle s'enferma dans la cellule de la victime.

La pluie s'était arrêtée et le ciel laissait filtrer une lumière grisâtre qui éclairait tristement la chambre.

— Pourquoi dites-vous ça ? demanda-t-elle au médecin légiste.

— D'abord, je voudrais vérifier quelque chose avec vous. À mon avis, on ne sera pas sur l'île avant un moment, d'après la météo. Si vous voulez avancer, il va falloir que vous mettiez un peu les mains dans le cambouis à ma place. Vous avez un stylo sur vous ?

— Oui.

— Bon, ce n'est pas l'idéal, mais faute de mieux, soyons astucieux. Je préfère vous prévenir, ça ne va pas être très plaisant, mais... vous avez dû en voir d'autres.

— Vu, oui... pratiqué, pas forcément, répondit Grace avec une légère appréhension.

— Bien, vous êtes à côté du corps ?

Elle s'agenouilla.

— C'est bon.

— Vous allez à présent glisser le stylo dans la fosse nasale gauche de la victime. Progressez avec précaution. Vous me dites lorsque vous sentez une résistance.

Grace s'exécuta en grimaçant à l'idée de subir la même chose.

— Alors ? insista le médecin.

Elle avait déjà introduit la moitié et fut surprise de voir la sonde improvisée continuer à s'enfoncer.

— Rien... et le stylo est intégralement inséré dans la fosse nasale.

— C'est bien ce que je pensais..., souffla le docteur Murray. Enlevez-le délicatement.

Grace déposa l'objet souillé d'un liquide rougeâtre à côté du visage du cadavre.

— Vous pensiez quoi ?

— Si vous êtes parvenue à entrer la sonde aussi loin, c'est que l'os ethmoïde a été brisé. C'est celui qui fait la séparation entre la cloison nasale et le cerveau. Et compte tenu de l'apparence de la substance rosée que vous avez trouvée sous le nez, il y a 90 % de chances que la victime ait été excérébrée.

— Quoi ?

— On lui a retiré le cerveau.

Avec l'odeur de sang caillé et de cadavre qui baignait l'étroite cellule, Grace sentit le besoin de s'asseoir un instant.

— Inspectrice ?

— Oui... je vous écoute.

— L'assassin a très probablement procédé comme le faisaient les embaumeurs de momies dans l'Égypte antique. Il a introduit un crochet métallique dans la narine, transpercé l'os ethmoïde, puis il a réduit le cerveau en bouillie en agitant rapidement l'outil de gauche à droite de manière que la cervelle liquéfiée s'écoule ensuite par l'orifice. La substance qui a séché sous le nez est très certainement un résidu de la cervelle de la victime.

Grace comprenait maintenant pourquoi le crâne lui avait semblé si léger lorsqu'elle l'avait manipulé.

— Compte tenu des marques à la face que j'ai pu constater sur les photos que vous m'avez envoyées, reprit le légiste, il n'est pas interdit de penser que la victime ait pu être vivante au moment de l'excérébration. Mais cela demandera un examen plus poussé.

Mesurant la cruauté du possible supplice, Grace ferma les yeux, comme un croyant se recueillerait sur la tombe d'un proche.

— Merci, docteur Murray, souffla-t-elle. Faites au plus vite.

Elle raccrocha alors que les questions se bousculaient dans sa tête. Pourquoi retirer le cerveau de sa victime ? Elle n'avait jamais entendu parler d'un cas similaire. Ni sur le terrain, ni dans la littérature judiciaire qu'elle avait étudiée à l'école de police, il y a plus dix ans. Pour quelle raison pouvait-on mutiler quelqu'un ainsi ?

Les paroles de l'abbé sur la personnalité d'Anton lui revinrent en mémoire. Il n'avait cessé de louer sa culture, son goût du savoir, la vivacité de son esprit. Cette excérébration était-elle la vengeance absolue d'une personne jalouse de l'intelligence d'Anton ? Si jalouse qu'au-delà de la mort, elle aurait voulu détruire la source même de cette intelligence ?

Des coups frappés à la porte de la chambre la tirèrent de ses pensées.

— Inspectrice, souffla l'abbé. Il ne reste plus que dix minutes avant la fin du travail de copie de manuscrits. Mes frères vont ensuite quitter le scriptorium pour aller prier à la chapelle pendant une demi-heure et je me devrai d'être avec eux. Si vous voulez visiter les cellules...

Grace se releva et regarda la victime. Elle avait du mal à imaginer que plus aucun cerveau ne reposait sous ce crâne. En plus de sa vie, c'était son âme que l'assassin lui avait volée.

Perturbée, elle referma la porte à clé derrière elle. Quel frère avait pu commettre un crime pareil ?

— Vous avez du nouveau ? murmura l'abbé dès qu'elle fut sortie.

— Je comprends votre empressement, mais ce n'est pas à un moine que je vais apprendre la patience, n'est-ce pas ?

— Pardonnez-moi, je suis...

Grace hocha la tête avec empathie avant de reprendre.

— Je vais aller inspecter les chambres, mais d'abord, n'y a-t-il pas un moyen d'observer vos frères au travail sans qu'ils me voient ?

— Pour... pourquoi voulez-vous faire ça ?

Grace savait que connaître à l'avance le visage de celui que l'on va questionner conférait toujours un avantage lors de l'interrogatoire. Pendant les premières secondes, le cerveau de l'interrogé devait appréhender le physique de celui qu'il avait en face de lui, et n'avait donc pas toute sa disponibilité intellectuelle pour réfléchir. Grace pouvait alors profiter de cette brève fenêtre de vulnérabilité pour piéger son interlocuteur.

— C'est possible ? se contenta-t-elle de répliquer.

— Oui... Comme dans la plupart des monastères, un œilleton a jadis été aménagé dans le bureau de l'abbé pour qu'il puisse discrètement surveiller le travail de ses frères au scriptorium.

Ils abandonnèrent le quartier des cellules des pensionnaires et franchirent la porte qui conduisait dans la partie opposée du bâtiment.

Après avoir traversé deux salles au plafond soutenu par un harmonieux entrecroisement d'arches, ils évoluaient à présent dans un large corridor où des tableaux de saints, accrochés aux murs à plusieurs mètres de haut, les suivaient du regard.

Grace fronça le nez : une odeur d'encens engourdissait l'air avec une épaisseur sans cesse accrue.

— La chapelle est là, à droite, souffla l'abbé, toujours en train d'épier les alentours avec la détresse d'un animal traqué. Et mon bureau est ici, en face.

Il ouvrit une porte fermée à clé et les flammes chancelantes de la torche ébauchèrent une pièce sobre agrémentée d'un bureau, d'une bibliothèque et d'une fenêtre en ogive.

L'abbé Cameron fit signe à Grace de s'avancer discrètement alors qu'il faisait pivoter la base d'un crucifix fixé au mur. Avec précaution, il plaqua son œil sur le trou dévoilé.

— Le scriptorium est de l'autre côté de cette paroi, chuchota-t-il en reculant pour laisser la jeune femme prendre sa place. Ils sont tous là, au travail, comme si de rien n'était.

Grimaçant au contact glacial de la pierre sur sa peau, Grace appuya son visage contre la cavité. Au bout du canon que formait le cylindre-espion, elle les vit. Côte à côte sur une même ligne, dans un silence troublé parfois par le grattement d'une plume sur un papier sec, ils étaient tous les quatre assis devant leur pupitre, penchés sur leur œuvre minutieuse, leurs visages peints par les lueurs orangées des bougies dressées sur leur table de travail. Si un cadavre au cerveau arraché ne gisait pas à quelques mètres d'ici, Grace aurait pu croire à la sérénité d'un tel spectacle. Mais derrière l'un de ces fronts studieux absorbés par leur noble tâche, un monstre de culpabilité se débattait à l'insu de tous.

— Complètement à votre gauche, vous avez frère Colin. C'est lui qui est venu me voir tout à l'heure...

D'une silhouette frêle perdue dans sa robe de bure, avec son air juvénile, sa lèvre supérieure ourlée d'un duvet noir, sa peau laiteuse piquetée de boutons d'acné, son regard froncé sous de broussailleux sourcils et ses mouvements plus nerveux que ceux de ses camarades, ce moine avait des allures d'adolescent en pleine crise de puberté.

— Il est toujours aussi remuant ? hasarda Grace.

— Cela dépend des jours. Frère Colin est un garçon un peu simple, mais surtout très sensible. Il peut passer du rire aux larmes en l'espace de quelques secondes. Il lui arrive d'être très agité pour une raison qui nous échappe, et alors de se mettre à bégayer ou d'avoir un problème de prononciation. Et puis il va se calmer sans que l'on sache davantage pourquoi. Pour lui apprendre à avoir confiance en lui, je l'envoie faire les courses à l'épicerie du village.

— À sa droite, qui est-ce ?

— C'est frère Rory. Un être doux sous des abords rudes et dont l'ancien métier d'infirmier nous est souvent utile.

Ce moine aux épaules larges, à la face aplatie cachée derrière des lunettes qui lui mangeaient la moitié du visage, paraissait aussi calme que son voisin était inconstant. De lui se dégageait une force tranquille, presque intimidante, et pas une fois il ne leva les yeux de son travail.

— À côté de frère Rory, vous avez frère Logan, c'est lui qui a découvert le corps d'Anton...

Grace observait l'homme d'une trentaine d'années, si droit et fin que tout son corps semblait suivre un tuteur qui serait parti du sommet de son crâne ovale, s'étirant le long du nez jusqu'à l'étroit menton, et poursuivant son œuvre de rigidité jusqu'à une poitrine en forme de planche.

— C'est certainement notre meilleur copiste, souffla l'abbé Cameron, même si Anton n'était pas loin de le surpasser.

Au même moment, Grace eut l'impression que frère Logan avait regardé dans sa direction et recula d'un pas.

— Ils ne peuvent pas vous voir, murmura l'abbé. Encore moins avec cette faible lumière.

Grace glissa une mèche de ses longs cheveux derrière chacune de ses oreilles et s'appliqua de nouveau à épier les suspects.

— Qui est le dernier à droite ?

— C'est frère Archibald.

Était-ce la façon dont il penchait parfois la tête sur le côté pour admirer son travail, la courbe aérienne de ses gestes ou tout simplement son apparence soignée, frère Archibald adoptait une attitude plus élégante que ses frères.

— Un de nos esprits les plus fins, précisa l'abbé. La mort d'Anton va le priver d'une stimulante compagnie.

L'assassin était donc l'un d'entre eux. Chaque moine peut être suspect, pensa Grace. Frère Rory par sa simple force brute et ses connaissances médicales, Colin pour sa nervosité inexpliquée, Logan et Archibald par jalousie envers un copiste plus brillant et d'une intelligence sans doute supérieure à la leur. Quant à l'abbé, son lien affectif à l'égard d'Anton restait à éclaircir.

Au moment où Grace passait une main sur le contour de son œil pour effacer la sensation de froid, le glas d'une cloche résonna dans le monastère.

— Je dois vous laisser, sinon mes frères vont se douter de quelque chose, chuchota l'abbé, si ce n'est déjà fait. Je les rejoins à la chapelle pour les prières.

— Guettez ma venue. Je vous ferai signe lorsqu'il faudra conduire les moines jusqu'à leur chambre afin qu'ils y attendent l'arrivée de la police. Surtout, ne leur dites pas que je suis déjà là. Et ne livrez aucun détail sur le meurtre.

— Oui, oui, mais tâchez d'être là avant la fin des chants. Après cette demi-heure de prières, mes frères ont l'autorisation de retourner dans leurs quartiers. C'est alors vous qui risquez d'être vue. Voici le passe qui vous ouvrira toutes les portes du monastère. Nos cinq cellules sont les dernières au bout de ce couloir sans fenêtres. Que Dieu vous protège.

L'abbé rendit sa parka à Grace, puis lui tourna le dos et s'éloigna d'un pas cadencé. Seule dans le noir, avec maintenant pour unique source de lumière son téléphone portable, la jeune femme vit la silhouette du moine s'effacer dans la pénombre, sa torche usée tirant désormais vers le rouge, œil d'épouvante flambant dans l'obscurité.

Elle franchit les quelques mètres qui la séparaient de la première porte, avec pour seule compagnie l'écho de ses pas et le frottement de sa parka humide résonnant contre les pierres ancestrales. Jusqu'à ce que son oreille capte une vibration lointaine, à peine audible. Comme des chuchotements émanant des ténèbres. Elle sortit son arme, le canon pointé vers le sol.

— Il y a quelqu'un ?

Sa voix mourut dans la noirceur du couloir.

Grace rebroussa chemin, appuyant la semelle de ses chaussures avec prudence sur les dalles du corridor. Cette fois, elle en fut certaine, elle percevait plusieurs voix dans ce bourdonnement. Elle s'immobilisa, bloqua sa respiration, les yeux clos, concentrée sur son ouïe. Elle ne comprenait pas ce que les personnes disaient, comme si elles parlaient dans une autre langue. Jusqu'à ce qu'une intonation plus prononcée que les autres lui révèle l'origine de ce murmure spectral. Une moue de moquerie à son encontre au coin de la bouche, Grace rangea son arme et poussa un profond soupir de soulagement. Ces bruits n'étaient que la traduction fantasmée de son esprit des chants monacaux qui s'échappaient de la chapelle au loin.

Elle s'accorda quelques secondes pour se ressaisir, craignant de perdre sa lucidité d'enquêtrice au sein de ce lieu retiré du monde. Elle revint enfin en arrière, vers les chambres des moines, et pointa la lumière clinique de son téléphone sur la porte de la première cellule. Une discrète mention écrite indiquait qu'il s'agissait de celle de frère Rory.

À peine eut-elle franchi le seuil qu'une odeur rance lui souleva le cœur. Ce gaillard aux mains de bûcheron ne devait pas se laver régulièrement. Tout comme il n'avait pas l'air d'être un adepte du rangement. Son lit n'était qu'un amas de draps et couvertures entremêlés, son bureau maculé d'encre supportait un ouvrage de théologie aux pages cornées et dans son armoire, les vêtements pliés de travers côtoyaient deux robes de bure mal ajustées sur leur cintre. Grace balaya le faisceau blafard de la torche de son téléphone près de la table de nuit et un éclat métallique se refléta dans la lumière. De sa main gantée, elle souleva un mouchoir en tissu sur l'étagère inférieure du meuble et découvrit un couteau.

Elle l'inspecta de plus près : aucune trace de sang apparente, mais une lame très aiguisée. Pourquoi garder une telle arme à portée de main ? Frère Rory craignait-il une attaque nocturne ? Grace s'agenouilla et en éclairant sous le lit, elle comprit à la fois l'utilité de l'objet tranchant et l'origine de cette épouvantable odeur. Les dalles étaient recouvertes de minuscules crochets jaunis, autant d'ongles crasseux découpés au couteau par leur propriétaire et jetés là sans aucun souci d'hygiène.

Écœurée, la jeune femme se redressa, souleva les couvertures pour découvrir un matelas souillé de taches, qu'elle retourna avant de le remettre en place. Enfin, elle sonda l'armoire de multiples petits coups portés sur toutes les parois, mais ne trouva rien de suspect. Elle prit quelques photos et regarda l'heure. Il lui restait moins de vingt minutes pour achever son investigation avant que les moines ne terminent leurs chants.

Elle entra rapidement dans la cellule de frère Archibald. Le contraste fut immédiat. Une odeur printanière et fraîche embaumait la chambre et tout y était rangé avec soin et harmonie, y compris les nombreux ouvrages d'histoire, de géographie et de sciences alignés sur plusieurs étagères. Dans l'armoire, des sous-vêtements sentaient la lavande et deux robes de bure semblaient avoir été repassées. Seule trouvaille derrière l'un des pieds du lit, une photo froissée, probablement tirée d'un magazine de mode, où un très beau jeune homme dénudé était allongé sur un matelas, les bras en croix, les jambes tendues à la façon d'un Christ au corps huilé et au regard plus aguicheur que souffrant. Au mobile possible du meurtre, Grace ajouta mentalement une éventuelle histoire d'amour entre la victime et frère Archibald.

La pièce et les objets importants photographiés, elle quitta la chambre pour aller fouiller la cellule de frère Colin.

Elle fut surprise par la quantité d'images pieuses et de crucifix qui habillaient les murs. L'inquiétude du moine transpirait dans cette décoration protectrice et surchargée. Dans l'armoire, des vêtements en boule, une robe de bure et des chaussettes sales abandonnées. Le bureau était occupé par une bible dont la couverture élimée et les pages froissées témoignaient d'interminables lectures et relectures angoissées. En guise de marque-page, une liste de courses sans rien de suspect à première vue.

Grace ressortit et attendit un instant, à l'écoute. Elle n'entendait plus un bruit et s'inquiéta à l'idée que les moines aient déjà terminé leurs prières. Mais une nouvelle envolée chorale la rassura.

Elle s'empressa néanmoins de visiter la cellule de frère Logan. Elle était également à l'image de son propriétaire, austère et rigide. Même le Christ crucifié au-dessus du lit exprimait une souffrance encore plus éprouvante que ceux qu'elle avait vus jusqu'ici. Mécaniquement, Grace souleva les couvertures, sans espoir d'y trouver quoi que ce soit, mais resta interdite : les draps étaient salis de sang. Des petites taches éparses, qui sans être fraîches n'en paraissaient pas moins récentes. Ce sang était-il celui de Logan lui-même ? Était-ce celui d'Anton ?

L'hypothèse semblait absurde, mais Grace savait combien un assassin qui tuait pour la première fois pouvait perdre tous ses moyens et commettre les erreurs les plus élémentaires. Plus pressée que jamais, elle continua son investigation et trouva dans l'armoire des vêtements propres et deux robes de bure. Mais en voulant sonder le fond du placard, sa main heurta un obstacle.

Elle poussa les robes et dévoila une boîte en bois fixée dans le coin du meuble. Grace tenta de l'ouvrir, mais le coffret était fermé à clé. À côté de la serrure, une empreinte digitale d'un rouge foncé avait imprégné le bois.

Son portable chargé d'une dizaine de nouveaux clichés, Grace se dépêcha d'aller visiter la dernière cellule, celle de l'abbé ; bien tenue, à peine plus confortable avec son tapis de lit, elle présentait les mêmes éléments que les autres chambres : quelques livres, une armoire avec des vêtements de rechange dont deux robes, et un bureau face à la fenêtre en ogive.

Rien d'anormal, jusqu'à ce qu'une incohérence ne se dessine dans l'esprit de Grace lorsqu'elle synthétisa la revue des cinq chambres. Le cœur battant soudain plus vite, elle retourna dans chacune des cellules, ouvrit à nouveau chaque armoire et termina son inspection l'esprit en ébullition.

Si les règles du monastère étaient aussi strictes que ce que le planning trouvé chez Anton laissait entendre, aux côtés de Logan, un autre moine venait de rejoindre le rang des suspects.

– 7 –

Grace se faufila dans la chapelle au moment où les moines emplissaient le chœur de leur dévotion à la gloire de leur Seigneur, et fut cueillie par la vague mystique de l'aérienne mélopée. Jusqu'ici, les chants lui étaient parvenus de façon trop lointaine pour qu'elle en ressente toute l'intensité. Mais désormais, cette louange la renvoyait bien des années en arrière, lorsqu'elle était à la place des moines, levant vers le plafond orné de son église des yeux emplis de cette foi d'enfant. Une boule d'émotion nouée dans la gorge au souvenir de cette innocence à jamais enfuie, elle dut dompter son esprit pour reprendre le contrôle d'elle-même.

Au premier rang, l'abbé se retourna enfin et l'aperçut. Elle inclina la tête pour lui faire comprendre qu'elle était prête et s'éclipsa.

De l'autre côté de la porte, elle entendit les voix des moines s'éteindre une à une et celle de leur supérieur, blanche, tremblante, prendre le dessus.

— Mes frères, mes frères… veuillez pardonner cette interruption, en ce moment où nous rendons grâce à notre Seigneur. Mais qu'il me soit témoin de ma détresse et qu'il nous donne la force d'affronter l'épreuve qui est la nôtre.

Grace perçut un murmure d'inquiétude parcourir la maigre assemblée des moines.

— Je suis meurtri, mes frères, de vous annoncer que cette nuit, un mal terrible a frappé notre monastère. Notre pensionnaire, Anton, a été retrouvé mort.

Le chuchotement se changea en éruption d'épouvante. À en croire que le coupable ne se trouvait pas parmi eux, songea Grace.

— Je suis, comme vous, effondré, mais afin d'éviter toute méprise à notre égard, je vous demande de regagner vos chambres et d'y rester jusqu'à l'arrivée de la police, que je viens de prévenir.

— Frère Cameron, qu'entends-tu par « méprise à notre égard » ? lança l'un des religieux avec une agressivité contenue. Que c'est l'un d'entre nous qui aurait tué Anton ?

Grace imaginait sans peine les moines choqués se signer.

— C'est bien le contraire, mon frère Rory. C'est pour cela que je ne veux donner à la police aucune raison de douter de notre probité à tous. En restant dans vos cellules, vous ne pourrez pas être soupçonnés d'avoir voulu effacer des preuves quelque part.

— Frère Cameron, nous diras-tu ce qui est arrivé à Anton ? De quoi est-il...

La voix se brisa en sanglots. Mais à ses accents précieux, Grace en conclut que c'était frère Archibald qui avait parlé avant de s'effondrer en larmes.

— Alors, j'avais raison de m'inquiéter en venant vous voir ! s'exclama frère Colin. Vous ne m'avez rien dit !

— Je venais de l'apprendre lorsque vous m'avez retrouvé, frère Colin. Je me devais d'annoncer la terrible nouvelle à toute la communauté en même temps. Maintenant, regagnez vos cellules, s'il vous plaît, et que Dieu nous vienne en aide.

Grace s'empressa de rejoindre les quartiers de nuit. À mi-chemin, le couloir s'éclaira soudainement de plusieurs spots muraux. Le courant était enfin rétabli.

Elle entra en hâte dans la chambre du premier moine qu'elle voulait interroger. Celui-ci ne fut pas long à arriver et sursauta en découvrant cette femme aux longs cheveux châtains qui lui rappelait les charnelles créatures féminines du peintre Botticelli, qu'il admirait parfois en cachette. Elle se tenait debout, les fesses appuyées contre son bureau, les bras croisés, ses grands yeux marron l'enveloppant d'une attente muette.

— Qui... qui êtes-vous ? balbutia frère Logan d'un air effaré qui allongeait encore ses traits émaciés.

— Inspectrice Grace Campbell de la police de Glasgow. Fermez la porte, s'il vous plaît.

Grace ne lâchait pas son témoin du regard, maintenant sur lui une pression qui l'empêchait de reprendre ses esprits.

— Déjà ? Je croyais que...

— Asseyez-vous.

Le moine installa sa silhouette raide et longiligne sur la chaise du bureau, que Grace avait disposée au centre de la chambre. Elle contourna l'homme, ferma à clé derrière lui, puis se posta debout dans un coin de la pièce. Observant le suspect d'en haut, elle asséna ses questions.

— Je sais que c'est vous qui avez découvert le corps. L'avez-vous touché ?

— Non..., répondit frère Logan en se rongeant un ongle, puis un autre.

Grace ouvrit sa parka et écarta subrepticement le pan de son manteau afin de dévoiler la naissance de son holster.

Le moine écarquilla des yeux affolés.

— Je n'ai rien fait, je vous le jure devant notre Seigneur.

La jeune femme se dirigea vers le lit et souleva les couvertures.

— Et ça, c'est le sang de qui ?

Frère Logan mordilla ses lèvres sèches et chercha un nouvel ongle à arracher du bout des dents.

— C'est celui d'Anton, n'est-ce pas ? appuya Grace en saisissant le regard fuyant du suspect. Anton, que vous avez tué par jalousie, parce qu'il était considéré par tous comme le meilleur copiste que cet illustre monastère ait connu...

— Hein ? Non, non !

Le moine se leva d'un bond, fonça droit vers son armoire en fouillant dans une poche de sa robe. Grace dégaina son arme et la pointa sur lui.

— Ne bougez plus !

— Je... je veux juste vous montrer quelque chose, répondit frère Logan en se figeant.

— Reculez. Je vais chercher à votre place.

Le moine s'exécuta et lui tendit une minuscule clé.

— Dans le coffret derrière mes vêtements...

— Retournez vous asseoir.

Grace ouvrit la boîte à tâtons, suivant du regard l'homme qui regagnait sa chaise.

Ses mains gantées balayèrent l'intérieur et se posèrent sur ce qui avait la forme d'un manche. Elle retira l'objet de sa cavité.

— Voilà d'où vient le sang, lâcha frère Logan, son long cou arqué vers l'avant, sa tête entre les mains.

Au bout du manche que Grace tenait, des lanières de cuir se terminaient par de fines boules de métal hérissées de pointes.

— Pourquoi faites-vous ça ? demanda-t-elle.

— Certaines pensées interdites ne s'endorment que dans l'ivresse de la douleur, inspectrice...

— Quelles pensées ?

— Ce n'est pas avouable devant une créature féminine. Entendez simplement que oui, je jalousais Anton, oui, je le détestais pour son talent, oui, j'ai usé de cette arme, mais seulement contre moi, pour me punir de ma médiocrité.

Grace demeura un instant sans rien dire, à la fois déçue de son échec et prise de pitié pour cet homme. Puis, elle posa le martinet sur le bureau.

— Restez ici. Je connais l'emplacement de chaque objet par cœur. Si vous touchez à quoi que ce soit, cela sera considéré comme une volonté d'interférer dans l'enquête.

Elle allait quitter la chambre, quand elle se retourna.

— Dites-moi, une dernière chose : combien de robes chaque moine possède-t-il ?

Frère Logan parut désarçonné.

— Euh... nous en avons trois chacun, pourquoi ?

Grace haussa les épaules, referma la porte et n'eut que quelques pas à faire pour entrer sans prévenir dans la cellule de frère Colin.

Le moine priait à genoux devant le vitrail de sa fenêtre. Il fit volte-face et la dévisagea de ses petits yeux luisants de peur et de défiance. Elle verrouilla derrière elle tout en déclarant son identité et s'adossa à la porte, les bras croisés. Sans un mot, elle fit signe au jeune homme de se redresser et de prendre place sur la chaise. Il renifla, se gratta l'arrière du crâne et, le dos voûté, il s'assit en marmonnant.

— Je savais qu'il y avait q... quelque chose de pas bien qui s'était passé... Je le savais.

— Comment le saviez-vous ?

— Hein ? Non, je le sentais, c'est tout.

— Depuis quand aviez-vous ce pressentiment ? Vous saviez qu'Anton était menacé ?

— Non, non... je n'ai pas dit ça. C'était une impression. Je suis... Parfois, je devine des choses.

Grace réajusta son dos sur le battant de porte.

— Vous connaissiez bien le pensionnaire Anton ?

Le moine fit non de la tête.

— Que savez-vous de lui ?

— Il parlait surtout avec... avec... f... frère Archibald et l'abbé. Moi, je n'étais pas assez intelligent pour lui.

— L'abbé et Archibald étaient donc proches d'Anton ?

— En tout cas, ils passaient chacun leur tour des heures dans la cellule d... du pen... pensionnaire et je me demande ce qu'ils faisaient là-dedans, dit-il en levant les yeux au ciel comme pour recevoir l'approbation de Dieu.

— Vous vous sentiez exclu ?

Le moine ricana, mais ne répondit pas.

— Vous sentiez-vous moins considéré par vos frères depuis l'arrivée du pensionnaire Anton ?

— Je sais bien ce que vous essayez de me faire dire. Je ne suis pas aussi bête que j'en ai l'air, même si je bé... gaie. Alors, voilà la vérité : je n'ai tué personne, m... mais je ne vais pas pleurer la mort de ce... de... de cet homme.

Grace donna une impulsion sur la porte pour s'en décoller et se dirigea vers l'armoire. Elle l'ouvrit sous la surveillance suspicieuse de son interlocuteur.

— Frère Colin. Vous êtes le seul de tous les moines à n'avoir qu'une seule robe de rechange dans votre armoire. Tous les autres en ont deux. Pouvez-vous me dire où se trouve la deuxième ?

— Vous... vous êtes ma mère ou quoi ?

— Non, bien pire certainement, répliqua-t-elle.

Le moine leva le menton d'un air de défi.

— El... elle... est... à... à... à la... la... lave... laverie.

Grace se raidit en constatant l'accentuation du bégaiement.

— À la laverie ? Pourtant, nous sommes jeudi, aujourd'hui, et selon le planning très strict des activités du monastère, il m'a semblé que le linge n'était lavé que le mardi... Y aurait-il eu une tache urgente à faire disparaître ?

Le moine frotta l'arrière de sa tête avec une énergie compulsive. Ses jambes tressautèrent.

— Vous avez une explication à me fournir ? insista Grace de cette voix soudainement plus froide, presque méprisante, qu'elle réservait aux suspects.

— Je... je...

Frère Colin ne termina pas sa phrase. Il bondit sur ses pieds, lança sa chaise sur Grace et se retourna pour se jeter à travers le vitrail de sa chambre dans un assourdissant éclat de verre.

– 8 –

Un brutal courant d'air s'engouffra à travers la béance de verre brisé, giflant Grace, affolant les pages de la bible ouverte sur l'écritoire dans un tournoiement de tempête. Dans la précipitation, le moine n'avait pas pris le temps de viser et Grace avait pu éviter la chaise. Elle se hissa à toute vitesse sur le bureau : derrière le rideau de pluie qui s'abattait à nouveau en déluge, elle devina la silhouette de l'homme courir vers la mer.

Elle sauta à son tour un mètre plus bas. Le manque d'entraînement ne l'aida pas à amortir sa réception. Elle dérapa sur le sol détrempé, son visage s'écrasa dans la boue, répandant un goût de terre dans sa bouche. Elle se releva et fonça en dégainant son arme.

— Arrêtez-vous ! ordonna-t-elle.

Mais le moine avait pris trop d'avance, et la voix de la jeune femme fut couverte par la cascade pluviale. La panique la saisit : en contrebas de la pente herbeuse, elle venait de distinguer la naissance blanchâtre de la falaise. Et frère Colin s'élançait droit vers elle.

Elle tira un coup de semonce en l'air. Le moine se retourna, sa robe claquant au vent. Il se tenait la jambe et reprit sa fuite en boitant, probablement blessé par un éclat de verre.

La vue de la falaise se rapprochant aiguillonna sa peur et Grace força sur sa foulée à s'en déchirer les poumons.

— Ne faites pas ça ! hurla-t-elle.

Elle n'arriverait pas à temps. Il allait sauter et se fracasser sur les rochers. Son ombre crayonnée par les lignes grises de la pluie s'immobilisa au bord de l'abîme. Puis s'inclina vers l'avant.

Se rappelant ses lointains cours de catéchisme, Grace cria de toutes ses forces, espérant que ses ultimes efforts lui avaient permis de se rapprocher assez pour au moins être entendue.

— Dieu vous a donné la vie, frère Colin, c'est à lui seul de décider quand la reprendre !

Le corps du fugitif eut un réflexe de retenue. Grace n'était plus qu'à quelques mètres. Frère Colin avait redressé son buste, mais il regardait toujours au fond du précipice. Au déferlement chaotique des cieux se mêlait le rugissement des vagues creusant la falaise.

— Dieu vous aime, il vous aidera ! lança Grace en avançant à pas comptés.

Le moine se retourna et elle croisa son regard transi de terreur.

— Dieu vous pardonnera si vous le lui demandez... Je sens que vous n'avez pas vraiment voulu ce qu'il s'est passé, frère Colin. Laissez le Seigneur vous accorder sa miséricorde.

Elle tendit la main pour l'offrir au moine. Ce dernier la considéra. Puis elle vit le puits noir du désespoir assombrir son œil. Il se signa en se laissant tomber

Grace tira. La balle perça l'arrière de la cuisse de l'homme, provoquant l'affaissement de la jambe et une brève inclinaison du corps vers l'arrière. L'enquêtrice saisit sa chance, agrippa la capuche de la robe et la tira vers elle. Projeté au sol dans un jaillissement d'éclaboussures, le moine s'effondra sur le dos, criant de douleur en compressant la blessure de sa cuisse.

Sans délicatesse, Grace le souleva par le dessous des bras et, en poussant des ahanements d'effort, elle le traîna loin de la falaise, avant de tomber à genoux à côté de lui. Frère Colin se tordait en lamentations. Grace le retourna face contre terre, et lui enferma les poignets dans les menottes qu'elle portait à sa ceinture.

Épuisée, reprenant son souffle, elle essuya son visage maculé de boue d'un revers de manche trempée, et comprima la blessure qu'elle avait provoquée. Elle allait prendre son téléphone dans sa poche intérieure, lorsqu'elle sentit une présence.

Les cheveux et les paupières ruisselants de pluie, elle releva la tête. Une silhouette encapuchonnée, au faciès plongé dans l'ombre, se dressait à côté d'elle. L'espace d'une seconde, elle crut à la présence d'un démon surgi du néant.

— Qu'avez-vous fait ?

L'abbé Cameron dévoila ses traits en s'agenouillant, l'air horrifié, les yeux rivés sur son frère perclus de douleur.

— Il s'en sortira, répondit Grace. Il y a des secours sur l'île ?

— Oui, un médecin, au village...

— Appelez-le. Et aidez-moi à transporter votre frère jusqu'au monastère.

L'abbé était si perturbé qu'il esquissait des gestes sans les terminer. Il porta la main à son front, chercha son téléphone avant de se raviser pour regarder autour de lui, désemparé.

— Frère Cameron, intervint Grace en lui prenant le bras. Les secours.

— Oui... oui, bien sûr.

Pendant que l'abbé discutait enfin avec le médecin, Grace se remit à compresser la blessure de frère Colin.

— Il arrive tout de suite, conclut l'abbé en raccrochant.
— On y va.
— Enlevez-lui au moins ses menottes !
— Non.

Grace souleva le moine par les épaules et fit signe à l'abbé de l'attraper par les pieds.

— Ma jambe ! hurla frère Colin.

Glissant sur les rigoles boueuses, reprenant leur souffle à plusieurs reprises, ils parvinrent finalement aux portes du monastère, où frère Rory accourut sous la pluie pour leur prêter main-forte.

— Que s'est-il passé ?
— Transportons-le à l'infirmerie ! se contenta de répondre l'abbé.

Ils pénétrèrent dans le bâtiment, enfin à l'abri, où les autres moines, choqués, aidèrent à soulever le corps de leur frère. Le courant était rétabli et ils suivirent une succession de couloirs bien éclairés, jusqu'à entrer dans une petite pièce qui sentait l'éther, où ils purent déposer le blessé sur un lit. Grace ne laissa qu'une seule menotte au suspect, qu'elle attacha au sommier de la couchette.

— On a entendu des bruits de verre cassé et des coups de feu..., commença frère Rory en foudroyant son interlocutrice du regard. Qu'avez-vous fait ?

— Il a été touché par balle à la cuisse droite et il me semble qu'un éclat de verre l'a aussi atteint à la jambe, précisa Grace.

Le moine aux mains épaisses releva la robe de son frère et dévoila effectivement les deux blessures. Il appliqua plusieurs compresses pour stopper l'hémorragie de la plaie par balle, puis entreprit de désinfecter la coupure béante, en marmonnant que frère Colin était le plus gentil et le plus pur d'entre eux, qu'il ne méritait pas un tel traitement.

Grace le laissa travailler, mais à peine avait-il terminé le dernier point de suture qu'elle congédia tout le monde pour être seule avec le suspect.

— Donnez-lui au moins de la morphine, protesta leur supérieur.

— Non.

Comme il insistait, Grace approcha son visage de celui de l'abbé et le regarda par en dessous, son index pointé vers lui.

— Sous morphine, son témoignage sera confus et ne vaudra rien. Or, pour que vous compreniez bien la situation : votre frère est désormais le suspect principal du meurtre d'Anton Weisac. Donc, si vous ne sortez pas tout de suite, je m'appliquerai à expliquer avec quel zèle vous m'avez empêchée de mener mon enquête et vous serez jugé pour entrave à la justice.

C'est dans ces moments que Grace avait l'impression que sa franche présence corporelle appuyait ses propos avec plus de force que si elle avait été toute frêle. D'autant que son sourcil droit avait tendance à se relever d'un air agacé, que sa lèvre inférieure se faisait plus lourde et que son doux regard noisette se tendait d'une autorité dissuasive.

Frère Rory émit un grognement, Grace le toisa avec sévérité, et comme l'abbé Cameron, il finit par tourner les talons et quitter l'infirmerie.

Une fois seule, elle se pencha au-dessus de Colin dont les gémissements emplissaient la pièce.

— Qu'avez-vous fait à Anton Weisac ?

Le moine secoua la tête de gauche à droite en demeurant muet, la main crispée sur sa cuisse.

— Plus vite vous me répondrez, plus vite le médecin vous fournira de la morphine et vous extraira la balle de la jambe.

Aux gouttes de pluie luisant sur le visage du jeune homme se mêlait la sueur de la fièvre qui commençait à monter.

Grace détestait assister à la souffrance d'un être vivant, même d'un assassin. Mais elle était prête à subir ce spectacle qui la révulsait si cela pouvait la conduire à la vérité.

— Je... je n'ai pas tué Anton, gémit le moine.

— Pourquoi vous êtes-vous enfui, alors ? Pourquoi avoir voulu en finir avec la vie ?

La poitrine de l'homme se souleva par saccades et des larmes coulèrent sur ses joues.

— Ce n'est pas moi... mais...

Tel un prêtre au confessionnal, Grace ne bougea pas, par crainte de perturber la fragilité de l'aveu naissant.

— Colin. Racontez-moi ce qu'il s'est passé et je verrai comment je peux vous aider.

Le moine hoqueta de peine et de souffrance. Et dans ses yeux, Grace lut l'envie brûlante de se délivrer du secret.

− 9 −

— C'est pas moi qui ai tué Anton... mais c'est ma faute..., balbutia frère Colin.

Grace encouragea le moine à continuer d'un imperceptible hochement de tête.

— Qui est l'assassin ?
— Il avait l'air si gentil...
— Qui ?
— Un jeune homme qui était au village ces dernières semaines. Je le croisais chaque fois que j'allais faire les courses et il me regardait comme s'il voulait me parler, mais il n'osait pas...

Il grimaça d'ironie.

— D'habitude, c'est moi qui regarde les autres comme ça, alors de le voir dans cet état, timide, tout seul, ça m'a ému. Je suis un idiot.

Grace posa sa main sur le bras du moine.

— Que s'est-il passé ensuite, Colin ?
— Je suis allé lui parler. Je lui ai demandé pourquoi il me regardait comme ça. Il m'a dit que son frère Anton était dans le monastère depuis des mois et qu'il ne savait pas comment faire pour le voir. Il avait l'air si triste, inspectrice, tellement... en peine.

— Pourquoi n'est-il pas venu frapper directement à la porte du monastère ?

— C'est la première question que je lui ai posée ; il m'a répondu que son frère s'était violemment disputé avec lui et tout le reste de la famille. Qu'il ne voulait plus entendre parler d'eux. Il m'a montré des photos où ils étaient tous les deux, se tenant par les épaules, tout sourire... et il a pleuré.

— Alors, il vous a imploré d'arranger une rencontre, c'est ça ? À l'insu d'Anton ?

Frère Colin toussa et reprit sa respiration. Sous sa main, Grace sentait sa peau s'échauffer sous l'effet de la fièvre.

— Oui... en quelque sorte. Il m'a expliqué qu'il voulait demander pardon à son frère de ne pas l'avoir soutenu dans la dispute contre ses parents. Qu'il voulait apaiser cette souffrance entre eux deux. Qu'il lui manquait terriblement.

— Et cela a suffi pour vous décider à aider cet inconnu ? s'étonna Grace.

— Non... Il a aussi dit qu'avec un peu de chance, il parviendrait à convaincre Anton de renoncer à son exil et de rentrer à la maison.

Frère Colin se détourna, les lèvres pincées comme s'il voulait retenir des paroles qui explosaient dans sa bouche.

Grace commençait à comprendre.

— Vous vouliez vous débarrasser d'Anton...

— Vous me trouvez méchant, hein ?

— Je ne juge jamais les autres en fonction de ce que j'aurais fait à leur place. Je suis simplement là pour vous écouter.

— Oui, je l'ai fait parce que je ne voulais plus voir cet Anton ! siffla le moine, les dents serrées.

— Mais... pourquoi ?

Grace tenait sa tête penchée, le regard concerné, la voix douce, comme si elle était auprès d'un membre de sa famille en convalescence.

— Parce qu'il me tourmentait, inspectrice. Il me tourmentait sans cesse, ce serpent. Il se moquait de moi, de mon physique, de ma lenteur d'esprit, de ma « non-intelligence », comme il disait. Et ça, personne ne le voyait ! Il s'arrangeait toujours pour m'humilier, me rabaisser quand il n'y avait pas de témoins. J'étais son souffre-douleur de l'ombre. Parce que... parce que cet homme que tout le monde adorait, et dont mes frères vantaient tous l'extraordinaire personnalité, était l'être le plus arr... arrogant, le plus pré... prétentieux que... que... j'ai ja... jamais rencontré ! Intelli... intelligent, oui. Mais m... mé... méchant avec les... plus... plus faibles...

— Ne vous énervez pas, conseilla Grace en le voyant perdre le contrôle.

Le moine reprit son souffle, haletant.

— Je n'en pouvais plus, vous comprenez, il faisait de ma vie un calvaire. Alors, quand l'opportunité de le voir s'en aller pour toujours s'est présentée, j'ai sauté sur l'occasion.

— Vous n'aviez rien dit à l'abbé de ce qu'Anton vous faisait subir ?

Frère Colin secoua la tête de dépit.

— Non... je n'ai pas osé. Il l'aimait tellement qu'il ne m'aurait pas cru. Et puis j'ai pensé que Dieu me mettait à l'épreuve, ou me punissait de quelque chose que j'avais mal fait, alors j'ai accepté ma pénitence jusqu'à ce que le ciel m'offre la chance de me délivrer.

Se sentir abandonné, victime d'une destinée cruelle et injuste, et se rattacher à la fatalité divine. Grace était peut-être la mieux placée sur cette île pour comprendre ce que frère Colin avait éprouvé. L'espace d'une seconde, elle se rappela ce jour où, face à l'impensable pour un enfant de son âge, elle avait évité la folie en décidant de croire que Dieu lui infligeait ce châtiment pour une raison qu'il lui dévoilerait tôt ou tard.

Mais elle chassa l'empathie qui la gagnait en se souvenant que c'était précisément la tragédie de son passé qui l'avait conduite jusqu'à ce métier d'inspectrice. Et ce dernier exigeait une discipline émotionnelle sans faille.

— Comment s'est déroulée la nuit d'hier ? demanda-t-elle, alors que le jeune moine serrait si fort les mâchoires que les veines autour de ses yeux se gonflaient de leur couleur bleutée.

— Ma jambe...

— Oui, le médecin va arriver d'une seconde à l'autre...

Il baissa les paupières, comme s'il allait s'endormir. Grace le secoua.

— Dire la vérité vous soulagera, frère Colin...

Le moine remplit ses poumons d'air.

— À une heure du matin, je lui ai ouvert la porte du monastère, je lui ai prêté une de mes robes pour qu'il passe inaperçu au cas où il croiserait l'un de mes frères, et je lui ai indiqué où se trouvait la cellule d'Anton. Il m'a promis de faire vite. J'ai attendu dans le hall d'entrée. Une demi-heure plus tard, il est arrivé à toute vitesse. Il m'a lancé qu'Anton avait accepté de revenir et qu'il serait bientôt de retour dans sa famille. Et puis il a filé, sans me rendre ma tunique.

— Était-il taché de sang ?

— Il faisait trop sombre et tout est allé si vite... Je ne voulais pas ça...

— Je sais, chuchota Grace sans retirer sa main du bras du moine. Je sais. Connaissez-vous le nom de cet homme qui prétendait être le frère de la victime ?

— Non… mais je peux vous le décrire, et puis… il était à l'hôtel de l'île. D'autres personnes ont dû le croiser là-bas.

— Quand vous irez mieux, je vous mettrai en relation avec un membre de mon bureau qui effectuera un portrait-robot d'après vos consignes. En attendant, dites-moi à quoi il ressemblait.

— Il devait avoir vingt-cinq ans environ, très mince, mais d'une carrure solide. Un jour où il faisait un peu plus beau, il avait relevé le bas de ses manches et j'ai vu des tatouages rouge et bleu sur ses avant-bras. Ne me demandez pas les motifs, je n'ai pas fait attention.

— Bien… continuez, vous m'aidez.

— Il avait une apparence très soignée. Toujours parfaitement coiffé, avec du gel, et il portait une barbe bien propre, bien taillée. Et puis, il avait toujours des écouteurs, soit aux oreilles, soit qui pendaient sur ses épaules. Et… même si cela ne m'intéresse pas, je dirais qu'il était beau.

— Bien…

— Je vais aller en prison, n'est-ce pas ?

— Si ce que vous m'avez raconté se révèle être vrai, je n'en suis pas certaine.

On frappa à la porte et une voix masculine s'annonça.

— Docteur Bisset !

Un homme âgé, à l'épaisse moustache blanche, fit irruption dans l'infirmerie muni d'une sacoche.

— Je vous en prie, allez-y, lui dit Grace en laissant le médecin approcher de frère Colin.

Elle était sur le point de refermer la porte derrière lui, quand l'abbé l'interpella du couloir.

— Inspectrice Campbell...

Il cherchait visiblement à lui parler en privé. Tandis que le médecin commençait l'auscultation, Grace se glissa dehors, en laissant la porte entrouverte pour surveiller d'un œil ce qu'il se passait à l'intérieur.

— Inspectrice, je suis désolé, murmura l'abbé, mais je n'ai pas pu m'empêcher d'écouter votre discussion avec frère Colin.

Grace releva le menton, profondément en colère.

— Attendez, attendez... j'ai peut-être bien fait. J'ignorais ce qu'Anton faisait subir à notre frère. Je vous le jure, je ne m'en suis pas douté une seule seconde. Jamais je n'aurais cru une chose pareille de sa part et je n'aurais pas toléré un tel comportement si j'en avais été informé.

Grace le considéra en écartant les mains, semblant l'encourager à lui révéler quoi que ce soit pouvant l'intéresser.

— Écoutez...

Le supérieur s'assura qu'ils étaient bien seuls dans le couloir, aussi nerveux que lorsqu'il lui avait ouvert la porte du monastère le matin même. Puis, il chuchota à l'oreille de Grace.

— Anton était plus qu'un pensionnaire pour moi. C'était un ami. Un ami à qui j'avais fait une promesse, au-delà de la mort.

L'abbé prit une longue inspiration et caressa le carré de sa barbe.

— Mais ce que je viens d'entendre remet tout en cause. Il m'a trahi en maltraitant l'un de mes frères.

Il a bafoué notre amitié et brisé le lien de confiance qui nous unissait.

Grace perçut des trémolos dans la voix de ce serviteur de Dieu en lutte contre lui-même.

— Notre Seigneur m'en soit témoin et qu'il me châtie s'il me juge blasphématoire, mais en mon âme et conscience, je n'ai plus à respecter mon serment.

Les yeux rougis et le regard creusé, l'abbé Cameron hocha la tête, comme s'il s'autorisait à parler.

— Venez avec moi, finit-il par souffler. Je dois vous montrer quelque chose.

– 10 –

Grace s'assura que le médecin était bien en train d'extraire la balle de la jambe de frère Colin, puis elle referma la porte et scruta l'abbé Cameron.

— Et donc, vous ne m'auriez rien dit si vous n'aviez pas entendu la confession de votre frère ?

— Oui, je sais que cela peut paraître absurde pour le monde profane, mais pour nous, la promesse détient encore une dimension sacrée.

Grace ne contesta pas. Elle pouvait comprendre.

— Que voulez-vous me montrer ?

L'abbé s'éloigna de l'infirmerie et elle lui emboîta le pas.

— Il faut retourner là où se trouve le corps d'Anton.

— Mais encore ?

— Vous savez maintenant qu'Anton était un jeune homme brillant, et son activité intellectuelle n'aurait jamais pu supporter un tel isolement sans qu'il puisse exercer son talent.

Grace se rappela s'être effectivement fait cette réflexion en se demandant pourquoi un esprit a priori si gourmand de savoirs avait décidé de venir s'enfermer dans un monastère si longtemps, où la seule source de nourriture intellectuelle devait concerner la religion.

Ils regagnèrent le cloître et contournèrent ses arcades gothiques. Grace put remarquer que la pluie continuait à tomber dru, mais verticalement, preuve que le vent s'était calmé. Les renforts qu'elle attendait allaient pouvoir embarquer et la rejoindre.

L'abbé s'engagea sur le chemin menant au quartier des pensionnaires. Désormais, de discrets spots encastrés dans le sol caressaient les reliefs des murs de pierre.

— Avec mon soutien, Anton avait été installé dans l'ancienne cellule du tout premier prieur de notre communauté, expliqua l'abbé. Peut-être ignorez-vous que le monastère d'Iona est l'un des plus vieux d'Écosse et fut, sans aucun doute, le berceau de l'Église en Europe. Nos ennemis étaient nombreux, il y a mille cinq cents ans, et des pièces secrètes avaient été prévues en cas d'attaque. Ne serait-ce que pour y cacher nos précieux manuscrits...

L'abbé se signa en murmurant une prière et poussa la porte de la chambre d'Anton.

Le cadavre gisait toujours à côté du lit et Grace remarqua que le moine faisait tout pour l'éviter du regard. Malheureusement pour lui, la mort avait commencé à emplir la pièce de cette inévitable odeur qui vous étreint la gorge et vous sature l'estomac de sa bouillie puante. Préparée, Grace respirait par la bouche, mais l'abbé fut surpris et écrasa la manche de sa robe sur son nez en réprimant un haut-le-cœur.

Avec un empressement soudain, il s'accroupit près de l'armoire, souleva un crochet dissimulé derrière un des pieds, puis poussa le meuble de l'épaule. Le bois grinça et l'armoire coulissa le long du mur pour révéler un passage voûté.

Il tâtonna à l'intérieur du goulet et enclencha un interrupteur. Une ampoule branlante s'illumina au plafond.

— C'est l'atelier privé d'Anton…, dit-il de sa voix étouffée par le tissu de son habit plaqué sur sa bouche.

Se courbant pour franchir l'étroit passage, l'abbé Cameron entra le premier. Intriguée, Grace se faufila à son tour et déboucha dans une pièce ronde aux allures de bureau d'universitaire.

Au centre de la salle, une spacieuse table de travail accueillait un cahier ouvert noirci de calculs ainsi qu'une haute pile de carnets, tous semblables. En face, un tableau à craie était lui aussi chargé de signes arithmétiques. À côté, une bibliothèque garnie d'ouvrages. Guidée par son amour des livres, Grace jeta un rapide coup d'œil sur les dos qui lui révélèrent des contenus scientifiques et même astrophysiques.

Son étude des titres achevée, son regard glissa vers le mur opposé. Il était tapissé d'une dizaine de feuilles assemblées les unes aux autres avec du Scotch.

Elle les éclaira avec la lampe de son téléphone et dévoila avec plus de netteté une forme ovale à dominante verte, dont le centre était traversé de gauche à droite par une traînée rouge et orangée. Grace se rapprocha et constata que l'ovale se trouvait composé d'une multitude de minuscules pointillés. La majorité était verte, mais des amas de couleur feu et d'autres tirant sur le bleu parsemaient la figure dans certaines zones. À quoi pouvait bien correspondre cette image ? Qu'est-ce qu'Anton y voyait ? Question d'autant plus légitime que plusieurs endroits avaient été entourés de cercles dessinés à main levée.

Grace photographia l'image et détacha lentement son attention de cette énigme pour examiner le dernier élément visible de la pièce : un poster gigantesque qui recouvrait les pierres murales, derrière le bureau. Cette fois, sa nature ne faisait guère de place au doute. Il s'agissait d'une carte géographique. Grace n'eut aucun mal à reconnaître les Highlands.

En voulant voir l'affiche de plus près, elle buta sur quelque chose. À ses pieds reposaient des chaussures de marche à côté d'un sac à dos. Grace l'ouvrit et trouva une veste polaire, deux gourdes, des barres de céréales, une boussole, des gants, et une autre carte des Highlands, dont l'état largement élimé témoignait d'un usage fréquent. Elle la glissa dans sa poche et replaça tout le reste dans le sac, laissant à l'équipe scientifique le soin de l'étudier de plus près.

Puis elle regarda plus attentivement le poster. Des épingles pointaient cinq endroits de cette terre du Nord, des lieux perdus au milieu des étendues sauvages. Quatre des cinq secteurs répertoriés étaient barrés d'une grande croix, comme s'ils avaient été éliminés d'une liste. Un seul lieu, situé au cœur des vallées, n'était pas coché. Bien au contraire, il était entouré d'un cercle et un grand point d'interrogation y était associé.

– 11 –

En prenant soin de capturer tous les détails, Grace photographia consciencieusement le plan des Highlands, le tableau noir saturé de signes arithmétiques, ainsi que quelques pages du cahier de calculs ouvert sur le bureau.

Elle contempla pensivement ces lignes complexes, où se mêlaient des chiffres entre parenthèses, des fractions, des racines carrées, des lettres grecques et toute une autre série de sigles dont Grace ignorait la signification. La seule évidence qui lui sauta aux yeux fut la netteté de l'écriture : un tracé franc et sans rature d'un esprit fluide suivant avec confiance le chemin de sa solution.

Face à cette énigme, elle fut de nouveau confrontée à cette question qui revenait souvent au cours de sa vie : comment l'humanité pouvait-elle à ce point être divisée en deux ? D'un côté, les scientifiques et les techniciens dont le cerveau puissant perçait les lois de la nature à coups de calculs, d'expériences et d'intelligence.

De l'autre, les utilisateurs, les consommateurs comme elle, muets d'ignorance devant les formules mathématiques, la physique, la biologie et même les mécanismes des objets du quotidien. Parfois, elle s'amusait à imaginer qu'elle était téléportée au Moyen Âge, drapée de son arrogance de visiteur du XXIe siècle. Mais que serait-elle capable d'enseigner aux gens de cette époque ? Le vaccin contre la peste ? L'aspirine ? Avec quelle formule chimique ? Leur expliquerait-elle que la Terre tourne autour du Soleil et non l'inverse ? Mais comment le prouverait-elle ? Elle serait même incapable de dessiner le schéma de fabrication du vieux stylo à bille traînant au fond de sa poche, et le premier paysan venu lui enseignerait comment semer une graine alors qu'elle mourrait de faim sur le bord d'un chemin, son portable à la main.

Un tintement sonnant au loin à trois reprises la tira de sa réflexion. Elle reconnut la cloche d'entrée du monastère.

— Ce doit être les équipes de renfort, dit-elle à l'abbé qui l'observait depuis un moment avec insistance, en silence.

— Vous pensiez à quoi en étudiant les travaux d'Anton ?

Que j'appartenais à la partie dispensable de l'humanité, se dit Grace en son for intérieur. Mais elle opta pour une réponse plus pragmatique qui, en vérité, la perturbait tout autant.

— Je me demandais si ces travaux scientifiques étaient liés ou non à l'assassinat d'Anton Weisac.

— Et si c'était le cas ?

— Alors, l'affaire prendrait une tournure très inhabituelle par rapport à celles sur lesquelles j'ai enquêté jusqu'ici, conclut-elle en se baissant pour quitter l'atelier.

Elle se dirigea rapidement vers l'entrée du monastère aux côtés de l'abbé.

— Anton ne vous parlait pas de ce qu'il faisait ou cherchait dans ce bureau ?

— Non, jamais. Un jour, j'ai insisté, il s'est mis en colère et il m'a lancé que c'était dangereux pour la santé de l'esprit.

Grace hocha la tête ironiquement. Et dire qu'elle allait peut-être devoir percer le mystère de ces dangereuses recherches.

Mais elle n'eut guère le temps de songer à cette échéance. Ils avaient rejoint le hall d'entrée, et l'abbé ouvrait déjà la porte aux nouveaux arrivants.

Onze heures et demie du matin venaient de sonner quand le médecin légiste Murray entra et serra la main de Grace. D'une cinquantaine d'années, de rares cheveux aplatis en vaguelettes sur une tête un peu trop large pour son corps, il adressa un rapide salut à l'abbé de sa bouche tordue.

— Ah, quel temps ! À croire que la venue dans un monastère nécessitait la commémoration du Déluge ! lança-t-il en secouant les manches de sa parka ruisselante de pluie. Où se trouve le corps ?

— Je vais vous y conduire, répondit Grace, qui perçut l'inconfort du religieux face à cet homme trop habitué à la mort pour encore s'en émouvoir.

Le légiste était accompagné de deux membres de la police scientifique – un jeune homme roux et une femme plus âgée aux cheveux très courts –, ainsi que de quatre officiers. Grace les salua et distribua les responsabilités de chacun. Elle posta un officier dans le hall d'accueil du monastère, en lui demandant de ne laisser sortir personne, un autre à l'entrée des quartiers des moines, pour s'assurer qu'aucun d'eux ne regagnerait sa chambre avant l'inspection par les techniciens scientifiques, le troisième devant la cellule de la victime et le dernier dans l'infirmerie, à qui elle confia une mission plus précise.

— Votre nom ?

— Hamilton.

— Bien, officier Hamilton, soyez très attentif, le moine que le médecin est en train de soigner a voulu se suicider. Je ne veux pas vous voir venir m'annoncer que le principal témoin de cette affaire s'est donné la mort. Et appelez-moi dès qu'il sera réveillé.

Le policier acquiesça et tendit une sacoche à Grace.

— Vous aurez besoin de cet ordinateur pour le portrait-robot. Il est équipé d'un système téléphonique directement relié aux équipes de profilage de Glasgow.

— Déposez-le dans l'infirmerie. Merci.

L'officier obtempéra et partit prendre son poste sur les indications de l'abbé.

— Pourquoi ce témoin est-il à l'infirmerie ? demanda Wallace Murray en fronçant ses petites narines pour relever ses lunettes. Il y a eu du grabuge ?

Grace hésita.

— J'ai été contrainte de lui tirer dessus pour l'empêcher de sauter du haut de la falaise.

Le légiste ouvrit une bouche ronde.

— Ah, bah ça, alors ! C'est bien la première fois que j'entends une chose pareille. Sous votre allure débonnaire, vous avez un sacré cran, inspectrice ; à moins que vous ayez commis une bavure que vous voudriez dissimuler avec un pieux mensonge...

Grace le regarda en haussant légèrement un sourcil, avec un air mêlé de mépris et d'indifférence.

— Bien, bien... Je disais ça par respect pour notre code éthique, mais je sais que le terrain nécessite parfois certains ajustements si l'on veut accomplir la mission pour laquelle on est payés. N'est-ce pas ?

Elle ne répliqua rien, laissant l'homme avec son embarras. Puis, elle conduisit le groupe à travers les dédales du monastère.

Une fois devant la chambre d'Anton, les deux membres de la police scientifique s'équipèrent de leur blouse stérile. Le légiste les imita.

— Vous venez avec nous ? demanda-t-il en ajustant une charlotte sur sa large tête.

— Non, j'ai des éléments à vérifier à l'hôtel de l'île. Je vous rejoindrai plus tard. Vous avez mon numéro. Frère Cameron, je vous confie le soin de conduire les techniciens de la police scientifique dans chacune des chambres des moines et partout où ils le désireront.

— Oui, comptez sur moi.

Juste avant de tourner les talons, Grace sentit le regard inquiet de l'abbé peser sur elle. Comme s'il redoutait ce qu'elle allait apprendre en se rendant à l'hôtel.

– 12 –

Le martèlement de la pluie résonna de plus belle à ses oreilles tandis qu'elle empruntait de nouveau le chemin pavé des morts et franchissait la colline menant au port. En contrebas de la butte, elle aperçut la poignée de maisonnettes, leurs toits en ardoise ruisselants et la mer dont les flots gris se confondaient avec le ciel de métal.

Descendant en pas chassés pour limiter les risques de glissade, Grace se trouva bientôt dans l'unique ruelle du hameau et ne fut pas longue à repérer l'enseigne en fer forgé du seul hôtel de l'île.

Elle poussa la porte et laissa échapper un soupir de soulagement en sentant une douce chaleur l'envelopper. À sa gauche, dans un salon agrémenté d'épais fauteuils en cuir, un feu de cheminée crépitait dans un âtre en vieilles pierres noircies. En face d'elle, un escalier en acajou conduisait à l'étage. À sa droite, derrière un comptoir en bois sculpté de navires, se tenait une jeune femme coiffée d'un chignon, au sourire avenant.

— Bonjour, Madame, c'est pour déjeuner ? demanda-t-elle en serrant entre ses mains une tasse d'une boisson fumante.

Grace jeta un rapide coup d'œil à l'horloge surmontée d'un poisson. Il était effectivement midi passé. Elle n'avait pas vu le temps filer.

— Bonjour. Grace Campbell de la police de Glasgow, j'ai des questions à vous poser sur l'un de vos récents résidents.

L'expression de bienvenue de la jeune femme disparut soudain.

— Que s'est-il passé ? Enfin... je veux dire, comment puis-je vous aider ? Mon Dieu, vous me faites peur.

— Cela ne vous concerne pas directement, répondit Grace en frissonnant. Avez-vous accueilli, ces derniers jours, un homme d'environ vingt-cinq ans à l'allure très soignée, cheveux gominés, barbe bien entretenue, des tatouages sur les bras ?

— Oh, oui, oui... un beau garçon. Très poli, même s'il vous parlait toujours avec ses écouteurs sur les oreilles et les yeux rivés sur son téléphone portable. Il a rendu sa chambre hier matin. Pourquoi ? Il a fait quelque chose ?

— Je peux voir le registre de l'hôtel ?

— Oui, bien sûr, mais peut-être souhaitez-vous vous installer près du feu, vous m'avez l'air glacée et un peu pâle, si je peux me permettre.

Grace devait reconnaître qu'elle ne se sentait pas très bien. Cela faisait plus de neuf heures qu'elle était debout et elle avait mis son corps à rude épreuve. Elle accepta la proposition, quitta sa parka trempée et étendit ses pieds devant les flammes apaisantes. Le plaisir immédiat de la douce chaleur souligna l'ampleur de la tension qu'elle avait accumulée depuis le petit matin. Qu'elle le veuille ou non, cette affaire l'avait plus éprouvée en quelques heures que toutes celles qu'elle avait eu à traiter dans sa carrière.

— Voici le registre. Le client dont vous parlez s'est enregistré sous ce nom.

Grace suivit la ligne du doigt : Steven Carlow.

— Vous avez vérifié son passeport ?
— Oui.
— De quelle nationalité était-il ?
— Écossaise.

Grace appela aussitôt son supérieur. Elle lui résuma la situation, l'excérébration de la victime, le rôle de frère Colin, et termina par le nom trouvé dans le registre de l'hôtel.

Elle entendit un bruit de clavier.

— Steven Carlow.
— Oui, C-A-R-L-O-W.
— Merde... rien. C'est forcément une fausse identité, il n'existe aucun Steven Carlow en Écosse ni ailleurs en Grande-Bretagne.

— Je vais avoir un portrait-robot sous peu et la scientifique trouvera peut-être quelque chose. Et sinon, l'équipe chargée d'aller inspecter le dernier domicile connu de la victime a-t-elle fait son rapport ?

— Oui, l'appartement était complètement vide. Pas un meuble. Rien. La concierge a dit que l'occupant avait tout vendu avant de partir. Cet Anton Weisac avait visiblement l'intention de rester un certain temps dans ce monastère.

— Qu'est-ce qu'on sait d'autre sur lui ?
— J'ai mis une femme de mon équipe sur l'enquête afin de découvrir d'où il vient, où il a travaillé, s'il a une famille, etc. Elle t'appellera si elle met la main sur quelque chose. Tu verras, elle est connue pour ne rien

laisser passer. Bon, de ton côté, tu as trouvé pourquoi ce Weisac s'était planqué dans ce trou ?

— Non, pas encore.

— Et donc, tu suis quelle piste, là, tout de suite ?

Grace détestait qu'on lui demande des comptes sur une affaire en cours. Elle avait besoin qu'on la laisse travailler sans avoir à se justifier.

— Plusieurs. Et justement, a-t-on des équipiers doués en sciences, notamment en mathématiques et astrophysique, chez nous ?

— Les types de l'informatique sont parfois surprenants. Je vais voir si on te trouve quelqu'un. Pourquoi ?

— J'ai découvert des images et des calculs auxquels je ne comprends rien. Je t'envoie les dossiers.

Elliot Baxter ne répondit pas tout de suite.

— Il y a un problème ? s'enquit Grace.

— Eh bien, je te rappelle que j'aimerais autant que cette affaire ne s'ébruite pas. Les politiques n'apprécient jamais qu'on pourrisse l'image de l'Écosse, c'est pas bon pour le tourisme. Donc, plus vite tu coinceras le coupable, mieux ça sera.

— Où veux-tu en venir ?

— Tu es sûre que tu ne te perds pas dans des détails inutiles ? Tu ne veux pas te concentrer sur l'enquête de voisinage, les caméras de surveillance, le portrait-robot ? Le concret, quoi.

Grace ferma les yeux pour tenter de garder son calme.

— Je fais les deux, Elliot.

— OK, c'est toi qui vois. Je te rappelle.

La jeune femme raccrocha, transmit les documents à son supérieur et se tourna de nouveau vers l'aimable réceptionniste.

— Pouvez-vous me conduire jusqu'à la chambre que Steven Carlow occupait ?

— Oui, bien sûr.

Grace suivit l'hôtelière jusqu'à l'étage, en dissimulant au mieux le trouble que la conversation téléphonique avec ce « très encourageant » Baxter venait de déclencher en elle.

— Le ménage a déjà été fait ?

— Oh, oui... et bien fait.

Grace enfila une nouvelle paire de gants en latex bleu et entra dans la chambre.

L'odeur de propre et de fraîcheur qui l'aurait ravie en tant que cliente doucha ses espoirs d'inspectrice. Et à en juger par le rangement impeccable, il ne restait que peu de chances de trouver des traces d'ADN nettes et exploitables.

Par souci de rigueur, elle ouvrit les tiroirs des tables de nuit et du secrétaire, tous les trois vides, jeta un coup d'œil dans l'armoire, sous le lit, dans la salle de bains, et ressortit.

— Fermez la porte à clé, ne louez la chambre à personne et n'y entrez plus jusqu'à ce que les équipes scientifiques l'aient inspectée.

— Ah... mais quand vont-ils venir ?

— Ne vous inquiétez pas, ils seront là dans la journée.

— Non, non, je ne m'inquiète pas pour la location, j'ai juste un peu peur de ce qu'ils risquent d'y trouver.

— Nous serons discrets. Vous avez des caméras de surveillance dans l'hôtel ?

— Malheureusement non. C'est très tranquille ici, d'ordinaire.

Grace regagna le salon. Entre-temps, un chat roux s'était lové à sa place, sur le fauteuil le plus près de la cheminée. Il la considéra de ses yeux ronds et elle lui rendit la pareille, sachant d'avance qu'elle partait perdante pour ce duel. Le félin finit par bâiller en dévoilant sa petite langue rose à la façon d'un serpentin. Puis, comme si cet exercice l'avait épuisé pour la journée, il fourra son museau entre ses pattes et se rendormit.

— Faites-le partir ! lança la propriétaire en souriant.

— Il a l'air si bien, répondit Grace, qui rapprochait de l'âtre un autre fauteuil.

Elle se laissa ensuite retomber dans la moelleuse assise, avec un mal de tête croissant et une sensation de vertige. Elle s'octroya quelques instants de répit, mais son malaise ne passait pas.

L'avertissement d'Elliot Baxter avait déclenché un pincement anxieux qui ne la quittait plus. D'un côté, il avait raison, peut-être que les prélèvements sur la scène de crime et dans la chambre d'hôtel livreraient de précieux indices pour identifier et retrouver l'assassin. Peut-être que le portrait-robot serait si ressemblant que le tueur serait arrêté dans les heures qui viennent. Mais si rien de tout cela n'aboutissait ? Que lui resterait-il pour poursuivre l'enquête ? En premier lieu, le profil et les fréquentations d'Anton Weisac, puisqu'il avait l'air de connaître son bourreau, avec qui il avait été photographié. Ensuite, ces mystérieuses recherches qui avaient peut-être un lien avec l'assassin. Mais Grace le reconnaissait volontiers, ce versant de l'affaire était aussi flou que complexe.

Et c'est presque avec le sentiment coupable de perdre son temps qu'elle déplia sur la table basse la carte des Highlands dénichée dans le sac d'Anton.

S'y trouvaient des points géographiques entourés en noir, exactement les mêmes que ceux épinglés sur la carte murale du cabinet secret. À quoi ces zones correspondaient-elles ? Si Anton les avait barrées les unes après les autres et avait encerclé la dernière en y ajoutant un point d'interrogation, c'est qu'il les passait en revue à la recherche de quelque chose. Mais quoi ? Cela aurait pu être de la simple randonnée en quête de beaux paysages, si ce plan ne s'était pas trouvé aux côtés d'énigmatiques calculs. Quel lien existait-il entre ces deux éléments ?

Grace téléchargea une application GPS en espérant y débusquer plus de détails sur les repères géographiques. Elle ne constata rien de particulier, si ce n'est que, d'après les indications de dénivelés, ces endroits étaient difficiles d'accès.

— Vous voulez quelque chose à boire ou à manger ?

Grace était si absorbée dans sa réflexion qu'elle n'avait pas entendu la réceptionniste approcher. Elle sursauta et accepta volontiers un thé.

Puis elle chercha le numéro d'un office du tourisme. Son identité déclinée, on lui passa rapidement un service qui puisse la renseigner.

— Que puis-je faire pour vous, Madame Campbell ? demanda une voix d'homme si avenante qu'elle eut un bref instant la sensation de réserver ses vacances.

— Je vais vous faire parvenir une série de clichés qui indiquent des lieux précis des Highlands. J'aimerais juste que vous me disiez à quoi ils correspondent. Est-ce que ce sont des points de vue intéressants ? Sont-ils dangereux, interdits, ou je ne sais quoi d'autre ?

— Bien, je vais faire de mon mieux. Envoyez-les-moi par mail.

Le préposé épela son adresse électronique et promit à Grace de la rappeler dans l'heure. Elle lui transmit les documents au moment où l'hôtelière entrait dans le salon, un plateau à la main.

— Voici votre thé et quelques petits gâteaux faits maison.

— C'est très gentil, merci.

Alors que le breuvage dispensait sa réconfortante tiédeur, les questions volaient sous le crâne de Grace dans le même chaos de tempête qu'elle avait affronté en débarquant sur l'île. Pourquoi Anton Weisac avait-il été assassiné, et surtout, pourquoi le meurtrier lui avait-il broyé le cerveau ? Existait-il vraiment un lien entre les recherches scientifiques de la victime et cette destruction cérébrale ? À l'abri des murs du monastère, Anton Weisac enquêtait-il sur des données sensibles que certains ne voulaient pas divulguer ? C'était une hypothèse, comme on pouvait supposer que le jeune homme s'était réfugié dans le monastère pour fuir un crime qu'il avait lui-même commis et dont il venait de subir la vengeance. Cette supputation était d'autant moins absurde qu'Anton n'était semble-t-il pas le gentil penseur que l'on pouvait croire au premier abord.

Grace se surprit à se ronger un ongle alors qu'elle n'avait pas cédé à ce tic depuis au moins un an. Elle replaça immédiatement sa main sur sa cuisse et replongea dans ses pensées. Après une trentaine de minutes, elle fut tirée de ses réflexions par la sonnerie de son téléphone.

— Madame Campbell, office du tourisme d'Écosse, département des Highlands, je vous rappelle comme convenu.

Grace se décolla soudainement du dossier, s'assit au bord du fauteuil, droite, la jambe tressautant.

— Alors, qu'avez-vous trouvé ?

— Eh bien, il semblerait que les points indiqués sur la carte que vous m'avez envoyée correspondent tous au même type de sites.
— Quel genre de sites ?
— De très anciens sites, Madame Campbell. Des cavernes de l'âge préhistorique.

– 13 –

La surprise passée, Grace voulut en savoir plus.
— Peut-on visiter ces cavernes préhistoriques ?
— Seules certaines d'entre elles ont été aménagées pour le tourisme. Les autres ne disposent d'aucune infrastructure facilitant leur accès. Rien ne vous interdit de vous y hasarder, mais cela relève de votre entière responsabilité.
— Vous pouvez m'envoyer le nom de chacune des cavernes par mail ?
— Je vais le faire en même temps que je vous parle... Copier, coller, et voilà, ça devrait arriver d'une seconde à l'autre.
— Merci beaucoup.
— Mais je vous le répète, soyez prudente, ces endroits peuvent être très dangereux. Nous avons malheureusement des accidents tous les ans.
— Merci du conseil. Bonne journée.
Grace posa son téléphone sur la table basse alors qu'un nouveau frisson remontait de ses reins à son cou. Cette fois, elle retira ses chaussures et même ses chaussettes pour exposer ses pieds humides à la chaleur des

flammes. Elle remua ses orteils et la gracieuse courbure de danseuse de sa voûte plantaire.

Le chat toujours couché sur le fauteuil d'à côté ouvrit un œil, comme s'il évaluait l'intérêt d'une telle débauche d'énergie, et se rendormit.

Grace apprécia la tiédeur du feu qui la détendit un instant, mais pas assez pour que la crispation de ses épaules ne se relâche. Elle avait beau essayer de se laisser bercer par le calme ondoiement de la flambée, la tension qu'elle cumulait depuis le matin même ne redescendait pas.

Quelle étrange conjonction d'éléments dans cette affaire, pensa-t-elle. L'association de ces énigmatiques calculs scientifiques et de ces sites préhistoriques paraissait si contradictoire. Quel lien Anton Weisac établissait-il ou cherchait-il à établir entre les deux ? Elliot Baxter avait sans doute raison, tout cela était bien obscur et peut-être trop éloigné de l'enquête elle-même.

Grace se mordilla de nouveau un ongle sans même s'en apercevoir. Elle se sentait de moins en moins à la hauteur. Au cours de sa dizaine d'années d'exercice, avant sa mise à l'écart, ses enquêtes avaient finalement toujours eu une forme assez classique. Souvent des drames familiaux ou, au pire, des règlements de comptes. Les affaires pouvaient être violentes, complexes, sordides, mais rien qui ne l'emmène sur des terrains aussi étranges.

Elle voulut ouvrir sa boîte mail pour se remettre au travail en prenant connaissance des noms des sites préhistoriques, mais elle constata que sa main tremblait. Sournoisement, un terrifiant vide intérieur grandissait en elle. Incapable de se concentrer, elle rangea maladroitement son téléphone et chercha une distraction, n'importe laquelle.

Elle voulut caresser le chat, mais ce dernier venait de descendre du siège avec paresse pour se faufiler hors du salon. Appeler quelqu'un ? Ni parents, ni ami, ni collègue ne faisaient partie de son existence. C'était son choix, ce serment qu'elle s'était fait à elle-même il y a quinze ans. Pourtant, quel besoin urgent elle aurait eu qu'on lui redonne confiance. Que quelqu'un lui dise qu'il ne doutait pas d'elle un seul instant.

Animée d'un ancien réflexe, elle tritura la bague qu'elle portait au pouce, avant de retirer sa main dans un geste de dégoût. Auparavant, cet anneau la rassurait et la liait à la seule personne à qui elle avait accordé sa confiance lors de son fragile retour à la vie. Désormais, elle s'infligeait son contact froid pour ne pas oublier que cette même personne l'avait trahie, et que plus jamais elle n'ouvrirait son cœur à quiconque. Garant de cette promesse qu'elle s'était faite, le métal lui rappelait aussi, avec une cruelle acuité, son absolue solitude.

Alors, instinctivement, comme un ancien réflexe de survie, elle avisa les petits gâteaux qu'on lui avait apportés et tendit la main vers le plat.

Elle se vit en prendre un, puis un autre, et encore un autre, sans se préoccuper des miettes qui restaient collées au coin de ses lèvres et qui tombaient sur sa chemise. Elle mâchait à peine, cherchant à en ingurgiter le plus possible pour combler son vide intérieur. En l'espace d'une minute, elle avait avalé toute l'assiette. Mais ce n'était pas suffisant. Elle commandait à manger, choisissant le plat le plus consistant et le plus gras. Elle sentait les larmes affleurer, honteuse de cette rechute qu'elle redoutait depuis tant d'années. Mais elle ne pouvait pas se contenir. Il fallait qu'elle remplisse ce que l'amour ou l'affection laissaient vide. Elle époussetait son chemisier, s'essuyait la bouche et tâchait de ne pas se jeter sur le plat que l'aimable hôtelière lui apportait.

Ah, l'air de la mer, ça creuse, lui disait la tenancière, sans se douter du drame intime qui se jouait sous ses yeux.

Grace la saluait d'un bref sourire et mangeait sans retenue les frites, la sauce, le poulet et sa peau grasse, entrecoupant ses bouchées de mie de pain. Et puis elle se laissait retomber contre le dossier du fauteuil, sa mâchoire douloureuse d'avoir mastiqué si vite et ses joues enflées par la chaleur brutale des calories. Le ventre lourd comme une outre boursouflée, le cœur au bord des lèvres, elle écrasait son visage entre ses mains, saisie par la colère et le désespoir. Elle s'était crue guérie.

Son portable sonna et la tira du cauchemar éveillé qu'elle venait de faire. Sa main était suspendue au-dessus du plat encore rempli de petits gâteaux. La table était propre, sans trace de repas, et aucune miette ne maculait ses vêtements. Pourtant, elle se sentait si mal, exactement dans le même état que si elle avait vraiment ingurgité toute cette nourriture. Déstabilisée, elle prit mécaniquement l'appel téléphonique.

C'était l'officier Hamilton en charge de la surveillance de frère Colin qui l'appelait pour l'informer que le moine s'était réveillé et était disposé à collaborer pour établir un portrait-robot de l'assassin présumé.

Trop secouée pour parler, Grace se contenta de quelques onomatopées pour confirmer qu'elle avait bien compris et raccrocha.

Cette enquête la faisait tant douter de ses capacités qu'elle se retrouvait au bord du précipice de ses vieux démons. Elle était donc si médiocre que la moindre difficulté érodait toute confiance en elle.

En colère contre elle-même, Grace se leva et regarda par la fenêtre la mer ourler de son écume les rochers bordant la ruelle du village. Elle chercha le numéro d'Elliot Baxter. Il avait peut-être raison, cette affaire méritait quelqu'un de plus fort mentalement, de plus intelligent et, une fois encore, pourvu d'un physique plus adapté que le sien. Pour le bien de l'enquête, mais aussi pour elle, elle devait certainement renoncer, retourner chez elle, retrouver ses livres et sa solitude rassurante.

Elle approchait son pouce de l'icône d'appel, quand le chat roux fit son retour dans le salon. Il s'avança de sa démarche paresseuse, son ventre animé d'un mouvement de balancier. Il s'arrêta, observa autour de lui d'un air que Grace trouva las. Comme s'il avait espéré une forme de nouveauté dans la routine de son quotidien et qu'il constatait que rien n'avait bougé, que rien ne bougerait jamais. D'une allure traînante, il se hissa sur le fauteuil, se roula en boule et ferma les yeux.

Grace releva lentement son pouce du téléphone. Elle traversa la pièce en courant d'air, acheta un sandwich tout prêt, remercia la tenancière et sortit de l'hôtel pour rejoindre à grands pas le monastère.

Elle engloutit sa collation en quelques bouchées, avant qu'une nouvelle averse ne s'abatte sur l'île. Elle ne se protégea pas le visage, laissant la pluie refroidir ses joues brûlantes, couler dans son cou et lui rappeler combien elle était vivante.

Électrisée par cette pulsion qui venait de la secouer à la vue de ce chat errant sans but, Grace capitalisa de toute son âme sur cette main tendue du destin et fit reculer ses doutes. Ils reviendraient à la charge, elle le savait, mais pour le moment, elle les tenait en respect.

Toute à sa concentration et au maintien de sa fragile victoire sur l'abattement, elle faillit ne pas voir les deux silhouettes noires approchant du monastère. De là où elle était, elle ne pouvait pas les identifier. Qui était-ce ?

Pressentant une mauvaise nouvelle, Grace dévala la pente à toute vitesse.

– 14 –

En courant sur le chemin des morts, Grace reconnut les uniformes : des policiers. Elliot Baxter l'avait donc déjà trahie en envoyant des officiers la remplacer ? Le temps qu'elle arrive à l'entrée du monastère, on leur avait ouvert et elle parvint tout juste à glisser son pied dans la porte avant qu'elle ne se referme. L'abbé Cameron l'accueillit, l'air de ne pas comprendre ce qu'il se passait.

Grace dévisagea les deux policiers. Elle ne les connaissait pas et surtout, ils portaient la casquette noire à damier indiquant qu'ils n'étaient pas inspecteurs.

— Grace Campbell, inspectrice de l'unité de police de Glasgow. Vous cherchiez quelqu'un ?

— Inspectrice, salua l'un des deux hommes, aux cheveux blancs et dont le cou épais formait une association logique avec son air borné. Officier Sheperd du district de l'île de Mull. On nous a laissé entendre que des membres de la police nationale avaient débarqué pour se diriger ensuite vers le monastère. Nous venons donc aux nouvelles.

— Qui vous a prévenus ?

— Oh, vous savez, quatre officiers de police et une équipe qui les accompagne avec de grosses valises, cela ne passe pas inaperçu par chez nous.

Grace fut rassurée d'entendre que son supérieur n'était pas responsable de leur présence.

— Je vous confirme que des officiers de Glasgow et moi-même sommes chargés d'une enquête pour homicide, déclara-t-elle.

— Sauf votre respect, inspectrice, vous êtes sur notre territoire et nous ne pouvons pas ignorer un fait aussi grave. D'autant que nous connaissons fort bien la région et que nous pourrions certainement vous apporter une aide précieuse.

Elliot Baxter avait été clair : éviter que l'affaire ne fuite. Mais maintenant que la police locale était au courant, elle ne renoncerait pas avant de savoir ce qu'il se passait réellement. Grace ne pouvait pas frontalement mentir à ces hommes ; elle n'avait pas non plus l'autorité nécessaire pour leur ordonner de quitter les lieux. Et puis cet officier n'avait pas tort. Peut-être qu'ils pouvaient l'aider.

— Je vais vous informer du dossier, mais sauf votre respect, officier Sheperd, rien ne doit filtrer. C'est bien clair ?

— Je ne vois pas comment il en serait autrement.

Elle connaissait ce type de réponse un peu trop automatique. Mais si elle voulait bénéficier de l'appui de ses collègues, elle n'avait d'autre choix que de les mettre dans la confidence.

— Frère Cameron, je dois m'entretenir avec ces messieurs en privé.

— Oui, je comprends, je serai auprès de frère Colin, répondit-il en s'effaçant.

Une fois certaine que plus personne ne pouvait les entendre, Grace informa les deux policiers régionaux des principaux éléments de l'enquête.

— Nous allons jeter un coup d'œil à la scène de crime et nous vous dirons comment nous pouvons vous aider, conclut l'officier Sheperd.

Grace leur indiqua la direction des quartiers des pensionnaires et rejoignit l'infirmerie. En chemin, elle téléphona à ses agents en faction pour qu'ils autorisent les deux policiers de l'île de Mull à accéder aux différents lieux du monastère. À une exception près, le cabinet secret d'Anton, dont ils ne devaient pas avoir connaissance. Elle tenait à ce que les autorités locales se concentrent sur le profil de l'assassin et non sur des détails dont elle ne mesurait pas encore la portée.

— Repoussez l'armoire devant le passage secret et pas un mot de cette cache, ordonna-t-elle à l'officier sur place.

Quand elle pénétra dans l'infirmerie, le policier chargé de la surveillance de frère Colin lui adressa un salut.

— En dehors de l'abbé Cameron qui n'a pas parlé au témoin et le docteur Bisset qui l'a soigné, personne n'est entré ni sorti, inspectrice. La sacoche pour le portrait-robot est là, ajouta-t-il en désignant une table.

— Merci, officier Hamilton.

Grace s'approcha du jeune moine allongé. L'abbé Cameron était déjà assis près de lui et le docteur Bisset rédigeait un rapport, installé devant la table de chevet, de l'autre côté du lit.

— Comment va-t-il ? demanda Grace.

— Vous avez bien visé. Pas d'os cassé, pas d'artère touchée, mais il aura besoin de rééducation pour remarcher. J'ai déposé la balle dans un sachet scellé.

Je la joindrai au rapport que je suis en train d'établir. Le nom de votre supérieur ?

— Elliot Baxter, police nationale de Glasgow. Merci d'être venu si vite, docteur, et de l'avoir tiré d'affaire.

Grace s'approcha de frère Colin.

— Comment vous sentez-vous ?

— Je ne sens rien...

— Vous êtes en mesure d'établir le portrait-robot ?

— Je crois que oui.

Avec l'aide de l'abbé Cameron, elle le redressa et l'adossa contre des coussins. Puis, elle alla chercher le matériel informatique. Après avoir établi un contact en visioconférence avec les équipes du commissariat de Glasgow, elle positionna l'écran devant le jeune moine.

— Je vous laisse entre leurs mains, frère Colin.

— Inspectrice, j'aimerais vous dire un mot, intervint l'abbé Cameron. En privé.

Tandis qu'un échange débutait entre frère Colin et le graphiste, ils sortirent de l'infirmerie.

— Qu'y a-t-il ?

— Inspectrice, je n'ai pas osé vous en parler tout à l'heure devant les deux agents de police de l'île de Mull, mais un journaliste est venu frapper à la porte du monastère, peu de temps après votre départ.

Un éclair de stress aiguillonna Grace.

— Que vous a-t-il dit ? demanda-t-elle en posant un instant le dos de sa main devant sa bouche.

— Il était au courant que des équipes de police venaient d'arriver chez nous et il voulait en savoir plus. Bien évidemment, je n'ai rien dit. Il a insisté et j'ai dû être très ferme pour le faire partir.

— C'est donc comme ça que ça s'est passé, répondit pensivement Grace. Ce journaliste a été informé le premier, probablement par des indics du port, que des agents étaient sur les lieux. Comme il n'a pu en apprendre plus avec vous, il a prévenu ses copains de la police locale, qui lui renverront l'ascenseur en lui refilant deux ou trois infos pour son article... Et ce, quels que soient les ordres que je leur ai donnés.

Mue par le réflexe de l'élève disciplinée qui veut plaire à son professeur, Grace allait appeler Elliot Baxter et lui demander d'intervenir pour éviter toute fuite supplémentaire.

Mais une petite voix qui aurait pu ressembler à un miaulement l'encouragea à réfléchir par elle-même. Après tout, cette enquête était la sienne, c'était elle qui était sur le terrain, elle qui sentait les choses. Son supérieur ne pensait que politique. Il fonctionnait à la peur. Elle fonctionnait à l'audace. Et seule la capture de l'assassin comptait. Tant pis pour la mauvaise image de l'Écosse. Elle se ternirait encore plus si dans un an, on apprenait que l'affaire avait été étouffée et que le coupable courait toujours.

— Répondez aux policiers régionaux s'ils vous posent des questions, frère Cameron.

— Mais...

— Faites-moi confiance.

En s'entendant prononcer ces mots, Grace sentit la nausée lui soulever le cœur. Et fais-toi confiance aussi, se lança-t-elle intérieurement.

— Et la presse ? Ils vont être au courant, renchérit l'abbé.

— C'est le but, répondit Grace. Quand sort le journal local ? Le matin ou le soir ?

— Le soir, mais ils ont un site Internet sur lequel ils publient toute la journée.

— Bien.

Faute de témoins directs, Grace n'était finalement pas contre mettre la pression sur l'assassin avec un article encourageant les gens des environs à appeler la police s'ils savaient ou avaient vu quelque chose. Surtout si le papier du journal était accompagné d'une image du tueur.

— Officier Hamilton, envoyez-moi le portrait-robot sur mon téléphone quand il sera achevé. Et fournissez-en également une copie aux policiers de Mull.

— À vos ordres.

Grace se tourna de nouveau vers l'abbé Cameron.

— Veillez à la convalescence de frère Colin. En cas de besoin, n'hésitez pas à faire appel à l'officier Hamilton. Je vous laisse également mon numéro personnel, ajouta-t-elle en lui tendant sa carte. Bon courage pour affronter ce moment délicat.

— Je prierai pour que Dieu vous protège et vous guide vers la vérité, inspectrice.

Grace salua l'abbé une dernière fois et s'empressa de rejoindre les équipes scientifiques et le légiste à l'œuvre sur la scène de crime, impatiente de savoir ce qu'ils avaient trouvé.

— Nous avons procédé à plusieurs relevés, mais vous savez comment ça marche, nous n'aurons les résultats que d'ici deux à trois jours, l'informa la policière scientifique sans quitter la charlotte qui couvrait ses courts cheveux.

— Rien de particulier à me signaler ? tenta Grace, qui avait espéré de meilleures nouvelles.

— Non... On n'a trouvé aucune arme, le sang ne semble appartenir qu'à la victime, tout comme les cheveux éparpillés autour du corps, qui ont la couleur et l'apparence de ceux du cadavre.

— Quand vous aurez terminé ici, vous vous rendrez à l'hôtel du port ; l'homme que l'on recherche y a occupé une chambre jusqu'à hier. La propriétaire est prévenue de votre visite.

— Entendu.

Grace s'accroupit à hauteur du corps d'Anton Weisac. Le légiste y effectuait encore des prélèvements, qu'il plaçait avec délicatesse dans des sachets ou des flacons.

— C'est passionnant, souffla-t-il après avoir déposé un dernier morceau de cervelle dans un tube. Non, vraiment, en trente-deux ans de carrière, je n'avais encore jamais vu ça. Vous avez de la chance d'être confrontée si jeune à une telle originalité, inspectrice : une excérébration. Il y a quelque chose de quasi mythologique dans cet acte...

— Et y a-t-il quelque chose d'utile ?

— Pour le moment, je peux seulement vous dire que la victime était très probablement consciente lorsqu'on lui a broyé le cerveau.

Le légiste orienta la tête d'Anton Weisac de telle sorte que l'on puisse voir son profil droit. Il présentait des marques d'écorchures, comme si la peau avait frotté sur le sol.

— Vous voyez, l'assassin lui a écrasé le crâne sur le côté, la victime s'est débattue et s'est râpé la face. Mais pour être plus précis encore, sa mandibule a été déboîtée vers la droite, très certainement parce que le meurtrier a fortement comprimé le visage du supplicié pour le maintenir en place pendant qu'il procédait au perçage de l'os ethmoïde. C'est tout ce que je peux dire pour l'instant.

Grace se releva, une aigreur la faisant saliver anormalement.

— Je vous enverrai mon rapport d'ici demain soir, conclut le légiste.

L'enquêtrice hocha la tête et retourna inspecter le cabinet de travail d'Anton Weisac. Seule dans cette alcôve de silence, elle attendit une poignée de minutes que la nausée se dissipe, puis s'assit posément derrière le bureau pour réfléchir.

Dans le meilleur des cas, elle obtiendrait les résultats des prélèvements d'ici deux jours. Et aucune certitude de pouvoir en tirer quoi que ce soit d'utile à son enquête. Côté témoignages, si les policiers de l'île de Mull laissaient fuiter quelques éléments aujourd'hui, l'article paraîtrait au mieux ce soir. Et rien ne disait qu'elle en récolterait des signalements concluants. En résumé, elle allait perdre au moins une journée à attendre et n'en recueillerait peut-être aucun bénéfice.

La décision ne fut donc pas longue à prendre. Grace se planta devant la carte des Highlands placardée au mur de vieilles pierres et ouvrit le message de l'office du tourisme écossais sur son téléphone. Elle trouva rapidement le nom du lieu entouré et affublé d'un point d'interrogation : Traligill Caves. Le conseiller touristique y avait accolé un commentaire : « Les plus grandes grottes d'Écosse, exploration non effectuée car réputées très dangereuses. »

L'endroit se situait presque à l'extrême nord des Highlands, dans la région de l'imprononçable hameau d'Inchnadamph, à environ cinq heures de route du port d'Oban.

Il y a deux ou trois ans, elle aurait demandé à Elliot de lui dépêcher une équipe de spéléologues professionnels à Traligill. Elle aurait attendu leur rapport à l'extérieur et aurait agi en fonction de ce qu'ils auraient découvert. Aujourd'hui, elle envisagea cette expédition comme sa chance de surprendre son supérieur. Si elle voulait retrouver son poste, elle devait lui prouver avec éclat qu'elle était en pleine forme physique : elle irait donc au fond de ces grottes elle-même. Aussi dangereux cela soit-il.

Grace consulta sa montre. Il était bientôt treize heures trente. En partant tout de suite, elle attraperait le bateau de quatorze heures pour rejoindre Fionnphort, et en faisant une ou deux pauses sur la route, elle arriverait à destination dans la soirée. Elle y trouverait un guide, dormirait sur place et se rendrait sur le site dès l'aube, le lendemain matin.

Grace s'apprêtait à quitter en hâte le cabinet d'études quand elle reçut justement un nouvel appel d'Elliot Baxter.

— Bon, les calculs que tu nous as envoyés, les gars de l'informatique n'y comprennent rien. En revanche, on a une piste pour le cliché en forme d'ovale.

— Alors, ça représente quoi ?

— Il s'agit a priori d'une photographie de l'Univers.

— Quoi ?

— Oui, en tout cas, c'est ce qu'un des informaticiens versé dans l'astronomie nous a dit.

— Et les couleurs ? Du rouge, du vert, du bleu... ?

— C'est justement ça qui l'a mis sur la piste. Les couleurs indiquent les distances de l'endroit où a été pris le cliché. Plus on va vers le spectre rouge, plus on s'éloigne. Mais tout ça reste à confirmer et surtout à déchiffrer, parce qu'on n'a ici aucune idée de la raison pour laquelle certaines zones ont été entourées. Je t'envoie les coordonnées d'un astrophysicien qui travaille à l'université des Highlands à Inverness.

— D'accord, merci...

Elle sentit qu'Elliot attendait qu'elle ajoute quelque chose, mais elle raccrocha. Pour le surprendre avec force, elle ne devait rien lui dire de son projet.

Enveloppée par la sécurité que procurait ce cabinet hors des regards, elle scruta avec une acuité nouvelle l'affiche de ce qui représentait donc une photographie de l'Univers. De ses doigts, elle effleura la ligne rouge qui traversait l'ovale à l'horizontale. Qu'est-ce qu'Anton voyait dans cette image qui lui échappait ? Existait-il un lien avec les sites préhistoriques qu'il avait entrepris d'explorer ?

Pressée par le temps, Grace ne s'attarda pas. Elle se faufila hors du bureau, en faisant coulisser l'armoire pour cacher l'entrée et se hâta en direction de la sortie. Juste avant de partir, elle se retourna. Avait-elle pensé à tout ? Il lui semblait.

Elle poussa la lourde porte du monastère et la laissa se refermer derrière elle dans un claquement sourd.

Dehors, sous la pluie, dominée par la solennelle croix celtique de pierre, elle leva les yeux, plissant les paupières pour empêcher les gouttes de piquer son iris. Des nuages denses à l'allure d'épaisse fumée grise défilaient comme si le ciel lui-même coulissait sur un tapis roulant. Le cœur battant, l'esprit confus, elle pensa à ce qu'il y avait au-dessus de cette terre, au-delà de cette barrière de béton cotonneux : le bleu azur et pur qui se faisait de plus en plus sombre, jusqu'à la profondeur noire de l'espace et l'infini de l'Univers.

Le visage ruisselant, Grace laissa le monastère dans son dos et courut vers le port, plus déstabilisée que jamais par la tournure vertigineuse que prenait son enquête.

– 15 –

Sur le bateau, Grace contacta l'astrophysicien d'Inverness dont Elliot lui avait fourni les coordonnées. Le professeur Martin Barlow donnait actuellement une conférence à l'université de sa ville dans le cadre d'un congrès international et le secrétariat invita la jeune femme à lui envoyer un mail. Grace s'exécuta en joignant les images et les calculs trouvés dans le cabinet secret d'Anton, non sans avoir clairement précisé à l'assistant que l'aide du professeur était requise dans le cadre d'une urgente enquête de police.

Après avoir accosté et repris un bateau depuis l'île de Mull, Grace mit pied à terre au port d'Oban vers quinze heures, où elle retrouva sa voiture et s'embarqua sur l'autoroute A828 en direction du nord, vers les terres retirées des Highlands.

Loin d'une quatre voies industrielle, l'A828 n'était qu'une petite route départementale traversant des tunnels de forêts, longeant les lacs noirs au creux des vallées où quelques rares bourgs paisibles proposaient parfois un *bed and breakfast*. Seule la modeste ville de Fort William au bord du loch Eil offrait plusieurs commerces et un peu d'animation. Grace s'y arrêta une petite demi-heure pour y avaler un sandwich, faire quelques provisions de nourriture et s'acheter des vêtements de sport chauds, un sac à dos, des chaussures de marche, une boussole, une lampe de poche et une gourde. Autant d'outils qu'elle n'avait pas utilisés depuis ses lointaines années scoutes.

Elle remontait dans sa voiture quand un SMS apparut sur l'écran de son téléphone. Elle espéra un instant que l'astrophysicien la rappelait déjà, mais c'était un message de l'un des officiers en service sur le site du monastère.

« *La police locale a trouvé le passage menant au cabinet secret de la victime. C'est frère Archibald qui leur a indiqué l'endroit lorsqu'ils l'ont questionné. Je n'ai rien pu faire.* »

Grace se gratta l'arrière de la tête, contrariée. Un autre moine était donc dans la confidence de cette pièce, qui finalement n'était pas si secrète... Elle s'en voulait d'être partie dans la précipitation et de n'avoir pas envisagé que les officiers de Mull puissent réinterroger tous les moines. Malgré leur zèle apparent, elle était persuadée qu'ils se contenteraient de constater les faits, de rédiger un rapide rapport et d'attendre gentiment les conclusions de l'enquête. Elle n'avait pas pensé une seconde qu'ils repasseraient derrière elle en reprenant tout à zéro. Et pourtant, si elle avait été à leur place, c'est ce qu'elle aurait fait. Mais depuis qu'elle avait rejoint la « grande ville », elle se rendait compte qu'elle avait été contaminée par cette espèce de mépris inconscient à l'égard des polices locales, perçues de Glasgow comme pantouflardes et tout juste bonnes à faire la circulation.

Déçue d'elle-même, elle appuya son front contre le volant et déclencha par mégarde le klaxon de sa voiture. Une femme qui passait devant elle avec une poussette laissa échapper un cri de frayeur et fit tomber son sac de courses. Désolée, Grace sortit du véhicule.

— Pardon...

La pauvre mère de famille reprenait ses esprits et fit signe que ça allait.

En se baissant pour l'aider à ramasser ses affaires, Grace se retrouva à hauteur d'un petit garçon, assis dans la poussette. Les mains vissées autour d'un téléphone portable, les yeux rivés sur l'écran, il ne s'était rendu compte de rien.

— Ça va, tu n'as pas eu peur ? lui demanda-t-elle.

L'enfant ne prit même pas conscience que quelqu'un lui parlait. La mère sourit de façon gênée.

— Quand il regarde son écran, il est vraiment ailleurs, vous savez. Et si on le coupe en plein milieu, il déteste ça. Après, j'en ai pour des heures à le calmer.

Sur le coup, Grace ne sut quoi répliquer. Ou plutôt, elle sentit que sa réponse ne serait pas forcément aimable. Elle salua son interlocutrice, remonta dans sa voiture et reprit sa route. En conduisant, elle se demanda si cette maman était heureuse ou si elle se contentait de gérer sa vie plus que de la vivre. Et ce petit être, était-il venu au monde pour ça ? Regarder des vidéos sur Internet ? L'éventualité d'avoir un enfant lui était si étrangère que Grace se savait capable d'un cynisme exagéré sur la question. Mais, même en faisant preuve de tolérance et en imaginant que ce petit garçon et sa mère partageaient peut-être des moments plus profonds, cette rencontre lui avait laissé une sensation de tristesse.

Elle se concentra de nouveau sur son enquête. Au détour d'un virage, une immensité bleutée frisée par le vent se découvrit au regard. Juchés sur un rocher, veillaient une tour en ruine et ses murets effondrés, au milieu desquels avaient poussé de jaunes arbustes fléchis par les tempêtes. Au pied de la forteresse médiévale, léchant la berge de sable et de cailloux, Grace avait reconnu l'onde glacée du loch Ness.

À ce stade, la route s'aventurait d'un côté vers le nord-ouest en direction d'Inchnadamph, à encore deux heures de voiture, et conduisait de l'autre vers Inverness, qui n'était qu'à une petite demi-heure. Grace saisit l'occasion d'aller rendre visite à l'astrophysicien pour l'encourager à accélérer ses recherches, et s'engagea vers le nord-est.

Bientôt, sur une colline surplombant le Ness, apparurent les tours de pierre rouge du château de la ville et son drapeau flottant au sommet de l'une des augustes ailes rectangulaires. L'université se trouvait en dehors du centre, dans une ancienne zone marécageuse, aux abords d'un étang planté de roseaux.

Grace entra dans le bâtiment de construction moderne, tout en grandes baies vitrées, et présenta son badge à l'accueil. Le jeune assistant qu'elle avait eu au téléphone se souvint d'elle.

— Oui, je lui ai transmis votre message… La conférence devrait se terminer d'ici peu, ajouta-t-il en regardant l'horloge du hall.

En suivant le chemin que le réceptionniste venait de lui indiquer, Grace trouva l'amphithéâtre et arriva au moment des applaudissements qui concluaient l'intervention du professeur. Ce dernier portait fièrement sa soixantaine d'années, ses cheveux blancs et son visage chevalin faisant face à l'assemblée qu'il balayait d'un air de profonde satisfaction. Il finit par quitter la scène et Grace fila droit vers lui.

— Professeur Martin Barlow, l'interpella-t-elle à voix basse, alors que déjà bien d'autres invités se pressaient pour aller serrer la main de l'éminent savant. Inspectrice Grace Campbell. J'ai urgemment besoin de votre aide.

Il abaissa ses yeux bleus vers elle du haut de son mètre quatre-vingt-dix.

— Oui, on m'a fait passer un mot pendant mon intervention. Qu'est-ce que c'est que cette histoire ? Vous voyez bien que je suis... occupé.

L'homme l'ignora et salua quelques collègues, échangeant des poignées de main, acceptant les félicitations avec une modestie feinte.

Grace lui parla à l'oreille.

— Je peux aussi monter sur scène, prendre le micro, sortir mon badge et vous ordonner de m'accompagner sur-le-champ. Vous choisissez, les deux me conviennent.

— Suivez-moi, soupira le professeur sans s'arrêter de saluer les invités.

Il contourna l'estrade, passa la porte des coulisses et entra dans une salle de repos dont la vue donnait sur l'étang. Le ciel commençait à s'assombrir et déjà les lampadaires du campus s'allumaient.

— Je vous écoute, mais faites vite.

— Tout est sur votre boîte mail.

Martin Barlow plongea la main dans la poche intérieure de sa veste, en sortit un grand téléphone et prit connaissance du message envoyé par Grace.

Alors qu'il balayait l'écran de son doigt pour faire défiler les documents qu'elle avait joints, elle observa son visage passer de l'agacement à la curiosité, pour se muer en étonnement. Sans quitter l'appareil des yeux, le professeur s'assit, et elle le vit zoomer sur les éléments du dossier, alors qu'une lueur de fascination éclairait à présent son regard.

— Inspectrice ?
— Oui.
— Première chose. Ce sont bien des calculs astrophysiques. Second point : où avez-vous trouvé ça ? s'exclama-t-il en la fixant d'un air admiratif.
— Pourquoi ?
— Ces calculs sont d'une complexité exceptionnelle, mais surtout, ils sont exécutés par un esprit d'une agilité remarquable et d'une élégance mathématique... émouvante. Je n'avais pas vu ça depuis... En fait, je n'ai jamais vu ça.

L'intelligence hors du commun d'Anton avait l'air de se confirmer, pensa Grace.

— À quoi servent ces chiffres ?
— Cela restera entre nous, inspectrice, mais la profondeur et l'originalité de l'approche sont telles que je dois vous avouer qu'il va me falloir du temps et toute mon expérience pour les décrypter.

Hypnotisé par ce qu'il lisait sur son écran, le professeur vivait une extase intellectuelle dont Grace se sentait amèrement exclue.

— Je vous en prie, livrez-moi l'identité de l'homme qui a exécuté ces fascinants calculs.
— Je ne sais pas ce qui vous fait dire que c'est un homme, mais qu'importe, je ne peux rien vous dévoiler des personnes impliquées dans cette enquête. D'ailleurs, pour revenir à ce qui pourrait la faire avancer, qu'en

est-il de l'image colorée jointe à mon message ? Celle avec du rouge, du orange, du vert et du bleu.

— Ça, je peux vous le dire tout de suite. Je me demande dans quelle mesure elle est liée à ces équations. Mais on verra plus tard. Le cliché que vous m'avez envoyé a bouleversé le milieu astrophysique. Il a été pris par le satellite Planck, du nom du père de la mécanique quantique, et cette image n'est rien de moins que la photographie du fond diffus cosmologique de l'Univers primordial.

Elle n'était pas certaine de tout comprendre, mais ses nombreuses lectures l'aidèrent à mieux cerner l'ampleur et la nature de cette image.

— Cette photo serait donc une espèce de mémoire des tout premiers instants de l'Univers... c'est ça ? Un peu comme une empreinte dans l'espace de ce à quoi il ressemblait...

— ... lorsqu'il avait 380 000 ans.

— Et pourquoi pas avant ?

— Parce que dans ses premières années, l'Univers était très compact et la matière mangeait toutes les particules de lumière. Par conséquent, nos simples yeux humains n'y voient que le noir absolu. Et puis à partir de 380 000 ans, l'Univers s'est en quelque sorte élargi et paf ! la lumière a jailli des ténèbres ! C'est ce flash que vous avez devant les yeux, inspectrice. Vous devriez en être émerveillée. Pensez donc ! L'Univers a aujourd'hui 13,7 milliards d'années ; à 380 000 ans, on peut dire qu'il venait de naître. Rendez-vous compte : quand vous regardez cette image, vous remontez plus de 13 milliards d'années dans le passé ! Ce n'est certes pas l'instant zéro, ou le big bang, comme les profanes l'appellent, mais c'est quand même pas mal.

Sensible à l'évocation de cet inconcevable voyage dans le temps, Grace prit place dans un fauteuil à côté de l'astrophysicien. Ce dernier avait perdu toute arrogance, toute hauteur, même. Il se tourna vers elle et lui prit le bras, ses yeux brillant d'un éclat passionné.

— Inspectrice Campbell, j'ai bien compris que vous ne vouliez pas me révéler la provenance de ces documents, mais je vous le dis solennellement, de ce que j'entrevois, vous avez mis la main sur un être en passe de provoquer une rupture épistémologique dans l'histoire humaine, un génie sur le point de faire une découverte révolutionnaire.

– 16 –

Roulant désormais sur la route qui la menait à Inchnadamph, Grace avait dépassé le loch Ness depuis une trentaine de kilomètres. Il était dix-neuf heures passées et la circulation s'était si nettement clairsemée qu'elle ne croisait plus aucun véhicule. Ici débutaient les terres sauvages, les étendues inhospitalières où la densité de population devenait la plus faible d'Écosse et l'une des plus basses de toute l'Europe, avec seulement huit habitants au kilomètre carré. D'ailleurs, plus aucun hameau, plus aucune maison ne ponctuait l'immensité des plaines où le regard portait jusqu'à l'horizon. Le relief accidenté et verdoyant, presque rassurant, s'était mué en interminables steppes rocailleuses noyées d'herbes brunes, au-delà desquelles se découpaient des montagnes, dont les sommets tachés de neige étaient déjà plongés dans la nuit naissante.

Le thermomètre de sa voiture chuta de dix à trois degrés en l'espace de quinze minutes. Le crépuscule abandonnait le combat et les terres mouraient dans un triste halo gris assiégé de toutes parts par l'obscurité. La vie semblait quitter la Terre pour l'éternité et la dernière image que Grace put à peine discerner sur une colline fut la tête immobile et cornée de ce qu'elle espérait n'être qu'un grand cerf.

Elle activa ses pleins phares, augmenta le chauffage, et, seul petit îlot de lumière circulant dans l'abîme, elle chercha à combattre l'austérité envahissante en allumant la radio. Elle ne capta qu'une fréquence crachotante diffusant de vieilles chansons au rythme country, et s'efforça de fredonner, comme on s'oblige à rester éveillé pour ne pas mourir de froid. Le coude nonchalamment appuyé sur la fenêtre, un index dessinant des arabesques fantaisistes au gré de la musique, elle s'amusa des paroles absurdes qu'elle inventait. Une forme de détente la gagna et elle se mit même à sourire en se disant qu'elle aurait dû essayer de chanter pour attirer l'attention du petit garçon en poussette dévoré par son écran. Peut-être aurait-il été plus effrayé que par un klaxon ? Peut-être même qu'il aurait pleuré et que sa mère aurait renoué le contact avec lui en le consolant ?

Mais le sourire s'effaça de ses lèvres alors que l'image de cette maman étreignant son fils dansait devant ses yeux. La sensation d'un corps aimant contre le sien lui était devenue si étrangère. Perdue dans ces espaces noirs et infinis, plus que jamais, la solitude lui étreignit la gorge.

Elle éteignit la radio, n'écoutant plus que le bourdonnement des pneus sur le bitume et le souffle glacial de la nuit étrillant les joints de l'habitacle. Sa propre solitude la ramena inévitablement à celle qu'Anton Weisac avait dû éprouver ces dernières années. Si elle en croyait le professeur Barlow, Anton était un scientifique hors du commun et, pour avoir lu plusieurs biographies de brillants esprits, elle savait que tous, sans exception, étaient des êtres solitaires, brûlés par le feu du génie, tendus de toute leur âme vers leur quête de l'absolu. Une quête dont l'ambition avait l'air démesurée en ce qui concernait Anton, et qui lui avait peut-être coûté la vie.

Contaminée par la gravité de ses pensées, Grace sursauta en entendant la sonnerie de son téléphone L'appel provenait du commissariat de Glasgow.

— Inspectrice Campbell. Je suis Jenny Mitchell, c'est à moi que l'on a confié la tâche d'effectuer des recherches sur Anton Weisac. J'espère que je ne vous dérange pas.

— On ne dérange jamais quelqu'un qui traverse les Highlands de nuit, on le sauve, répondit-elle.

— Ah... oui..., approuva d'une voix amusée la jeune femme. Ce ne doit pas être très gai.

— Effectivement, donc donnez-moi de bonnes nouvelles. Qui est sa famille, où est-il né, où a-t-il vécu ? Je veux tout savoir.

— Oui... justement, il y a quelque chose d'inhabituel dans le profil de cet homme.

Grace enleva le coude qu'elle avait posé contre la vitre.

— Quoi ?

— Je sais que ça va paraître bizarre, mais j'ai pourtant vérifié à plusieurs reprises... Il m'a été impossible de trouver le lieu de naissance ou même le nom des parents de la victime.

— Et son passeport ? Il a bien été fait quelque part ? On a forcément gardé les justificatifs nécessaires pour l'établir, acte de naissance, filiation et j'en passe.

— Je crains que ce passeport n'ait pas été fait par une administration du pays. Il n'en existe aucune trace nulle part.

— Un faux...
— Oui, obligatoirement.
— Pas de compte en banque non plus ?
— Si, mais l'adresse qu'il a déclarée est celle de l'appartement d'Édimbourg qu'il a déserté il y a deux ans et demi.
— Rien d'autre ?
— Non, rien. Pas de permis de conduire, aucun compte sur les réseaux sociaux. En fait, c'est étrange à dire, mais...
— Allez-y, Jenny, l'encouragea Grace, qui voulait par là confirmer l'idée qui était en train de germer dans son esprit.
— Eh bien, Anton Weisac n'a commencé à exister officiellement qu'il y a trois ans. Avant, il est invisible.

− 17 −

Que le coupable ait pris ses précautions pour disparaître des radars administratifs, Grace le comprenait et avait déjà eu affaire à cette situation. Mais que la victime soit elle aussi une énigme, une espèce de fantôme surgi du néant il y a trois ans seulement, c'était une configuration inédite et surtout terriblement handicapante pour l'avancée de son enquête. Pourvu que la police scientifique et le légiste lui fournissent des éléments utiles. Sinon, il ne lui resterait plus qu'une seule piste : celle qu'elle était en train de suivre et, malheureusement, la plus imprécise et hasardeuse.

Plongée dans ses pensées, vérifiant régulièrement son téléphone qui n'avait plus de réseau, elle faillit manquer le panneau indiquant la direction de l'unique hôtel d'Inchnadamph. Ses phares éclairèrent un chemin de gravier sillonnant une prairie jusqu'à une bâtisse blanche aux allures de lodge nichée au creux de collines. Il était plus de vingt heures et une chaleureuse lumière filtrait des fenêtres. Après avoir pris son sac à dos, Grace s'empressa de rentrer dans l'hôtel pour se mettre au chaud.

À la réception, une femme blonde enleva ses lunettes en demi-lune et l'accueillit avec un grand sourire.

— Vous êtes bien audacieuse de traverser nos terres en pleine nuit. Vous désirez une chambre ?

— S'il vous plaît. J'aimerais également savoir où je pourrais trouver un guide pour explorer les grottes de Traligill.

Grace sentit le regard de la réceptionniste parcourir son corps.

— Ah... Vous ne voulez pas plutôt commencer par la Smoo Cave ? Elle est tout à fait spectaculaire et bien plus facile d'accès.

— Ne vous inquiétez pas, la rassura Grace avec une moue sérieuse un peu forcée. Je vais fondre cette nuit et ça devrait passer demain.

Son interlocutrice ne sut si elle devait rire ou s'excuser.

— Ah, mais non, vous êtes très loin d'avoir des problèmes de ce côté-là, je dis cela à tous les touristes pour leur éviter des risques inconsidérés. Les grottes de Traligill sont considérées comme dangereuses et...

— C'est celles-là que je veux voir, pas les autres.

— Bien, bien, mon fils organise des visites, il vit ici depuis tout petit et il connaît le terrain. Yan !

Un jeune homme bien bâti, au visage buriné par les éléments, se montra derrière le comptoir.

— Yan, Madame souhaiterait visiter les grottes de Traligill.

— Ah... Madame est une aventurière, alors. Vous avez déjà fait de la spéléologie ?

— Non, répondit-elle.

— Humm... Je peux vous emmener à l'entrée, et on testera vos capacités sur une petite descente en rappel. À partir de là, je vous dirai si on peut pousser plus loin ou si c'est trop risqué. Ces cavernes sont un vrai labyrinthe étroit et glissant, normalement réservées aux spéléologues aguerris. Qu'est-ce qui vous donne envie d'aller les visiter ?

— Le désir de sortir des sentiers battus et de faire quelque chose que je n'ai jamais fait. Et puis, on m'a dit qu'elles étaient vraiment très belles.

— OK... Vous voulez faire ça quand ?

— Demain matin, à la première heure.

— Ça me va.

Grace paya le jeune homme, et ils se donnèrent rendez-vous pour un départ à cinq heures et demie le lendemain matin.

Elle récupéra la clé de sa chambre et rejoignit la salle à manger pour dîner. Un couple âgé y était déjà installé, ainsi qu'un homme seul. La décoration avait des allures de chalet, où chaque mur s'agrémentait de photos de couchers de soleil sur des lacs, de cerfs enveloppés de brume, d'étroits chemins serpentant à flanc de montagne, et surtout d'obscures grottes qui s'ouvraient telles des bouches béantes.

Grace s'efforça de manger sobrement, même si la faim la tenaillait plus que d'ordinaire. Quand elle voulut télécharger les cartes topographiques de la région pour préparer son expédition du lendemain, elle se rendit compte que son téléphone ne captait toujours pas. Comme les deux personnes âgées, assises à une table non loin d'elle, avaient l'air de consulter Internet sur leurs portables, elle vint à leur rencontre pour leur demander le code Wi-Fi, mais se figea en saisissant une bribe de leur conversation.

— Excusez-moi, souffla-t-elle, il semble s'être passé quelque chose de grave...

— De grave... pas pour nous, encore que, ça ne va pas être bon pour le tourisme, ça, répondit la vieille dame. Un meurtre au monastère d'Iona. Comment peut-on faire une chose pareille ? Le monde devient fou. Et dire qu'on a fait un petit séjour là-bas, il y a à peine deux mois, hein, Roger ?

Grace entra immédiatement le code du Wi-Fi et retourna s'asseoir en hâte pour prendre connaissance de l'article. Il avait été publié il y avait un peu plus d'une heure.

Repoussant son assiette vide sur le côté, elle lut plus vite encore qu'elle n'avait avalé son plat. Tout y était ou presque. Le nom d'Anton Weisac, son excérébration, des éléments du témoignage de frère Colin, et comme Grace l'espérait, le portrait-robot du tueur présumé. Avec force détails sordides, le journaliste insistait sur la circonspection de la police et la tragédie qu'une telle affaire représentait pour la paisible communauté monastique d'Iona. En revanche, aucun mot sur l'existence du cabinet secret et les recherches scientifiques d'Anton. La police locale avait heureusement fait preuve d'un minimum de retenue dans son copinage avec la presse. Ne restait plus qu'à attendre d'éventuels témoignages d'habitants de l'île ou même de touristes qui auraient pris le bateau avec le principal suspect.

Grace se laissa retomber contre le dossier de sa chaise en soupirant, fatiguée par sa longue et éprouvante journée. C'est là qu'elle eut la sensation que quelqu'un l'observait. Elle leva la tête, comme si elle cherchait le serveur, et aperçut l'homme seul, attablé à l'autre bout de la salle, qui détourna immédiatement les yeux et se replongea dans son dessert à la crème.

Grace le surveilla du coin de l'œil, tout en sirotant un thé et en planifiant son trajet pour le lendemain. La météo annonçait des températures en dessous de zéro degré, mais aucune pluie, ni aucun orage. Elle repéra le tracé, le dessina sur la carte, et évalua qu'il lui faudrait deux heures de marche pour atteindre l'entrée des grottes de Traligill. Elle écrivit rapidement un mail à son supérieur pour l'informer de son expédition et quand elle se redressa après l'avoir envoyé, elle comprit ce que l'inconnu regardait avec tant d'insistance chez elle.

D'un pas tranquille, elle s'avança vers l'homme qui venait tout juste de reposer sa petite cuillère dans son assiette vide. Il essayait d'adopter une attitude indifférente, mais Grace voyait bien qu'il n'était pas serein. Elle s'arrêta devant sa table et lui fit mine de ne pas comprendre ce qu'elle voulait.

Elle lui sourit avec une forme d'attendrissement. Puis baissant les yeux vers ses deux seins qui étiraient son chemisier, elle souffla :

— Ça ne se mange pas.

L'homme demeura bouche bée, avant d'esquisser un rictus gêné, semblant vouloir dire : « J'ai joué et j'ai perdu. »

Grace ne lui en voulait pas, mais comme elle allait dormir seule ici cette nuit, elle tenait à ce qu'il sache qu'elle était du genre attentive et méfiante.

Tournant les talons, elle rejoignit sa chambre aux murs de lambris, savoura une douche chaude, et régla son alarme de téléphone sur cinq heures du matin, même si elle savait qu'elle serait réveillée à trois heures, comme son cerveau en avait nerveusement pris l'habitude lors de cette époque qu'elle aurait tant aimé oublier.

Elle s'apprêtait à fermer les volets quand elle fut saisie de stupéfaction. Elle savait les Highlands connues pour la pureté de leurs nuits étoilées, mais comment aurait-elle pu imaginer un tel choc ?

Des plus hautes sphères des espaces infinis, une main invisible avait saupoudré le ciel d'encre d'une neige de diamants, d'émeraudes et de saphirs dans le spectacle le plus enchanteur qu'il fut offert à l'homme sur cette terre. Envoûtée, Grace suivit la langue nacrée de la Voie lactée traversant le ciel tels les vestiges d'une éruption d'étoiles. Pendant un long moment distendu, elle n'était plus Grace, elle n'était plus un être humain, seulement une particule flottant dans l'espace.

Mais une particule pensante. Et comme trop souvent chez elle, l'émerveillement étouffa sous le questionnement : pourquoi l'Univers ? Jusqu'où et, pire encore, jusqu'à quand ? Oui, comme Pascal dont elle avait lu les *Pensées*, le silence infini de ces espaces l'effrayait. Peut-être encore plus depuis que cette enquête la forçait à regarder au fond de l'abysse des questions sans réponse. Ces questions auxquelles des esprits comme celui d'Anton consacraient leur vie. Était-il d'ailleurs si près d'obtenir une réponse, ainsi que le pensait le professeur Barlow ? Se trouvait-elle dans ces grottes qu'elle allait explorer ? Grace allait-elle comprendre ce qu'il était sur le point de découvrir ? Ou était-ce l'assassin qui seul détenait les clés depuis qu'il avait détruit le cerveau de sa victime ?

Grace ferma les volets, comme si ce geste allait l'aider à faire taire les interrogations qui venaient d'affoler son rythme cardiaque. Elle se glissa sous les draps, et demeura assise, les yeux ouverts dans l'obscurité, le temps de se calmer. Instinctivement, elle guetta les lointains bruits de la ville qui d'ordinaire la rassuraient, mais en lieu et place, son ouïe se noya dans un interminable silence. Même les sanglots de son voisin lui manquèrent. Ici, dans cette nature absolue, elle se sentait perdue, inutile.

Au bout d'une heure, elle finit par s'allonger, l'épuisement anesthésiant peu à peu son agitation mentale. Même si son corps demeurait crispé, ses paupières brûlantes de fatigue se fermèrent. Et alors qu'elle basculait dans le sommeil, elle rouvrit lentement les yeux et releva la tête de son oreiller.

Au début, elle ne fut pas certaine et s'arrêta de respirer pour mieux entendre. Oui, il y avait bien quelque chose. Cela ne provenait pas de l'hôtel. On aurait plutôt dit le roulement du tonnerre dans le lointain. Pourtant, la météo qu'elle avait consultée au dîner ne prévoyait absolument aucun orage.

Grace quitta son lit et ouvrit la fenêtre, attentive. Oui, le bruit venait bien de dehors, distant, mais suffisamment sourd pour que l'on en perçoive les vibrations. Qu'est-ce que cela pouvait bien être ? Elle scruta l'horizon, sans rien voir d'autre que la tapisserie de cristaux étoilés. Pas de nuages, pas d'éclairs. Des travaux ? Ici, en plein cœur des Highlands, et au milieu de la nuit ? Cela n'avait aucun sens. Un tremblement de terre ? C'était tout aussi improbable et elle en aurait ressenti les secousses. Concentrée, elle remarqua que le bruit diminuait en intensité pour finalement disparaître.

Grace attendit encore une quinzaine de minutes, les sens aux aguets, mais le silence avait repris ses droits. Elle alla se recoucher, et s'endormit avec une question sans réponse de plus tournant dans sa tête.

– 18 –

— Regardez-moi ça, si ce n'est pas magnifique !

Sous un ciel d'acier planant sur les vastes prairies verdoyantes coupées de rochers noirs, Yan venait de s'arrêter à mi-parcours d'un pont en rondins de bois pour contempler le tumulte d'un torrent dévalant la colline. Grace s'accouda à son tour sur un rebord blanchi par le givre. Sous ses pieds, un brouillard glacial voilait les eaux limpides qui jouaient de cascades en tourbillons entre les roches sur lesquels fleurissaient des bosquets jaunes et violets. De la vapeur s'exhalant de sa bouche, Grace se délecta un moment du clapotis des éclaboussures et de cette nature insouciante des tourments de la vie.

— Vous vivez ici depuis toujours ? demanda-t-elle en reprenant la traversée du ponton.

— Ma famille occupe cette terre depuis le XIIIe siècle, répondit Yan avec fierté. Il y a notre sang et notre âme dans chaque brin d'herbe et chaque pierre. J'aime les Highlands comme j'aime mon clan. Leur faire du bien, c'est me ravir ; leur faire du mal, c'est me blesser. C'est pour ça que je suis guide, pour m'assurer que les touristes que j'accompagne fassent honneur à notre domaine. Croyez-moi que si j'en croise un qui balance un papier par terre ou qui s'amuse à faire de la cueillette sauvage, il se souviendra de moi !

Grace louait ce souci du respect de la nature et d'une terre, mais elle avait toujours un peu peur de la violence qui couvait sous ce chauvinisme protecteur.

— Et vous, Grace, vous venez d'où ?
— De Glasgow.
— Vous faites quoi, là-bas ?
— Je suis bibliothécaire.

C'est le métier qu'elle donnait toujours lorsqu'elle voulait rester discrète. Au moins, si on lui parlait de livres, elle avait le bagage pour répondre.

— Ah... moi, je n'aime pas lire. Ma copine essaie de m'encourager, mais ça ne prend pas. Je m'ennuie dès que j'ouvre un bouquin.
— C'est parce que vous n'avez pas encore trouvé celui qui vous emportera.
— Et vous, votre amoureux partage votre passion de la lecture ?
— Je vis seule.
— Ouah, célibataire, bibliothécaire, il manque plus que la chaîne en plastique pour retenir les lunettes autour du cou et on a le portrait de la parfaite vieille fille !

Cette solitude dont Yan se moquait, Grace l'avait choisie pour survivre, et elle s'y tiendrait. Et même si ce genre de remarques pouvait la blesser, elle n'en voulut pas au jeune guide. Il ne pouvait pas savoir. Elle lui répondit donc sur le même ton, en espérant qu'il n'insisterait pas :

— Et j'ai un vieux chat qui ronronne sur mes genoux toute la journée.

— Non ?
— Non.
— Bon, excusez-moi, dit Yan qui comprenait qu'il était peut-être allé trop loin. Je ne voulais pas être incorrect.
— C'est bon, ça va.
— Je me suis laissé emporter et je me suis cru malin en...

Grace s'arrêta de marcher. Elle n'avait aucune envie de passer le reste du trajet à évoquer sa vie. Elle regarda le jeune guide par en dessous en plantant nettement ses yeux dans les siens, un soupçon de menace dans l'intonation de sa voix.

— J'ai dit : c'est bon.

Intimidé, Yan hocha la tête et reprit sa route en silence.

Pendant un long moment, on ne perçut plus que le souffle du vent dans les bruyères et leurs pas foulant les herbes raidies par le froid ou crissant sur les cailloux collés par la glace.

— Vous avez entendu ce bruit sourd hier soir ? demanda finalement Grace en enjambant un ruisseau.

— Non... quel bruit ?

— Comme un grondement. Mais ça ne semblait pas naturel. Ça venait de loin, ça a duré une poignée de minutes et ça s'est arrêté. Il devait être vingt-deux heures trente.

— J'étais couché à cette heure-là. Et j'ai le sommeil lourd. Mais peut-être que c'était l'écho d'un orage... On arrive.

Ils venaient de s'engager sur un sentier encaissé entre deux vallons, qui descendait vers un rocher percé d'une vaste cavité obscure.

— Voilà l'entrée principale des grottes de Traligill. Vous êtes prête ?

Ils pataugèrent dans un cours d'eau menant vers l'intérieur de la caverne et s'engouffrèrent sous un dôme pénétré où une cascade jaillissait des entrailles de la Terre. Au froid qui les enveloppait depuis le matin s'ajouta une humidité pénétrante qui saisit la jeune femme.

— Regardez-moi ça, déjà, vous avez gagné votre visite, non ? On dirait la fontaine de Jouvence des dieux. Au fait, vous voulez voir quelque chose en particulier dans ces grottes ?

Grace n'avait naturellement aucune idée de ce qu'elle devait trouver ici et elle regrettait déjà de n'avoir rien vu qu'elle puisse rattacher aux recherches d'Anton. Elle espérait que la suite de l'exploration lui apporterait des éléments de réponse. Même si elle était bien consciente que ses chances étaient fort minces. Elle commença d'ailleurs à se demander si sa place d'enquêtrice était bien ici ou dans son bureau de Glasgow, à repasser les indices en revue et trier les premiers témoignages sur le présumé coupable qui devaient être arrivés au commissariat.

— Grace, tout va bien ?
— Oui, oui, je réfléchissais à votre question. Non, rien de particulier. J'ai surtout choisi ce site parce que j'aime me promener là où la foule ne va pas. Et ces grottes sont a priori les moins visitées de la région.

— En effet, on ne va pas croiser grand monde. Bon, l'entrée se situe derrière la cascade, ajouta Yan en déposant son sac à dos. Et votre première épreuve consiste à longer la corniche sans glisser dans le lagon qui récupère ce splendide jaillissement d'eau pure ! Voici votre combinaison et les vêtements à mettre en dessous. Ce que vous portez va vous encombrer.

— Vous ne pouviez pas me donner tout ça à l'hôtel ? Histoire que je n'aie pas à me changer devant vous, de surcroît avec cette température polaire ?

— Je n'y ai pas pensé, désolé. Je me retourne, prenez votre temps.

Grace ne s'était pas déshabillée devant un homme, ni d'ailleurs devant qui que ce soit, à part son médecin, depuis plus de dix ans. Elle s'empressa de se changer, d'abord parce qu'elle était transie de froid, mais aussi parce qu'elle se sentit gagnée par la panique. C'est dans ces moments-là qu'elle constatait avec une infime amertume qu'elle n'était pas guérie et qu'elle ne le serait probablement jamais. Cela n'avait rien à voir avec d'éventuels complexes physiques. Elle n'en avait plus. Non. C'était l'autre chose. Celle dont elle essayait de guérir de toutes ses forces sans y parvenir.

— Vous êtes prête ? demanda Yan.

Grace fit rentrer sa poitrine dans la combinaison et remonta brutalement la fermeture Éclair, avant de ranger son badge d'inspectrice et son arme dans les poches intérieures de sa tenue.

— Laissez vos affaires de marche ici, elles vont vous encombrer ; nous les reprendrons au retour.

— Alors on peut y aller, lança-t-elle.

— C'est parti !

De nouveau dans son armure de vêtements, Grace s'apaisa. À la suite de son guide, elle s'appliqua à progresser prudemment sur l'exigu chemin. En écopant seulement de quelques éclaboussures qui glacèrent son visage, elle parvint à se faufiler sous le rideau du torrent pour découvrir, de l'autre côté, un boyau qui s'enfonçait dans l'obscurité.

Elle imita Yan qui venait d'allumer sa lampe frontale et de se mettre à plat ventre pour ramper.

— On va y aller doucement, le premier ravin est à dix mètres à peine. Et on ne fera pas partie de la liste des touristes inconscients morts d'une mauvaise chute ici même.

Grace n'avait pas progressé d'un mètre qu'elle se sentait déjà comprimée, comme si le plafond allait s'écrouler d'une seconde à l'autre pour l'ensevelir vivante.

— Ça va ? demanda Yan.
— Oui, mentit-elle.

Son casque se heurtait aux irrégularités de la voûte et sa combinaison frottait dans un crissement de plastique sur la roche humide. Heureusement, le passage n'était pas si étroit et son petit ventre ne l'empêcha pas de se mouvoir avec agilité.

Le rayon de sa lampe suivait les mouvements de sa tête et finit par balayer la fin du conduit. Yan l'y attendait debout, au bord d'un gouffre vertigineux où chaque mot résonnait en écho.

— Bon, il y a seulement dix mètres avant de toucher le premier palier, expliqua-t-il en faisant glisser sa corde dans un piton métallique déjà enfoncé dans la roche.

Il tira dessus à plusieurs reprises pour s'assurer de la solidité de son nœud et fit signe à Grace d'approcher. Elle s'avança avec prudence jusqu'à un mètre du bord du précipice. Qu'elle regarde au-dessus ou au-dessous d'elle, elle ne voyait qu'un abîme sans fond dont la lumière de sa lampe frontale révélait parfois la roche suintante. Tout était angoissant et hostile : le poids de la terre qui vous écrasait la nuque, l'obscurité absolue qui vous jetait dans la cécité, l'humidité qui ne connaîtrait jamais le soleil, et cette triste immuabilité d'un endroit où le temps s'était figé à l'écart de l'histoire. Même le silence que Grace aimait tant à la campagne ou à la montagne avait ici quelque chose de pesant. Comme si, au lieu d'en goûter la quiétude, on y guettait le moindre trouble annonciateur d'un désastre dont on ne réchapperait pas.

— Vous tremblez un peu. Vous êtes certaine de vouloir descendre ? demanda Yan.

— Oui, ça ira mieux une fois que je serai lancée.

Yan lui enseigna les rudiments du rappel, avant de conclure par sa question préférée.

— De quoi avez-vous peur dans la vie, Grace ?

— Ce n'est peut-être pas le moment d'en rajouter...

— Pensez donc à ce qui vous fait vraiment flipper, cela va vous aider à relativiser.

Grace détestait ces techniques qui ne fonctionnaient que dans les manuels, mais sans qu'elle le veuille, son esprit lui présenta l'image qui la terrifiait. Si quelqu'un d'autre l'avait vue, il aurait levé un sourcil d'incompréhension. Mais pour Grace, il n'y avait pas pire angoisse que de constater la disparition de la clé qu'elle rangeait dans son petit meuble de nuit.

— Alors ? s'enquit Yan.

— Faites-moi descendre, répondit Grace, qui s'était mise à accueillir la sensation de vertige comme un moyen d'oublier sa pire peur.

Au début, elle glissa, se cogna à plusieurs reprises contre la paroi et ne parvint pas à placer ses jambes à quatre-vingt-dix degrés. Puis, progressivement, à force de volonté et d'astuce, elle sut trouver assez naturellement la position adaptée à ce nouvel exercice.

— Voilà, excellent ! lança Yan. Vous avez tout compris ! Continuez comme ça.

Grace toucha le sol et sentit l'adrénaline de l'effort et du risque l'électriser.

Rassuré par cette première épreuve de rappel, Yan accepta de l'emmener plus loin dans l'exploration.

Poussés par l'énergie de Grace, ils descendirent encore plusieurs parois, rampèrent dans trois tunnels boueux, s'émerveillèrent de la splendeur d'un gouffre couvert de stalactites aiguisées comme des javelots, suivirent la rivière souterraine les pieds dans l'eau glacée jusqu'à ce que Yan annonce à Grace qu'ils étaient déjà allés plus loin que la plupart des spéléologues. Il ajouta que cela faisait plus d'une heure qu'ils étaient sous terre et qu'il était temps de rentrer.

Grace s'adossa à la roche, regardant autour d'elle, profondément contrariée.

— Pourquoi vous avez l'air abattue ? C'était une superbe exploration !

Peut-être qu'elle s'entêtait à suivre une piste inutile, peut-être même qu'elle était déjà passée à côté de ce qu'Anton s'apprêtait à venir chercher dans cette grotte. Mais Grace savait qu'elle n'aurait la conscience tranquille qu'en étant allée jusqu'au bout.

— Plus loin, il y a quoi ? On peut continuer, non ?

— On arrive dans les zones interdites.

— Juste un coup d'œil au fond de ce passage, demanda-t-elle avec son plus charmant sourire.

— Si j'avais imaginé qu'une femme comme vous aurait une telle énergie... Mais ce n'est pas sérieux. Mon job, c'est de vous ramener saine et sauve à la surface. Vous savez, ça peut dégénérer en une seconde quand on est si loin sous terre. Je suis désolé, on doit rentrer.

— Yan... vous m'avez dit tout à l'heure que vous aimiez votre terre comme votre famille, non ?

— Oui, c'est vrai.

— Alors, comment pouvez-vous vous vanter de la connaître mieux que quiconque si vous n'en avez jamais exploré les zones d'ombre ? Si votre connaissance de la région se limite à ce que peuvent voir les touristes, où se trouve la particularité de votre lien avec ce domaine ? Connaître vraiment quelqu'un, c'est surtout connaître ses aspects les plus sombres, justement parce qu'il les cache aux autres, non ?

Le jeune guide consulta sa montre.

— Si vous aviez été ma bibliothécaire au lycée, j'aurais peut-être lu plus de livres... On descend un tout dernier palier et on rebrousse chemin, d'accord ?

– 19 –

Grace mit pied à terre. Sa torche balayant l'obscurité, Yan cherchait déjà à évaluer la taille de la cavité dans laquelle ils venaient de descendre.

— Voilà, vous avez vu. On peut remonter.

Il éclaira devant lui, révélant une paroi courbe longée par une étroite corniche rocheuse tombant à pic dans le vide. Une plaque de métal avait été vissée dans la pierre et le message ne pouvait être plus clair : « Risques d'éboulis et d'inondations. Danger de mort. »

— On rentre, décréta Yan en testant déjà la corde par laquelle ils étaient descendus. C'est suicidaire et de toute façon, il est interdit d'aller plus loin.

— Allez-y, répondit Grace.

— Comment ça, allez-y ? Vous ne comptez quand même pas risquer votre vie sur ce chemin mortel ?

— Je serai prudente. Mais je veux savoir ce qu'il y a au fond de cette grotte.

Le jeune guide lâcha la corde et considéra Grace avec une expression méfiante.

— Qu'est-ce que vous cherchez exactement ici, Grace ? On ne joue pas avec sa vie comme vous le faites pour le simple plaisir de l'exploration.

Grace hésita un instant, puis elle fit coulisser la fermeture Éclair de sa combinaison, fouilla dans l'une des poches et en sortit son badge d'inspectrice de police.

— Le lieu peut paraître incongru, mais j'enquête sur le meurtre du monastère d'Iona, dont vous avez probablement entendu parler.

Saisi de stupéfaction, Yan resta muet.

— Attendez-moi là, ordonna-t-elle. Si je ne suis pas revenue d'ici une heure, appelez les secours. Ne venez pas me chercher vous-même.

— Pourquoi vous ne m'avez rien dit avant de partir ?

— Parce que je ne sais pas où est l'assassin, je ne sais pas qui il connaît dans la région, je ne sais pas ce qu'il veut ou s'apprête à faire et que, par conséquent, je dois rester la plus discrète possible.

— Et vous pensez vraiment qu'il peut être quelque part dans ces grottes de malheur ? C'est quoi le rapport avec le monastère d'Iona ? C'est à plus de quatre cents kilomètres d'ici !

— Je vais être honnête avec vous, Yan : j'ignore ce que je cherche exactement dans ces cavernes. Mais mon intuition me dit que je dois aller au bout du chemin.

Grace se dirigea vers la corniche. Elle jeta un coup d'œil vers le gouffre sans fond à sa gauche. La béance était d'une obscurité si absolue que son regard perdit un instant le sens des distances et la fit vaciller. D'un réflexe de survie, elle plaqua son dos contre la roche, respira, puis entreprit d'avancer à pas comptés le long du rebord humide.

Elle entendit son guide élever la voix, mais elle était trop concentrée pour chercher à comprendre ce qu'il disait. Elle venait d'aborder un virage où le chemin s'inclinait vers le précipice. Aucune corde, ni aucune main, ne la retenait, le moindre manque d'adhérence de ses semelles la jetterait dans le vide. Ce vide qui tendait ses bras comme la mort appellerait ses enfants. Un pied après l'autre. Lentement, se dit Grace. Assurer chaque pas. Ne pas céder à l'empressement d'en finir. Mais ses mains qui suivaient la roche dans son dos perçurent l'humidité croissante. La corniche allait se faire plus glissante encore. Tout ça pour quoi ? s'interrogea-t-elle. Non, n'y pense pas. Avance, tu en as le devoir. C'est pour cette raison que tu fais ce métier. Pour aller là où les autres reculent, là où se trouve la vérité.

C'est à cet instant que la pointe de son pied droit dérapa vers l'avant, emportant son buste dans le précipice. Ses mains ne saisirent que l'air. Elle basculait.

Mais là où des années plus tôt, elle n'aurait rien pu faire, tous les muscles de son ventre si patiemment entraînés se rassemblèrent avec une telle puissance qu'ils la stoppèrent un millimètre avant la rupture d'équilibre. En suspension entre la vie et la mort, elle imprima à son corps un infime mouvement de recul et sentit la paroi se recoller à son dos. Ses jambes tremblaient, son cœur martelait sa poitrine et palpitait dans sa gorge. Pourquoi était-elle là, au bord du vide, au lieu d'être tranquillement assise dans son fauteuil derrière son bureau ?

Elle reprit son souffle, mais elle sentait qu'elle n'avait presque plus de force dans les jambes. Et le malaise la guettait. À moitié paralysée par la peur, elle fit glisser ses pieds au lieu de les lever et progressa centimètre par centimètre.

Après dix minutes interminables, elle aperçut enfin la corniche qui achevait sa longue courbe pour déboucher sur une large cavité au sol plat.

Grace s'y hasarda sans céder à l'envie d'accélérer et tomba à genoux, les nerfs secoués de spasmes, respirant par saccades, des gouttes de sueur perlant le long de son dos. C'était la deuxième fois de sa vie qu'elle frôlait la mort de si près.

Elle finit par s'asseoir, ramenant ses genoux contre sa poitrine pour se bercer et retrouver un semblant de calme dans cette grotte à peine éclairée par la lampe de son casque.

Son repos dura jusqu'à ce qu'elle entende des raclements et un souffle derrière elle. Elle se retourna et vit Yan apparaître au coin de la corniche.

— Je ne sais pas comment vous avez fait… pour ne pas tomber.

— Vous n'auriez pas dû, souffla Grace, surprise.

— Je m'en voudrais toute ma vie s'il vous arrivait quoi que ce soit.

Autant Grace n'appréciait pas le côté chauvin de Yan, autant elle devait reconnaître sa loyauté et sa grandeur d'âme.

— Et maintenant ? On fait quoi ? Il n'y a rien ici.

Sa voix résonna en écho tandis que le jeune homme éclairait la voûte rocheuse perlant d'humidité.

Grace suivait le rayon de lumière des yeux en se demandant si elle avait raté quelque chose au cours de son exploration ou si la piste d'Anton n'était finalement pas la bonne. Après tout, elle ne savait pas ce qu'il cherchait dans ces grottes et peut-être que lui-même n'était pas certain d'y trouver quoi que ce soit.

Elle se remit debout. Sa tentative de faire avancer l'affaire se terminait donc ici, sur un mur de roche sans issue à près d'un kilomètre sous terre.

— Merci d'être venu jusque-là, Yan.

— C'est mon travail. Et puis, si j'avais pu vous aider dans votre enquête, ça m'aurait fait plaisir.

Grace contemplait une dernière fois cette ultime cavité quand un phénomène l'interpella. Les gouttes qui s'écoulaient le long des parois formaient une flaque d'eau au sol. Mais à une telle profondeur, l'humidité devait être persistante et, par conséquent, le ruissellement ne devait jamais s'arrêter. La flaque aurait dû être un lac. Puisque ce n'était pas le cas, l'eau devait forcément s'évacuer quelque part.

Grace se rapprocha du pied de la paroi et, en y regardant de plus près, elle remarqua une protubérance rocheuse d'à peine cinquante centimètres de hauteur, qui semblait un tout petit peu décollée du mur. Elle la poussa et sentit qu'il y avait du jeu.

— Yan, venez m'aider à bouger ce rocher.

— Quoi ? Ne touchez pas à ça ! Vous allez provoquer un éboulement !

— Ça ne soutient rien, c'est juste calé contre la paroi.

Yan la rejoignit pour lui prêter main-forte et à deux, ils parvinrent à le déplacer suffisamment pour dévoiler un passage.

Ils s'agenouillèrent et le spectre de leur lampe frontale dessina les contours d'une anfractuosité s'enfonçant en pente raide dans l'obscurité.

— La rivière qui passe au fond du ravin était à notre hauteur il y a quelques millions d'années, commenta Yan. Elle a dû creuser des galeries comme celle-là, dit-il en s'accroupissant.

Il examina avec attention l'entrée du tunnel.

— Je ne vois absolument aucune trace de piolet, ni même d'orifice de piton. Personne n'est jamais venu jusqu'ici pour explorer ces grottes. Cela fait de nous des pionniers, pour le meilleur et pour le pire, inspectrice.

Il enfonça un clou de progression dans la roche avec sa massette et y fixa une corde de sécurité orange qu'il passa dans le mousqueton accroché à sa ceinture. Grace l'imita et ils entamèrent leur descente.

Plus ils progressaient, plus le passage s'élargissait, si bien qu'ils purent avancer à peine courbés.

Malgré sa combinaison, Grace sentait le froid gagner en ardeur, alors que la chaleur de leur souffle se muait en fumerolle dans le faisceau de leur lampe.

— Je ne suis jamais allé si profondément, lâcha Yan après quinze minutes de descente en silence. Vous imaginez à quelle distance de la surface nous devons être, depuis que nous sommes entrés dans ces cavernes ? Nous avons dû dépasser les huit cents mètres, c'est considérable. Qu'est-ce que vous espérez dénicher à cette profondeur ?

Grace ne répondit pas. La pente s'adoucissait et le tunnel s'agrandit suffisamment pour qu'ils puissent avancer debout. La jeune femme passa devant et accéléra le pas. Le chemin décrivit une courbe, et elle n'avait pas fait cinq mètres qu'elle s'immobilisa, levant le poing, éteignant sa lampe, bloquant sa respiration. Yan l'imita, sans trop vraiment comprendre pourquoi il devait soudain faire preuve d'autant de précaution. Grace tendit l'index vers l'avant.

Il lui semblait avoir discerné une source lumineuse au fond de la galerie. Ce n'était peut-être qu'un reflet de leurs propres éclairages frontaux, mais quand leurs pupilles s'adaptèrent à l'obscurité, le doute ne fut plus permis. Il y avait bien de la lumière au bout du souterrain.

Le cœur palpitant, Grace déployait ses pas avec la lenteur et la discrétion d'un chat en approche, quand un frisson de peur lui électrisa la nuque : à quelques mètres devant, elle venait d'entendre un raclement de gorge.

– 20 –

Avec d'infinies précautions, Grace tira son arme d'une poche intérieure de sa combinaison. On entendit de nouveau renifler, et des frottements, comme si quelqu'un jouait avec la semelle de sa chaussure sur la roche.

D'un geste de la main, Grace ordonna à Yan de rester en arrière. Elle détacha la corde qui la reliait au jeune guide et elle progressa accroupie, frôlant sans un bruit la paroi du côté intérieur du virage pour demeurer cachée le plus longtemps possible. Désormais, elle percevait nettement la proximité d'un individu aux infimes frictions de tissus. Il était là, à deux mètres à peine, derrière la courbe de la roche.

Maîtrisant sa respiration, Grace s'aplatit au sol tout en contrôle et en adresse. Puis, elle rampa, un millimètre après l'autre, jusqu'à obtenir un filet d'angle de vue sur ce qui se trouvait au-delà du virage. Elle n'eut qu'une microseconde pour hasarder un coup d'œil et eut peine à croire ce qu'elle venait de voir : éclairé par une ampoule électrique, un milicien en tenue noire, équipé d'un fusil d'assaut, montait la garde devant une massive porte de métal.

Grace recula, la bouche fermée, laissant tout juste frémir ses narines. Elle discerna Yan qui lui faisait des signes interrogatifs et elle appliqua silencieusement un doigt sur ses lèvres. Pour le coup, il était bien trop dangereux d'affronter une telle menace seule. Surtout à près d'un kilomètre sous terre. Il fallait qu'ils rebroussent chemin et qu'elle revienne au plus vite avec des renforts.

Elle commença à reculer avec précaution et indiqua à Yan qu'ils repartaient. Mais elle le sentait nerveux.

Il remonta la pente un peu trop vite et, avant qu'elle n'ait eu le temps de le rattraper, sa combinaison frotta contre la paroi. Le bruit se répercuta en écho.

Instantanément, Grace entendit des pas s'approcher à toute vitesse. Trop tard pour s'enfuir. L'individu allait les voir et n'aurait plus qu'à leur tirer dans le dos.

Elle délaya ses doigts autour de la crosse de son pistolet pour assurer sa prise et surgit hors du tunnel en braquant son arme droit sur sa cible.

— Police ! lança-t-elle en se campant devant le milicien.

Pris au dépourvu, il écarquilla de grands yeux déconcertés, saisit son fusil, avant de se raviser devant le canon pointé sur son front.

— Les bras au-dessus de la tête…, répéta Grace sans ciller du regard.

L'homme, à la carrure massive, obéit. Mais elle le sentait prêt à agir à la moindre inattention de sa part.

— Vous n'avez rien à faire ici, grommela-t-il.

— À genoux !

Le milicien s'exécuta sans empressement. Elle percevait l'entraînement dans chacun de ses gestes. Si elle perdait l'avantage, elle n'aurait aucune chance contre lui.

— Jetez votre arme.

— Cela va mal finir, menaça l'homme en jetant son fusil au pied de Grace.

Elle le ramassa, retira le chargeur d'une main experte et fit glisser l'arme d'un coup de pied derrière elle.

Il avait levé la tête vers elle, une résolution d'acier plantée au fond du regard.

— Écoutez, vous pouvez me tirer dessus, et même me tuer. Mais vous n'avez pas de silencieux, donc au moindre coup de feu de votre part, d'autres gardes débarqueront en force et c'en sera terminé pour vous.

Grace n'était que trop consciente de sa situation.

— Je vais vous laisser une chance et croire que vous êtes arrivée là par hasard, reprit le milicien. Faites demi-tour pendant qu'il en est encore temps, et police ou pas, ne revenez jamais ici de votre vie.

Grace était dos au mur. Si elle tirait, il y avait effectivement un très grand risque que d'autres miliciens armés viennent en renfort. Et ces hommes n'avaient pas l'air d'être de ceux qui hésitent avant de faire feu. D'un autre côté, en laissant le garde en vie, elle pouvait être sûre qu'à peine le dos tourné, il donnerait l'alarme et qu'on les rattraperait en un rien de temps pour leur faire subir le même sort.

La paume de sa main moite perdant de l'adhérence sur la crosse de son arme, les flancs humides de sueur, Grace réfléchissait. Si seulement elle avait été plus forte et entraînée au sport de combat, elle aurait osé la confrontation physique pour essayer de l'assommer, ou, à tout le moins, le bâillonner. Le temps qu'elle et Yan puissent prendre de l'avance. Mais l'homme n'attendait que ça : son pied d'appel était déjà prêt à se détendre, ses poings serrés, les muscles de son cou bandés. Il voulait qu'elle s'approche, pour l'agresser avec une telle brutalité qu'elle pouvait déjà presque sentir les coups percuter sa chair et briser ses os.

Dès lors, il ne restait qu'une solution.

— Yan, appela-t-elle sans se retourner. Ressortez de la caverne le plus vite possible, contactez Elliot Baxter, expliquez-lui la situation et demandez-lui d'envoyer les forces spéciales. Je vais rester ici et le surveiller jusqu'à ce que les renforts arrivent.

— Quoi ? Mais vous n'allez jamais tenir, chuchota Yan.

— Si vous restez à discuter ici, c'est certain. Allez !

Elle perçut son hésitation. Il se baissa et ramassa le fusil d'assaut derrière Grace. Puis, il se positionna à ses côtés.

— Yan... qu'est-ce que vous faites ?

— C'est à lui qu'il faut demander ce qu'il fout ici. Il y a quoi derrière cette porte ?

Le milicien ne dit rien.

— Hey, tu vas répondre ! s'emporta le jeune guide. T'es sur mes terres et celles de mes ancêtres, enfoiré ! Tu crois que te planquer à un kilomètre dans le sol te donne tous les droits ? Qu'est-ce que vous foutez de bien dégueulasse chez nous pour être obligés de vous cacher si loin ?

— Ça suffit ! ordonna Grace.

— Réponds ! vociféra Yan en levant la crosse de son fusil pour frapper le milicien au visage.

— Non ! cria Grace.

Trop tard. Le garde empoigna la crosse de l'arme, l'arracha des mains de Yan, et lui asséna un coup si brutal à la cuisse que le jeune guide, fauché, s'écroula à terre, le souffle coupé par le choc.

Par réflexe, Grace appuya son doigt sur la détente, mais s'arrêta un cheveu avant la détonation. Le milicien se releva et décocha un coup de pied dans le crâne du jeune homme avant de faire volte-face en direction de Grace. Il bondit sur elle plus vite qu'elle ne l'avait anticipé, et la frappa au flanc. Elle alla cogner contre la paroi, se tordant la cheville en perdant l'équilibre. Le milicien dégaina un couteau et fendit l'air.

La déflagration qui suivit fut assourdissante, ses ondes rendues folles par la prison de roche se débattirent en hurlant dans un écho d'enfer. Et tandis que les cris de la balle agonisaient dans le tunnel, le milicien s'effondra comme un seul bloc, le visage fracassé par le projectile qui venait de le transpercer de l'œil à l'arrière du crâne.

Hors d'haleine, Grace scruta ce qui restait de la figure de son agresseur. L'éclat du coup de feu frappait encore contre ses tympans. À moins que ce soit le sang qui battait à ses oreilles. Se ressaisissant, elle voulut se précipiter vers Yan. La douleur qui s'élança de sa cheville fut si cinglante qu'elle lui souleva le cœur et la contraignit à s'appuyer en catastrophe contre la roche. Après avoir repris son souffle, elle boita jusqu'au jeune guide. Il respirait encore, mais il était inconscient et une tache de sang se répandait de l'arrière de sa tête.

Elle fouilla son sac à dos, y trouva une trousse de premiers secours et appliqua une compresse sur sa blessure le temps de stopper le saignement. En réalité, Grace craignait plus l'hémorragie interne. Il lui fallait des soins en urgence. Avec sa cheville foulée, difficile de refaire l'ascension jusqu'à la surface pour aller chercher de l'aide. Et d'une seconde à l'autre, la porte métallique s'ouvrirait pour déverser une armée de miliciens.

Grace se releva en étouffant un cri de douleur. Puis, elle s'avança péniblement jusqu'à l'homme mort et sonda chacune de ses poches. Elle trouva des munitions, une lampe torche et une carte magnétique noire. Elle tenait peut-être entre ses doigts sa seule chance de sauver Yan. Ne sachant ce qu'elle allait trouver derrière la porte, elle préféra éloigner le jeune guide. Elle le tira péniblement jusqu'à l'entrée du boyau rocheux en amont, puis jugeant qu'il était à l'abri, elle l'enveloppa dans une couverture de survie, emporta son sac à dos et rebroussa chemin en claudiquant jusqu'à la porte.

De plus près, elle avait définitivement l'apparence d'une muraille d'acier. Sans poignée, sa surface était lisse et brillante, comme celle d'une porte de banque blindée. Grace y plaqua la carte magnétique, mais rien ne se passa. Elle la fit glisser en cercle sans obtenir plus de résultats. Elle chercha une fente et c'est là qu'elle finit par détecter un imperceptible détail.

Sur le côté gauche, là où aurait dû se trouver la serrure, un minuscule dessin, pas plus grand qu'une touche de clavier d'ordinateur, avait été gravé dans le métal. Au départ, Grace crut reconnaître un trident, mais en étant plus attentive, elle vit qu'il s'agissait plutôt d'un sceptre à deux fourches. Un symbole qu'il lui semblait avoir déjà croisé au cours de ses lectures. Qu'importe, ce devait être l'emplacement du capteur magnétique.

Après avoir jeté un dernier coup d'œil sur Yan, dont la pâleur cadavérique l'angoissa, elle plaqua la carte sur le dessin du sceptre. Un signal sonore aigu retentit. On entendit un lourd mécanisme se déverrouiller à l'intérieur de l'épaisseur métallique et, dans un cliquetis de serrure qui résonna en écho dans la caverne, la robuste porte s'entrouvrit.

– 21 –

Son arme de poing stabilisée à hauteur du regard, la lampe torche calée sous le canon, Grace poussa la porte de l'épaule. L'effort considérable qu'elle dut fournir pour l'ouvrir expliqua pourquoi aucun milicien n'était intervenu : le son de la détonation n'avait pu traverser une paroi aussi lourde et épaisse.

Le battant s'écarta lentement pour laisser apparaître un long couloir creusé dans la roche, éclairé de néons fixés au plafond à intervalles réguliers. Les aspérités des murs avaient été polies et une dalle de béton avait été coulée au sol.

Observant autour d'elle, Grace n'en revenait pas. Anton Weisac avait donc raison. Mais où menait ce passage ?

Elle progressa prudemment sur une vingtaine de mètres, à l'affût du moindre bruit suspect. Ses pas mal assurés craquelaient sur les humides poussières de roche et sa respiration résonnait sous la voûte rocailleuse à la façon d'un sinistre métronome.

Elle finit par apercevoir une nouvelle porte au bout du tunnel. Elle avait la même apparence que celle qu'elle venait de franchir. Sauf que, cette fois, le logo en forme de sceptre à deux fourches était ostensiblement gravé sur le métal.

Grace s'y adossa un instant pour soulager sa cheville, avant d'y plaquer son oreille. Elle ne perçut aucun bruit. Elle appliqua le badge magnétique sur la paroi et le mécanisme de fermeture se déverrouilla dans un nouveau cliquetis sonore, suivi d'un relâchement d'air sous pression. Puis l'énorme porte s'ouvrit automatiquement sur une zone plongée dans l'obscurité.

Grace progressa, son arme braquée devant elle, le rayon de sa torche formant un cylindre lumineux s'estompant dans le noir. Elle franchit le seuil, balayant l'espace de gauche à droite sans rien rencontrer d'autre que les ténèbres. En revanche, au son de ses pas et à l'écho de sa respiration, elle supposa qu'elle avait pénétré dans un lieu bien plus vaste que le tunnel qu'elle venait de quitter.

Elle s'enfonça à l'aveugle sur une dizaine de mètres sans se heurter au moindre obstacle. En étant plus attentive, elle détecta le vrombissement étouffé d'une lointaine soufflerie ; mais au-delà, pas un seul signe de vie. Elle s'accroupit et frappa le sol de la crosse de son arme. Le bruit s'envola en écho comme s'il pouvait emplir des kilomètres d'espace vide. La sensation d'amplitude n'avait jamais été si intense malgré les gouffres sans fond qu'ils avaient traversés pour arriver jusqu'ici. Que cachait cet endroit gigantesque à près d'un kilomètre sous terre ?

Face à l'immensité, Grace renonça à s'aventurer vers l'inconnu. Sa cheville lui faisait trop mal. Elle rebroussa chemin et entreprit de longer le mur qui partait de la porte, jusqu'à trouver une sortie. Elle n'avait pas fait trois pas que sa lampe éclaira un levier encastré dans la paroi. En dessous, un logo en forme d'éclair indiquait que le dispositif commandait l'électricité.

Grace hésitait à l'actionner, tout en se disant qu'elle ne parviendrait pas à sauver Yan si elle continuait à progresser à la faveur hasardeuse de sa torche. Il fallait absolument qu'elle ait une vision globale de l'endroit où elle se trouvait, ne serait-ce que pour repérer plus vite une issue. Pour se rassurer, elle pensa que si tout était si silencieux et plongé dans l'obscurité, c'est que personne ne devait être en train de surveiller.

Elle posa sa main sur le levier et l'abaissa.

Des dizaines de puissants spots se mirent en route dans une succession de claquements, tandis qu'un éblouissant déferlement de lumière embrasait les ténèbres. Grace se protégea les yeux du revers de sa manche. Les paupières à moitié closes, elle laissa à ses pupilles le temps de se rétrécir, mais ce qu'elle avait réussi à entrevoir venait de la plonger dans un état de sidération. Et quand elle baissa enfin son bras, ce fut le choc.

À perte de vue s'élançait une immense cavité semblable à un colossal hangar industriel. Elle s'élevait plus haut que la coupole d'une cathédrale et sa longueur courait sur une distance plus étendue encore qu'un stade de football. Le décor était aussi saisissant de gigantisme qu'improbable à une telle profondeur. Plus perturbant encore, cette béance souterraine n'était pas vide.

Sur des échafaudages parfaitement alignés qui montaient jusqu'au plafond, de grandes caisses en plastique rectangulaires, toutes de la même taille, s'entassaient à perte de vue.

Médusée, Grace contemplait ce spectacle en essayant de remettre ses idées en place. Qu'y avait-il à l'intérieur de ces boîtes uniformes ? Qui était à l'origine de cette construction pharaonique ? Était-ce cela qu'Anton cherchait désespérément ?

Sans relâcher sa garde, son arme toujours vissée entre ses doigts, elle parcourut la cinquantaine de mètres qui la séparaient des premiers échafaudages et suivit l'allée centrale en regardant à chaque croisement si aucune porte n'était visible.

En progressant, elle se rendit compte que c'était des dizaines de milliers de caisses qui étaient entreposées ici. Et toutes étaient pyrogravées du sceptre à deux fourches.

Grimaçant de douleur à chaque pas, Grace marcha pendant au moins un quart d'heure au milieu de cet étrange hangar, jusqu'à voir une porte à l'autre bout de l'allée.

Elle avait donc peut-être une chance de sortir d'ici pour aller chercher des secours. Mais comment pouvait-elle quitter cet endroit, sans savoir ce qu'il y avait à l'intérieur de ces caisses ? L'aboutissement de son enquête en dépendait. D'un autre côté, les chances de survie de Yan diminuaient à chaque minute qu'elle perdait. Écartelée par ce dilemme, Grace ignora les boîtes pour se diriger droit vers la porte. Mais elle pensa soudain que si elle parvenait finalement à s'enfuir et à trouver de l'aide, peut-être qu'à son retour, l'entrepôt aurait été condamné.

Elle rebroussa chemin et se jura de faire vite. Elle s'approcha de l'une des boîtes et passa sa main dessus. La surface était lisse, mais elle discerna les rebords d'un couvercle.

Elle se servit d'un piton d'escalade qui se trouvait dans le sac à dos de Yan pour faire levier et après plusieurs tentatives, le couvercle céda. Grace le fit glisser à terre et quand elle posa les yeux sur l'intérieur de la caisse, elle se figea.

La boîte était vide, mais sur l'un des côtés se trouvait une affichette avec un dessin explicatif et un avertissement ne laissant aucun doute sur la finalité de ce grand réceptacle rectangulaire. Le schéma représentait un homme allongé, les yeux clos, à côté duquel un triangle muni d'un point d'exclamation précédait la mention « Attention, déposer <u>uniquement</u> un corps nu ».

Grace venait de soulever le couvercle d'un cercueil inoccupé.

Dans une montée d'incrédulité quasi frénétique, elle ouvrit une autre caisse, puis une autre. Toutes étaient vides et contenaient exactement le même avertissement.

Saisie de vertige, Grace se retourna et contempla les boîtes qui s'alignaient jusqu'à l'insondable : à qui étaient destinés ces dizaines de milliers de cercueils ?

– 22 –

Isolée au sein de l'immensité silencieuse de cet entrepôt morbide, médusée par ces amoncellements de boîtes anonymes destinées à accueillir des cadavres en quantité industrielle, Grace ne put que redouter l'imminence d'une hécatombe cachée au grand public. Que se préparait-il de si terrible pour que soit amassée une légion de cercueils produits à la chaîne comme on fabriquerait des Tupperware funèbres ? Une pandémie dévastatrice ? Une guerre ravageuse ? Une épouvantable catastrophe naturelle ?

Chaque hypothèse charriait son lot d'abominations et Grace sentit plus que jamais l'ampleur démesurée que prenait son enquête.

Mais elle n'avait pas le temps de pousser plus loin son exploration pour chercher des réponses, l'urgence était pour le moment de sauver Yan.

Elle se dirigea vers la porte qu'elle avait repérée au fond de l'entrepôt, en prenant appui sur les échafaudages pour soulager sa cheville. Les frottements de ses pas résonnaient comme ceux d'un sportif solitaire s'entraînant dans un gymnase olympique abandonné. Où étaient les autres gardes dont avait parlé le milicien ?

Sans renforts, incapable de courir, la moindre confrontation pourrait lui être fatale.

L'épaule appuyée contre le mur jouxtant la porte, sa main sur la crosse de son arme, les muscles bandés, elle écouta : seul le souffle de sa respiration tremblait dans le silence. Elle appliqua délicatement le badge sous la poignée, un déclic retentit et le battant pivota.

Grace bascula dans l'embrasure d'un mouvement rapide. Dans le prolongement du canon de son revolver, le faisceau de sa lampe torche perça les ténèbres d'un long couloir de béton, désert. Elle s'y aventura d'un pas prudent, épiant le moindre bruit suspect et apercevant bientôt des marches au bout du corridor.

Elle posa un pied sur l'escalier qui s'élevait en tournant autour d'un pilier métallique. Sa douleur à la cheville était de plus en plus difficile à supporter, mais il fallait faire vite. Après quinze minutes d'une éprouvante ascension, elle reprenait sa respiration, quand un bruit sourd résonna au-dessus d'elle. Grace s'immobilisa, la peur vrillant son ventre. Qu'était-ce ? Ça ne ressemblait pas à un coup de feu, plutôt à un choc brutal contre un mur ou une porte.

Le sang pulsait dans ses oreilles, sa poitrine se soulevait comme un soufflet actionné par un forgeron dément.

Et soudain, l'enfer éclata dans une rafale de détonations. Grace se recroquevilla, alors que les balles mitraillaient les murs au-dessus de sa tête dans des explosions de poussière, saturant ses tympans d'un assourdissant sifflement aigu. Les projectiles la frôlèrent. Le tireur était trop haut, mais il allait la rejoindre et finir son travail.

Grace redescendit l'escalier aussi vite que sa cheville le lui permettait. Au même moment, elle entendit une cascade de pas martelant les marches juste en dessous. Elle était coincée.

Retrouvant des réflexes endormis, la jeune femme fit demi-tour et, sans s'arrêter, elle tira à trois reprises à l'aveugle, surgit à découvert et visa son adversaire en position de repli. Elle avait conservé toute son habileté et une seule balle lui suffit pour toucher la gorge de l'ennemi.

Les pas qui montaient derrière elle se rapprochèrent. On lui tomberait dessus d'une seconde à l'autre. D'un coup de pied, elle fit dévaler le cadavre du milicien dans l'escalier et, stimulée par l'adrénaline qui étouffait brièvement la douleur, elle grimpa une dernière volée de marches pour déboucher sur une porte ouverte.

Son pistolet braqué à hauteur du regard, Grace n'avait pas fait un pas dans le couloir qui se profilait devant elle qu'une silhouette surgit d'un embranchement et la percuta de plein fouet. Sous le choc, elle lâcha son arme, et elle se retrouva nez à nez avec une femme qui lui visait la tête. Grace allait se jeter sur elle, mais son adversaire fit feu la première.

– 23 –

La balle vrilla l'air, sa pointe aiguisée fonçant vers le crâne de Grace. Pas le temps de l'éviter. Juste celui de se dire qu'elle n'était pas prête à mourir. Le métal chauffé à blanc siffla à son oreille pour terminer sa trajectoire dans un impact d'os éclaté.

Les yeux écarquillés d'effroi, Grace plaqua sa main sur sa tête et sentit le contact liquide du sang s'écouler entre ses doigts. Deux autres détonations retentirent et elle s'effondra, le dos glissant contre le mur. Lentement, elle leva son regard voilé vers la femme qui venait de tirer.

— Qui êtes-vous ?

L'inconnue lui écrasa le canon de son arme sur le front. Grace distingua des cheveux blonds coupés court encadrant un visage fin aux pommettes ciselées.

Elle ne comprenait pas ce qui lui arrivait. Avait-elle été touchée à la tête ? Qui était cette femme ?

— Vous n'avez rien. La balle n'a fait que vous frôler la tempe, déclara cette dernière d'une voix hautaine teintée d'un accent américain.

Grace comprima la paume de sa main sur sa blessure, puis tourna la tête pour prendre la mesure de la situation, elle découvrit alors l'origine du bruit d'os brisé en avisant le corps d'un milicien, le sang de son cerveau s'écoulant par un trou dans le crâne, les doigts encore serrés autour de son fusil d'assaut.

— Je pense avoir supprimé tous les gardes, reprit l'inconnue d'un ton autoritaire. Les renforts ne seront pas là avant une heure ou deux, compte tenu de l'éloignement du site. Cela nous laisse un peu de temps : qui êtes-vous, que faites-vous là ?

Grace allait lui retourner la question, mais le contact de l'arme sur sa peau lui rappela le rapport de force du moment.

— Grace Campbell, inspectrice de la police de Glasgow.
— Ah... c'est vous.

L'assaillante baissa alors son arme et recula de quelques pas.

— On se connaît ? hasarda Grace.

Elle avait l'impression que cette femme la regardait de haut, voire avec du mépris, en se disant qu'elle ne l'imaginait pas ainsi.

— Je vous connais un peu, vous pas du tout.

Grace approuva d'un mouvement de tête, la bouche formant une expression exagérément convaincue.

— Effectivement, c'est beaucoup plus clair, mais...
— Je vais fouiller les lieux. Ensuite, nous sortirons toutes les deux, chacune partira de son côté, vous laisserez tomber votre enquête, vous m'oublierez et peut-être que vous vivrez.

— Le guide qui m'a conduite jusqu'ici est à l'agonie dans un des tunnels d'accès. Il lui faut des secours au plus vite.

— Pas mon problème.

Et elle tourna les talons.

Grace la rattrapa par le bras.

— Hey ! Imaginons que j'arrive à sortir d'ici : il n'y a aucun réseau dans cette zone et ma cheville m'empêche de courir pour aller chercher de l'aide. Il va mourir. Vous m'avez sauvé la vie, sauvez aussi la sienne.

Les yeux bleus en amande de la grande femme se plissèrent et son regard se fit menaçant.

— Je vous ai sauvé la vie dans le doute. Rien ne m'y obligeait. Mais si vous commencez à me faire perdre du temps, vous allez rejoindre le type qui est à vos pieds. Ça, c'est... beaucoup plus clair ?

Puis elle s'éloigna.

Impuissante, Grace réagit avec plus de violence qu'elle ne l'avait jamais fait. Elle se baissa, ramassa son arme de service et tira deux balles à terre, juste à côté de l'inconnue.

Sans se retourner, la blonde au regard froid se figea, tandis que l'écho des coups ricochait encore contre les murs.

— Vous allez chercher de l'aide tout de suite ! ordonna Grace, qui peinait à se reconnaître dans une attitude si agressive.

— Sinon, vous me tuez, c'est ça ? Malin...

— Écoutez, si on pouvait penser à la vie de ce jeune homme au lieu de s'insulter. C'est un gamin du coin qui a tout juste vingt ans. Il était simplement là pour me guider, il n'a pas mérité ce qui lui arrive. Vous avez seulement à faire quelques kilomètres à pied ! Qu'est-ce qu'il peut y avoir de plus important que de sauver une vie innocente ? Vous pouvez me le dire ?

— Calmez-vous, Grace Campbell. Je sais bien que vous n'aimeriez pas que votre enquête se termine encore en fiasco alors que vous essayez de remonter la pente...

Grace frémit.

— Qui êtes-vous ?

L'inconnue consulta l'heure à son poignet.

— Je n'ai pas peur que vous me tiriez dessus sciemment, je crains simplement qu'en voulant m'intimider vous ratiez votre coup et me blessiez, finit-elle par dire d'un ton agacé. Je me rends au poste de communication à deux étages au-dessus. Vous y trouverez peut-être un moyen d'y appeler des secours.

Et elle disparut au coin du couloir.

– 24 –

Grace la suivit alors qu'elle ouvrait une porte pour rejoindre un escalier en béton. L'ascension fut un supplice pour la jeune femme qui peinait à suivre le rythme de l'inconnue.

D'ailleurs, cette dernière avait disparu quand elle parvint enfin deux étages plus haut. Deux cadavres de gardes gisant au milieu d'un couloir criblé d'impacts de balles indiquaient son passage récent. Quel genre de personne était capable de commettre un tel carnage ? Grace avait la certitude que cette femme était américaine. Paraissant âgée d'à peine quarante ans, très entraînée, élancée, athlétique, hautaine et d'une rare beauté de papier glacé qui la plaçait à l'exact opposé de l'image que Grace se faisait d'elle-même... Mis à part ces éléments, elle ne disposait d'aucun moyen de cerner son identité.

Elle progressa en silence, enveloppée par l'haleine diffuse de la ventilation qui circulait dans ce dédale aux murs gris. Plus Grace avançait, plus elle se questionnait également sur cette impressionnante structure souterraine dont la construction avait dû coûter une fortune. Qui avait pu financer de tels travaux pour y enfouir des milliers de cercueils ?

Grace s'arrêta. Devant elle, les reflets de cloisons en verre délimitaient une pièce équipée d'écrans et d'appareils électroniques.

Elle vit sa mystérieuse acolyte déjà en train de fouiller l'endroit. Elle ouvrait les tiroirs, feuilletait des classeurs, et finit par s'asseoir derrière un ordinateur. Grace entra à son tour dans la pièce et repéra immédiatement un téléphone fixé dans une console de contrôle.

En quelques secondes, elle parvint à joindre le centre de secours le plus proche et à indiquer l'emplacement de Yan au fond de la zone interdite des grottes de Traligill. La personne qui coordonnait les appels mit un peu de temps à comprendre puis à croire ce que Grace lui racontait. Mais elle finit par lui dire que les secours montaient dans l'hélicoptère sur-le-champ et seraient probablement auprès du blessé dans moins de deux heures.

Un tant soit peu rassurée, Grace téléphona ensuite à Elliot Baxter pour l'informer de sa découverte et lui demander urgemment des renforts. À peine lui avait-elle donné ses coordonnées géographiques qu'elle perçut un mouvement du coin de l'œil. Elle se retourna : un homme dissimulé derrière la porte du vestibule surgit soudain de sa cache avec un fusil d'assaut.

— À terre ! cria Grace.

Les coups de feu fusèrent, les vitres volèrent en éclats, les appareils électroniques éclatèrent en gerbes d'étincelles, et après le bruit mat d'un corps s'effondrant sur le sol, le silence revint.

Le canon de son revolver encore chaud, Grace se précipita vers l'homme qu'elle venait de neutraliser. Touché à la jambe et au ventre, il était à terre, mais encore conscient. Elle lui arracha son arme et braqua son pistolet sur lui.

— Ça va ? demanda-t-elle à l'inconnue.

Pour seule réponse, elle entendit des pas rapides dans son dos, vit une forme noire apparaître à ses côtés, qui la poussa et plaça son arme sur le front du milicien au sol.

— Où se trouve le siège d'Hadès ?

Grace la regarda faire, stupéfaite. Mais oui... Hadès. Le sceptre à deux fourches gravé sur les portes de l'entrepôt était effectivement celui du dieu des Enfers de la mythologie grecque. Le lien avec les cercueils se faisait plus évident, mais cela n'expliquait pas pour autant de quoi allait succomber cette foule destinée à remplir ces coffres en plastique.

— Où se trouvent tes patrons ? Parle et je ne te tuerai pas.

L'homme, qui avait le menton collé à sa poitrine, respirait faiblement. Il leva les yeux.

— Un ! s'exclama la femme blonde d'une voix sentencieuse. Deux... Où sont les bureaux d'Hadès ?

Elle appuya le canon plus fort sur la tempe et Grace la vit presser la pulpe de son index sur la détente. Elle allait l'abattre de sang-froid.

— La... la... fin... du... monde, murmura difficilement le garde à l'agonie.

— Qu'est-ce que tu racontes ?

— Fin... du monde.

— Arrête avec tes conneries de prophétie ! C'est pas ce que je te demande !

Le regard du milicien vacilla. Il tenta d'articuler un dernier mot, sa poitrine se souleva une dernière fois et son corps s'affaissa à terre, sans vie.

L'inconnue se redressa, son beau visage froissé de contrariété.

— Et merde !

Elle avisa Grace.

— Et vous, dégagez d'ici ! Allez rejoindre votre mourant.

En tant qu'inspectrice, et plus encore depuis qu'on l'avait reléguée aux enquêtes de voisinage, Grace avait l'habitude que les gens lui jettent leur agressivité à la figure. Elle avait appris à laisser cette animosité glisser sur elle pour demeurer concentrée. Elle entendit clairement l'invective, mais détourna la tête pour regarder ailleurs, alors que depuis une poignée de secondes, son cerveau vibrait d'une réflexion électrique. Les paroles du garde avaient déclenché en elle une intuition autour de laquelle s'agitaient ses pensées. Ses grands yeux noisette se plissèrent et, soudain, sa réflexion se fit certitude.

— Je vous ai dit de partir, laissez-moi seule !

— Non, répondit Grace d'un air désolé, les bras croisés. Et baissez cette arme, parce que je suis la seule à pouvoir vous aider.

— En quoi ?

— Je sais où se trouve le siège d'Hadès, tenta Grace.

— Et comment le sauriez-vous ? D'ailleurs, que savez-vous d'Hadès ?

— Rien, mais je vous garantis que je sais où trouver leurs locaux. Pour le moment, je peux seulement vous dire qu'ils sont à environ… quatre heures et demie de route d'ici.

— Qu'est-ce que vous voulez en échange ?

— Que vous me disiez qui vous êtes et ce que vous cherchez.

La femme blonde fit jouer ses doigts sur la crosse de son arme et ramena derrière son oreille une mèche de cheveux qui avait glissé devant ses yeux. Elle observait l'inspectrice comme un fauve se demande si sa proie vaudra l'énergie qu'il va dépenser pour bondir sur elle.

— Si vous envisagez de me faire parler sous la contrainte, reprit Grace sans se démonter, je vous rappelle que les renforts de la police vont arriver sous peu. Vous pensez peut-être que je craquerai vite sous la torture, mais ne vous fiez pas aux apparences... tous les vécus ne se lisent pas sur les visages.

— Alors on part maintenant, vous ne retournez pas au chevet de votre guide pour attendre les secours.

— Si, je vais y retourner, et vous allez m'accomp...

— Si vous voulez que votre enquête avance, il faut partir sur-le-champ, avant qu'Hadès ait été mis au courant de notre présence ici. Chaque minute compte pour espérer récupérer des preuves.

— Je ferai envoyer une équipe au siège d'Hadès dès que nous aurons à nouveau du réseau, comme ça, nous...

— Comment croyez-vous qu'un tel entrepôt ait pu être construit ici ? Cette entreprise possède des connexions à de nombreux niveaux, dans le pays et ailleurs. Il y a de forts risques qu'ils soient prévenus si vous demandez à vos services d'intervenir. Nous devons y aller seules pour avoir une petite chance de les surprendre. Et tout de suite.

Si Yan succombait à ses blessures, Grace ne se pardonnerait jamais de ne pas être retournée à ses côtés. Lorsqu'elle avait été arrachée à sa vie, il y a des années, c'est l'espoir que quelqu'un passe ses jours et ses nuits à la chercher qui l'avait fait tenir. Dans sa demi-conscience, le jeune homme devait investir la même confiance en elle.

— Le temps passe, inspectrice...

Déchirée, Grace sut qu'elle allait devoir supporter le poids de la culpabilité. Au-delà du meurtre d'Anton, son enquête semblait désormais concerner des milliers de personnes, et il lui était impossible de laisser passer une opportunité de la faire avancer.

Sans rien montrer du drame qui se jouait en elle, Grace quitta le poste de communication.

— On y va.

— La sortie est à une dizaine d'étages au-dessus, c'est par là que je suis entrée.

— Dix étages ? répliqua Grace en regardant machinalement sa cheville.

— J'espère que vous n'attendez pas que je vous aide.

— Non, mais au moins, que ça nous laisse le temps de faire connaissance. Qui êtes-vous ?

— Premièrement, il peut y avoir des micros n'importe où. Deuxièmement, j'avais cru avoir fait le ménage, je me suis trompée. Il y a peut-être encore d'autres gardes en embuscade. Je vous répondrai une fois dehors.

– 25 –

Après avoir atteint le dernier étage, Grace était blême. Elle avait pris sur elle pour ne pas trop se laisser distancer et la douleur irradiait dans sa cheville. Alors qu'elle s'accordait quelques secondes de repos, elle constata qu'elle était dans un gouffre aux protubérances ruisselantes d'humidité. Une passerelle métallique surplombant le vide permettait d'accéder à un monte-charge industriel qui s'élevait jusqu'au plafond, à au moins vingt mètres au-dessus de sa tête. Les câbles, semblant infinis, disparaissaient dans l'obscurité.

C'est par là qu'ils ont dû acheminer tous les cercueils, songea-t-elle.

— Ça rejoint une grange construite au-dessus du gouffre pour en camoufler l'entrée, commenta la désagréable inconnue. Dépêchez-vous.

Une fois que Grace eut atteint la plate-forme en avançant du mieux qu'elle pouvait, le mécanisme s'ébranla. Sous leurs pieds, les ténèbres effaçaient toutes les limites tangibles, si bien que la nacelle n'était plus qu'un point lumineux s'élevant au cœur du chaos originel.

Dans cette atmosphère souterraine, Grace crut un moment qu'elle était en train de rêver. L'étrangeté de ce lieu improbable, la rencontre avec cette femme sortie de nulle part, l'incongruité de son enquête, tout cela fit brutalement écho au vertige qui s'emparait d'elle au fur et à mesure qu'elle gagnait en hauteur. Elle se rattrapa brutalement à la barre de sécurité et sentit peser sur ses épaules le regard froid de son associée de circonstance.

Le soubresaut du dernier étage la ramena à la réalité. Elles venaient d'arriver dans une cage métallique dont les épaisses portes blindées s'ouvrirent sur la charpente de ladite grange.

Grace s'assit par terre pour soulager sa cheville.

— On n'a pas le temps, lança la grande blonde.

— La douleur n'est pas aussi obéissante que les gens que vous avez peut-être l'habitude de commander, répliqua Grace, qui aurait donné cher pour un antalgique.

Quelques secondes plus tard, elle sursauta quand une forme sombre et longiligne fit irruption sous son nez.

— Ça fera office de canne, dit l'étrange femme en lui donnant un bâton.

Surprise par ce geste, Grace fut encore plus déconcertée par la main tendue qui l'aida à se relever.

— Eh bien, le retour à l'air libre vous fait beaucoup de bien, lança-t-elle en se remettant sur ses pieds.

— On soigne ses chevaux si on veut que le carrosse avance.

Grace en aurait ri, si elle n'avait pas été si stressée par la situation.

Sans autre cérémonie, sa coéquipière forcée lui tourna le dos pour aller s'assurer que la voie était libre à l'extérieur. Puis elles quittèrent cet abri de planches construit sous le porche rocheux de la caverne.

Le vent des Highlands leur souffla sa fraîcheur au visage, couchant les herbes au sommet des collines et poussant les amas de nuages gris au-dessus de leurs têtes comme une armée de spectres en marche.

Grace releva le col de sa combinaison et inspira l'air des grands espaces pour laver ses sinistres pensées. Dans le ciel bas, elle guetta l'arrivée de l'hélicoptère des secours qui devaient venir en aide au jeune Yan resté seul au fond des grottes.

— Je m'appelle Naïs Conrad, lâcha enfin l'inconnue en suivant le sentier qui s'éloignait de la grange.

Grace tourna la tête vers elle, surprise de cette soudaine confidence. Elle regardait son interlocutrice de profil, admirative, elle devait bien l'avouer, de l'élégance qu'elle dégageait. Sa mâchoire carrée, ses pommettes hautes et finement dessinées, et ce cou élancé que l'on devinait sous le col roulé noir n'auraient pu être qu'une beauté neutre, sans l'intensité grave qui irradiait de son regard bleu. Plus elle l'observait, plus cette femme semblait appartenir à une espèce différente de la sienne.

— Et donc, vous êtes venue ici pour… ? s'enquit Grace en s'aventurant à son tour sur le chemin.

— Je préfère vous prévenir maintenant, ce que je vais vous dire ne va pas vous aider à dissiper le malaise qui semble être le vôtre à l'égard de cette enquête. Bien au contraire.

— Alors, piquez tout de suite, avant que je n'aie trop le temps de voir l'aiguille, répliqua Grace, en réprimant une grimace de douleur quand son pied glissa sur une pierre couverte de mousse.

— Je travaille pour la DIA. La Defense Intelligence Agency. Ou, si vous préférez, les services secrets du Pentagone.

Comme chaque fois qu'elle était étonnée, Grace imprima un léger mouvement de recul à son menton.

— Mais... qu'est-ce que vous faites ici ?

— Cela fait plusieurs années que nous enquêtons sur Hadès. Cette société est soupçonnée d'œuvrer à la fabrication d'armes qui échappent au contrôle du gouvernement des États-Unis. Nous n'arrivons pas à déterminer la nature des armes qu'ils fabriquent ni l'identité des destinataires. Or, c'est le rôle de la DIA de tout savoir dans ce domaine.

— OK... admettons. Mais par le plus grand des hasards, vous trouvez leur entrepôt au même moment que moi... Curieuse coïncidence, non ?

Naïs s'arrêta, un pied sur un rocher, l'autre bien ancré dans le sol.

— *L'un* de leurs entrepôts. Mais là n'est pas la question. Et ma présence ici n'est pas due au hasard. C'est en effet votre enquête, ou plutôt la mort d'Anton Weisac, qui m'a poussée à venir jusqu'au tréfonds de cette grotte. Nos services de renseignement qui ont un bureau à Perth ont immédiatement repéré l'article de journal annonçant son assassinat. Ce scientifique a fait partie d'Hadès et nous cherchions à entrer en contact avec lui. Nous savions qu'il était quelque part en Écosse, cela faisait un an et demi que je parcourais le pays à sa recherche.

— Et donc, après avoir lu la presse, vous avez fait parler les autorités locales...

— La DIA a ses entrées et votre police n'a pas été longue à nous livrer toutes les informations dont elle disposait, y compris les cartes de la région et les travaux scientifiques que vous avez trouvés dans le bureau secret de la victime. En comprenant comme vous ce qu'Anton faisait, je suis tout de suite venue aux grottes de Traligill.

Grace profita de cette pause pour reporter son poids sur sa cheville valide.

— Et vous saviez qu'il y avait une entrée sous cette grange ?

— En survolant hier soir la zone en hélicoptère, j'ai repéré ce bâtiment, et je commence à suffisamment connaître leurs méthodes pour savoir qu'il pouvait abriter un accès à l'un de leurs entrepôts.

C'était donc le bourdonnement de cet hélicoptère que Grace avait entendu au loin la nuit dernière. Elle ne jugea pas nécessaire de faire part de sa révélation à sa partenaire provisoire. Elle devait d'abord mieux cerner son identité.

— Avant de poursuivre, j'aimerais que l'on soit sur un pied d'égalité. Voici donc ma carte d'enquêtrice, dit Grace en lui présentant son badge. Vous avez l'équivalent à la DIA ?

— Vous avez mis le temps avant de me le demander, répondit Naïs en fouillant dans sa combinaison pour en sortir un étui en cuir noir qu'elle lui tendit.

À l'intérieur, elle trouva ce qui ressemblait à une carte de crédit avec la photo de Naïs associée à son nom, et un logo en forme de planète Terre surmontée d'une flamme et reposant sur une couronne de laurier, encerclée par les mots « Defense Intelligence Agency United States of America ».

Grace n'avait aucun moyen de vérifier la validité de la preuve, mais c'était au moins un début.

— Pour que je comprenne bien, quel est exactement votre objectif vis-à-vis d'Hadès ? demanda-t-elle en lui rendant son étui.

Naïs se remit en marche.

— De trouver le ou les propriétaires pour faire stopper leur activité. Ces gens n'ont guère de scrupules et si retourner l'une de leurs armes contre les États-Unis pouvait leur permettre de s'enrichir, ils n'hésiteraient pas. Mon métier est de protéger mon pays.

— Vous pensez que ce sont eux qui ont tué Anton Weisac ?

— Anton a fui Hadès après y avoir travaillé des années. Il savait beaucoup de choses sur eux. À l'époque, il a cherché à entrer en contact avec nous, c'est comme ça qu'on l'a connu. Et puis il s'est rétracté et a disparu dans la nature. Il est fort probable qu'Hadès cherchait à l'éliminer depuis longtemps.

— Les coupables du meurtre se trouvent donc là où je vous conduis.

— Peut-être.

Elles évoluaient sur un sentier cabossé et alors que Naïs prenait de la distance, Grace digérait lentement les informations.

— Et donc, les milliers de cercueils enfouis sont destinés aux victimes de leurs propres armes ?

Naïs s'arrêta et se retourna. Portée par le vent, sa voix grave vola jusqu'à Grace avec un accent de menace.

— Mon enquête et la vôtre dépassent les frontières de l'Écosse, inspectrice Campbell. Depuis dix ans, nous avons recensé au moins quinze entrepôts similaires à celui-ci en Europe et aux États-Unis. Nous redoutons qu'Hadès prépare une arme de grande ampleur qui conduise à une mortalité de masse. Et s'ils peuvent vendre l'arme et les cercueils qui vont avec, ils ne reculeront devant aucun bénéfice...

Les pires scénarios que Grace avait imaginés face à ces boîtes funèbres devenaient ainsi de plus en plus plausibles. Une peur diffuse monta en elle, comme un lent courant électrique.

— Mais on parle de quel type d'arme ? s'angoissa-t-elle. Bactériologique ? Nucléaire ?

— Nous ne savons pas.

— Vous ne savez pas ou vous ne voulez pas me le dire ?

— Nous ne savons pas, et c'est bien pour cette raison que je suis ici.

Grace approuva d'un mouvement de tête mécanique, alors que le mystère autour de cette affaire, loin de s'éclaircir, ne cessait de se densifier.

— Vous qui avez l'air de bien connaître Hadès et Anton Weisac, que pouvez-vous me dire des recherches scientifiques qu'il menait ?

Cette fois, Naïs ne répondit pas tout de suite. Elle marcha encore une bonne minute, avant d'attendre que Grace ne la rejoigne sur un promontoire rocheux.

— Je vois le hameau d'Inchnadamph, là-bas, à environ quatre kilomètres. Vous y avez un véhicule, j'imagine ?

— Répondez-moi et je tiendrai parole.

Naïs fit claquer sa langue contre ses lèvres en signe d'agacement.

— Écoutez, j'ai à peine eu le temps de jeter un coup d'œil sur les calculs d'Anton, mes équipes s'en chargent. Tout ce que je peux en dire, c'est qu'ils ne sont pas accessibles au commun des mortels. À présent, à votre tour. Comment savez-vous où il faut aller ?

— Seule une Écossaise pouvait comprendre les paroles du milicien, répondit Grace.

Puis en reprenant les mots de Naïs et son ton sentencieux, elle ajouta :

— Et je préfère vous prévenir maintenant, ce que je vais vous dire ne va pas vous aider à dissiper le malaise qui semble être le vôtre à l'égard de cette enquête. Bien au contraire, puisque vous êtes passée à côté de la vérité. L'homme que vous avez interrogé ne vous a pas menti : notre destination est bien la fin du monde.

– 26 –

Une heure et demie plus tard, aux alentours de midi, installée dans sa voiture devant l'hôtel d'Inchnadamph, où elle s'était changée, Grace contacta Elliot Baxter. Il lui confirma avoir envoyé des renforts, mais s'emporta aussitôt.

— Il y a vingt-quatre heures, on était sur un homicide dans un monastère, et là… tu me parles d'un entrepôt souterrain bourré de cercueils en plein milieu des Highlands !

— Écoute, tu verras par toi-même quand les équipes seront sur place, s'impatienta Grace.

— Ouais… En attendant, on a vérifié sur les cadastres régionaux, il n'y a rien que des grottes à l'endroit que tu nous as indiqué. Et si c'est aussi grand que tu me le dis, je ne vois pas comment cela a pu être construit de façon clandestine. On est en Écosse, quand même, pas en Antarctique !

— Tu t'es rapproché du ministère de la Défense ?

— Non, pas encore, je le ferai quand j'aurai des images. Bon, mais là, tu vas où, Grace ? Tu reviens à Glasgow, c'est ça ?

— Oui, oui. Je pense qu'il est temps qu'on se parle face à face.

— On est bien d'accord, j'aimerais que l'on discute de la façon dont tu souhaites mener la suite de ton enquête. Parce que si tout cela est vrai, cette affaire prend des proportions... auxquelles je ne m'attendais pas.

— J'ai quelques idées, je te dirai. À tout à l'heure, conclut Grace en raccrochant.

À ses côtés dans la voiture, Naïs approuva d'un signe de tête entendu.

— Vous passeriez sans problème le détecteur de mensonges. C'est bon à savoir pour nos prochains échanges. Et donc, on va où ?

— D'abord, je dois aller prévenir la mère de Yan, commença Grace en ouvrant la portière.

— Ne faites pas ça. Vous vous doutez bien que la discussion va mal se passer et surtout prendre beaucoup de temps. Nous n'avons pas ce luxe. C'est courageux de votre part, mais ça va nous coûter l'enquête.

— Je ne peux pas partir comme ça.

— Je n'ai jamais été aussi près de coincer les dirigeants d'Hadès. Rater cette occasion pourrait avoir des conséquences bien pires que la mort éventuelle de votre jeune guide.

Grace détourna la tête, le corps crispé, les épaules remontées, les mains tendues comme pour évacuer la terrible culpabilité qui la terrassait.

— Écoutez, Grace, intervint Naïs. Je ne vous connais pas vraiment, mais vous avez l'air d'être quelqu'un qui a des principes... humains. Alors, dites-vous que vous sauverez des dizaines de milliers de vies si vous suivez l'adage qui veut que la fin justifie les moyens.

Cette devise jeta brusquement Grace face à un souvenir qui la traumatisait encore vingt ans après. Elle entendait le grincement de la chaise roulante passer devant la porte du placard où elle était cachée. Et dans sa tête, ce proverbe qu'elle se répétait comme un mantra en serrant dans ses mains le manche du marteau.

— Hey ? Vous m'écoutez ? insista Naïs. Vous pouvez aussi rester ici et me donner l'adresse. J'irai seule.

Troublée et agacée, Grace sortit de la voiture et regarda au loin le chemin qu'elle avait pris ce matin aux côtés de Yan, comme s'il allait apparaître à l'horizon, blessé mais en vie. Si elle abandonnait le jeune guide et qu'il venait à mourir, la culpabilité et la douleur seraient insupportables. Mais elle avait choisi de s'engager corps et âme dans la police, et le bien commun devait primer sur sa souffrance.

Grace ouvrit la portière côté passager.

— Vous conduisez.

L'agente de la DIA scruta Grace.

— Ne me regardez pas comme si vous préfériez que je ne vienne pas avec vous. C'est… désagréable.

— Je ne pensais à rien, répliqua Naïs en prenant place derrière le volant.

Grace abaissa le dossier de son siège et allongea sa jambe sur le tableau de bord pour reposer sa cheville.

— Tout droit. Je vous dirai si on change de direction.

Naïs démarra et s'engagea à vive allure sur les lacets noirs de la route ondulant entre les collines verdoyantes.

— Vous êtes toujours si calme ? demanda-t-elle alors qu'elle doublait un tracteur à toute vitesse.

Grace haussa les épaules, une moue de réflexion donnant à sa bouche une jolie forme rebondie.

— Je pense que c'est un manque de politesse de faire subir aux autres l'agitation ou la colère qui peuvent être les nôtres, répondit-elle en la regardant d'un œil placide.

— On m'a laissé entendre que vous aviez été mise au placard ces derniers temps. Du peu que j'ai vu de vous, cela me semble absurde. Vous avez fait quoi pour être écartée ?

Grace poussa un soupir.

— Pas maintenant, se contenta-t-elle de souffler. Mais vous, dites-m'en plus sur vous, sur Hadès.

— Je ne suis pas sûre que ce soit une bonne idée. Vous ne me faites qu'à moitié confiance et c'est réciproque. Et puis d'ici quelques heures, nous aurons certainement l'une et l'autre atteint nos objectifs. Nul besoin de dévoiler tous nos secrets.

— Garez-vous, dit Grace de sa voix autoritaire mais dépourvue d'agressivité.

— Pardon ?

— Là, ça ira très bien.

Naïs enclencha son clignotant pour rejoindre le bas-côté, le long d'une aire de pique-nique où une famille était attablée près de son camping-car. La voiture stoppa brutalement et les deux enfants tournèrent la tête vers les nouveaux arrivants en se chuchotant à l'oreille tandis que les parents leur faisaient signe de regarder ailleurs.

— J'aimerais mettre quelque chose au clair, commença Grace, les sourcils froncés, le visage marqué par l'incompréhension. Une fois que je vous aurai conduite à la bonne adresse, que va-t-il se passer ? Imaginons que l'on parvienne à arrêter les responsables d'Hadès sans y laisser la vie, que fera-t-on ? On se les partage ? Vous, pour les interroger sur leur activité ? Moi, pour prouver que ce sont eux qui ont commandité le meurtre d'Anton ? Comment cela va-t-il se démêler au niveau juridique entre la police écossaise et la DIA ?

— Je vais être honnête. Je n'en sais rien, inspectrice Campbell. Mais j'imagine qu'entre personnes de bonne volonté, on trouvera un accord. Notre but commun est d'arrêter ces gens ; moi, pour menace contre les États-Unis, et vous, pour meurtre. On finira bien par s'entendre.

— Sauf qu'une fois arrivée sur place, vous n'aurez pas besoin de moi pour foncer droit devant et pénétrer dans les lieux la première. Qu'est-ce qui m'assure que vous n'allez pas voler des preuves qui pourraient m'intéresser ou, au contraire, en ajouter d'autres afin de servir vos intérêts ?

Le visage de Naïs se barra d'un sourire qui révéla la grandeur de sa bouche et la blancheur de ses dents. Même de près, Grace trouvait que cette femme gardait son apparence de papier glacé. C'en était troublant.

— Je pourrais vous répondre que je n'ai aucune raison de faire cela, mais vous ne seriez pas obligée de me croire. Donc, je vais être plus directe : vous serez avec moi tout le temps de cette intervention. Ce n'est pas pour vous être agréable que je vous demande de m'accompagner, ni parce que vous me plaisez, c'est parce que vous m'avez évité de sérieux ennuis dans le poste de communication et qu'une situation semblable pourrait bien se reproduire. Bref, vous m'êtes utile.

Grace haussa les sourcils, signifiant que l'argument était recevable, mais elle ne lui donna pas pour autant l'ordre de redémarrer. Tout allait trop vite. Elle voulait tellement prouver à Elliot Baxter qu'elle était de nouveau capable de mener une enquête de haut niveau, que le respect des procédures et des priorités semblait lui échapper. Elle avait le sentiment de suivre Naïs à l'aveugle, comme un joueur croit au gain rapide et facile d'un bonimenteur. Elle n'avait même pas vérifié les informations de cette agente sur la société Hadès. Elle se précipitait tête baissée au mépris de toutes les règles élémentaires.

— L'heure tourne, inspectrice, la pressa Naïs en faisant ronfler le moteur.

— Je n'en ai pas pour longtemps, répondit Grace en sortant de la voiture.

— Quoi ? Vous plaisantez ?

Grace posa sur elle un de ses regards où ses paupières à moitié baissées témoignaient de son agacement contenu. Elle descendit du véhicule en composant le numéro du légiste. À l'écart, la famille de touristes poursuivait son repas en surveillant de loin cette femme qui marchait la tête penchée, un doigt sur l'oreillette de son téléphone.

Grace obtint rapidement les informations qu'elle cherchait. Malheureusement, le légiste comme la police scientifique n'avaient pu identifier aucune trace papillaire exploitable, et les échantillons d'ADN ne correspondaient à aucun individu enregistré dans les bases de la police. Quant au portrait-robot, il avait surtout provoqué un climat de panique dans la région, et les gens appelaient non pas pour apporter leur témoignage, mais pour manifester leur inquiétude.

Grace raccrocha et regagna le véhicule, stressée, mais l'esprit plus clair et plus sûre d'elle. La piste qu'elle suivait avec Naïs, si hasardeuse et dangereuse soit-elle, était définitivement la seule viable.

— À partir de maintenant, vous suivez la direction d'Édimbourg, lâcha-t-elle.

Naïs écrasa l'accélérateur et fonça sur la route.

Grace contempla les entrelacs de vallées nappées de prairies vertes d'où jaillissaient d'épineux pics de rochers noirs. Réflexe de lectrice assidue, elle ne put s'empêcher de filer la métaphore en comparant sa vie à ces collines arrondies sur lesquelles avait surgi de nulle part une ombre aussi menaçante que ces sinistres aiguilles qui perçaient le ciel de plomb.

— Édimbourg, souffla soudain Naïs. Mais comment avez-vous compris ce que le garde a voulu dire ? C'est quoi, cette « fin du monde » ?

— Vous m'avez dit tout à l'heure que vous sillonniez l'Écosse depuis un peu plus d'un an. Mais vous êtes allés où précisément ? Où exactement ?

— Surtout du côté de Perth.

— Dans ce cas, c'est normal que vous n'ayez pas compris.

— Et donc, pourquoi ce nom ?

Grace répondit avec le calme du guide qui berce son public de ses paroles assurées et savantes.

— « Fin du monde » est le nom d'un lieu très particulier de la vieille ville d'Édimbourg, à l'angle de St Mary's Street et de High Street. Il y a même un pub à cet endroit, qui s'appelle ainsi.

— Et pourquoi « Fin du monde » ?

— Ça vous intéresse vraiment ?

— Surtout si je n'ai pas été capable de le comprendre.

— Eh bien, ça remonte au XVIe siècle, lorsqu'on a construit des remparts autour de la ville pour se protéger des Anglais. Il y avait une seule porte dans ces murailles et il fallait payer une belle somme d'argent pour avoir le droit de sortir, mais aussi pour entrer. Les habitants les plus pauvres d'Édimbourg, qui représentaient la majorité de la population, n'avaient pas les moyens de s'acquitter de cette taxe. Ne pouvant jamais quitter la ville, leur monde s'arrêtait donc au pied de cette muraille. Voilà pourquoi ils ont surnommé cet endroit « Fin du monde ».

Grace crut voir l'œil de Naïs briller. Était-ce de la moquerie pour le ton un peu professoral qu'elle avait employé ou, au contraire, de la reconnaissance ?

— Et tous les Écossais savent ça ?

— Non... il faut aimer lire, aussi.

— Et donc, selon vous, où se trouve le siège d'Hadès dans cette « Fin du monde » ?

— À droite du pub, il reste une ruelle baptisée « Clôture de fin du monde », qui conduit sur une arrière-cour. Si je voulais être à l'abri des regards, c'est par là que je m'installerais.

Sur les coups de dix-sept heures, après avoir fait une rapide pause pour avaler un sandwich et un fruit dans une station-essence, les deux enquêtrices entraient dans Édimbourg. La voiture cahotait sur les pavés, alors que les façades aux toits pointus de la vieille ville s'alignaient le long des ruelles médiévales.

Naïs se gara soudainement au bord d'un trottoir et quitta le véhicule sans explication. Grace la vit marcher quelques mètres et entrer dans une pharmacie. Elle en ressortit rapidement et poussa la porte d'un magasin de prêt-à-porter. Quelques instants plus tard, elle rejoignait la voiture avec une tenue de ville bien plus discrète que la combinaison noire qu'elle portait jusqu'ici. Grace nota cependant que Naïs avait opté pour des vêtements qui, sans être trop voyants, n'en étaient pas moins élégants.

— Ce sera plus adapté, déclara-t-elle en démarrant.

Et le temps de franchir deux carrefours, elle s'arrêtait en face du pub à la devanture bleu nuit et au lettrage doré affichant l'étrange nom de *Fin du monde*.

C'était l'heure de sortie des bureaux et la rue commençait à s'animer. La présence du siège d'une société comme Hadès dans ce quartier paraissait totalement incongrue.

Naïs vérifia le chargeur de son arme et équipa le canon d'un silencieux.

— Comment va votre cheville ?

Grace regarda sa coéquipière par en dessous, de l'incrédulité au fond des yeux.

— Sérieusement ?

— Question d'assurance-vie. Prenez ça.

Elle lui tendit une chevillière élastique et une boîte de paracétamol.

Grace fut intérieurement reconnaissante à Naïs de l'aider à soulager sa douleur. De là à la remercier de vive voix quand elle n'était pour elle qu'une *assurance-vie*, c'était une autre histoire. Sans un mot, elle avala un cachet et enfila l'attelle souple. Puis elle rechargea son arme à son tour et sortit de la voiture, suivie de près par Naïs.

– 27 –

Les deux femmes traversèrent la rue. Elles évitèrent de justesse un taxi noir pressé et se faufilèrent entre les piétons pour rejoindre le passage surplombé de l'écriteau doré « Clôture de fin du monde ». L'entrée s'enfonçait dans une profonde ruelle voûtée à l'issue obscure. Grace passa la première. Une senteur de moisi lui assaillit les narines tandis que l'air humide se déposait sur son visage. Bientôt, les bruits de la ville s'estompèrent, et seuls ses pas et ceux de Naïs effleurant les pavés cabossés se firent entendre.

Dix mètres devant elles, un halo d'une morne lumière révéla les barreaux noirs d'une grille entrouverte. Grace approcha avec encore plus de prudence pour découvrir l'arrière-cour qu'elle cherchait, coincée entre les vieux immeubles qui débordaient sur elle en dents de scie ; ce petit espace à l'air libre n'était baigné que d'une chétive clarté.

À droite, une porte en bois était engoncée dans le mur. Grace essaya de l'ouvrir, sans succès. Elle se décala et laissa Naïs tirer à deux reprises sur la serrure. Le silencieux étouffa le bruit des détonations et le verrou vola en éclats. Aucune réaction de l'autre côté.

L'agente de la DIA fit signe que cette fois, elle passait la première, et elle franchit le seuil. Grace pivota à sa suite, assurant sa couverture.

Un escalier en colimaçon trop réduit pour permettre à deux personnes de s'y croiser conduisait aux étages supérieurs. De fines ouvertures grillagées dans les murs laissaient filtrer la lumière grise du dehors. Naïs monta en serrant l'axe central, Grace longea la courbe extérieure pour avoir un autre angle de tir. Elles se mettaient au diapason sans avoir besoin de se parler. Déliant leur démarche aussi silencieusement l'une que l'autre, elles parvinrent au premier palier, où Naïs s'arrêta. Une porte affichait un discret panneau « Hadès » à côté d'une sonnette. Elle cala sa lampe torche sous son arme, et après avoir reçu la confirmation que Grace était prête, elle tira deux nouvelles balles dans la serrure et ouvrit d'un violent coup de pied.

Elles firent irruption l'une après l'autre dans ce qui pouvait ressembler à un morne open space. Tous les volets étaient fermés et la pièce était plongée dans un clair-obscur. Une odeur de moquette synthétique et de fumée froide rendait l'air pénible à respirer.

Naïs inspecta l'endroit, tandis que Grace fonçait droit vers un vestibule abritant un coin cuisine muni d'un four à micro-ondes et d'un lavabo rempli de vaisselle sale.

Une porte donnait sur des WC vides. Quand elle revint dans la salle principale, les deux femmes se regardèrent et abaissèrent leurs armes en même temps. Il n'y avait plus personne, et si l'on en jugeait par l'état des trois bureaux disposés dans la pièce, les employés avaient décampé il y a peu et dans la précipitation.

Sur une des tables de travail, une tasse encore pleine d'un liquide ressemblant à du thé avait été abandonnée ; au fond des tiroirs à moitié ouverts ne traînaient que des trombones et des stylos épars. Des prises électriques pendaient pêle-mêle au pied des murs, des corbeilles à papier vides étaient renversées et les chaises à roulettes avaient terminé leur glissade au milieu de la pièce.

— Je m'attendais à quelque chose de plus prestigieux pour une société comme Hadès, dit Grace.

— Ils n'ont pas intérêt à se faire remarquer s'ils veulent agir tranquillement. Et surtout, ils doivent pouvoir filer à toute vitesse en cas de menace... comme on peut le constater.

Elle enfila des gants en latex et en tendit une paire à Grace.

Elle les mit et commença à déboîter chaque tiroir pour en étaler le contenu par terre. Elle ne trouva rien de plus que des ciseaux, quelques feuilles blanches, des cartouches d'imprimante et un paquet de cigarettes presque vide.

À en juger par son mutisme, Naïs n'avait pas l'air plus satisfaite de sa fouille.

Grace se dirigeait vers la kitchenette quand son téléphone sonna. Un numéro qu'elle ne connaissait pas. Elle décrocha.

— Grace, quand comptes-tu venir, au juste ?

C'était Elliot Baxter.

— J'ai été retardée sur la route à cause d'un accident. Je serai là d'ici deux heures. Pourquoi tu m'appelles d'un numéro inconnu ?

— Parce qu'on a un problème.

— Quoi ? Les équipes d'élite sont arrivées à l'entrepôt ?

Grace n'entendit que la respiration de son supérieur.
— Elliot ?
— Oui, ils ont bien trouvé ce que tu m'as décrit. C'est justement ça, le problème.
Elle sentit à sa voix qu'il était contrarié.
— Quel problème peut être pire que ceux que l'on a déjà avec cette affaire ?
— Eh bien, cet entrepôt souterrain n'a rien d'illégal.
Grace releva ses sourcils d'étonnement, sans rien dire.
— Le ministre de la Défense m'a demandé de déguerpir tout de suite et de ne toucher à rien. Il m'a assuré qu'il était au courant de l'existence de ce lieu de stockage et que le propriétaire du site était parfaitement en règle.
— Il t'a dit à qui étaient destinés ces milliers de cercueils ?
— Il a été très évasif sur la question et a surtout fermement insisté pour que ni moi ni mes hommes ne parlions à quiconque de ce que nous avons vu. Je viens de recevoir à l'instant un avertissement écrit et je suis à peu près sûr que ma ligne directe est déjà sur écoute.
— Que fait-on si l'enquête sur le meurtre de Weisac nous mène droit aux propriétaires de l'entrepôt ?
— On s'arrête là. Le ministre m'a clairement demandé de classer l'affaire au nom de la sécurité nationale.
Grace s'appuya sur le bord du lavabo, sonnée par la nouvelle.
— Je sais que tu as pris cette enquête comme une chance de revenir dans la course, précisa Elliot. Rassure-toi, j'ai vu de quoi tu étais capable. Le boulot que tu as accompli en si peu de temps est impression-

nant. Tu n'as plus rien à me prouver. Reviens, et tu récupères ton ancien poste.

Tel un déclic, le stratagème apparut à Grace avec limpidité.

— Mais, Elliot, pourquoi tu m'appelles d'un portable inconnu pour me dire tout ça ? Puisque tu me demandes de renoncer, tu suis les ordres, tu aurais donc pu le faire de ta ligne personnelle...

— Parce que...

— Parce que tu as envie que je continue l'enquête de façon non officielle.

— Grace, tu n'as rien perdu de ta clairvoyance. Sache que je ne t'oblige à rien, mais cette affaire me hantera jusqu'à la fin de mes jours si je l'enterre. Putain, il s'agit de dizaines de milliers de cercueils que le gouvernement cache à la population au fond d'un entrepôt ! Qu'est-ce qu'il se prépare et qu'on ne veut pas nous dire ? J'ai une famille, j'ai des enfants, comment veux-tu que je passe un truc comme ça sous silence ?

— Donc, courageusement, tu m'envoies au front pour sauver ta conscience...

— Je te serai plus utile ici que sur le terrain. Si tu te lances là-dedans, je pourrai te couvrir deux ou trois jours, mais très vite, tu vas te retrouver à enquêter avec un viseur sur la nuque. Et la balle partira au moment où tu ne t'y attendras pas. Au ton du ministre, j'ai compris qu'il emploierait les moyens nécessaires pour que l'information ne fuite pas. À toi de décider, Grace.

Elle hésita. Comment oublier cette nécropole de plastique ? Et en même temps, était-elle de taille face à une telle menace ?

Du coin cuisine où elle se trouvait, elle aperçut Naïs poursuivre sa minutieuse investigation et une étrange certitude naquit dans son esprit.

— Couvre-moi tant que tu pourras, Elliot, finit-elle par dire.

— Compte sur moi.

Après avoir raccroché, Grace interpella Naïs.

— On a peu de temps. Le gouvernement écossais protège Hadès et ils savent qu'on enquête sur eux.

Naïs répondit d'un de ses regards bleus appuyés.

— « On » ? Vous voulez continuer alors que votre tête est désormais en ligne de mire ?

— Et vous ?

— Le gouvernement écossais ne descendra pas un agent de la DIA.

— Mais Hadès, oui.

— Pour surveiller mes arrières, répliqua Naïs. Soyons coéquipières sur cette affaire.

Grace fut saisie d'un vertige. Comme si elle s'était laissée tomber en arrière dans le vide et qu'une main l'avait rattrapée de justesse.

Toute sa vie n'était construite qu'autour de la défiance et de la solitude. Depuis des années, ce dogme formait le socle de son existence. Et en l'espace d'un battement de cils, cette femme froide et distante venait de lui accorder sa confiance la plus absolue.

Grace était d'autant plus troublée que l'agente de la DIA avait sur les lèvres une expression qui lui semblait impossible chez elle. Cela ressemblait à un sourire. Diffus, vague, à peine visible et qui s'effaça aussi vite qu'il avait surgi, mais un sourire quand même.

— Grace, le temps nous est compté, reprit Naïs. Encore plus maintenant...

Chassant le trouble qui s'était emparé d'elle, Grace se mit à fouiller les placards de la petite cuisine, sonda les fonds, les parois. Elle recula, observa l'ensemble, se mit à plat ventre pour voir si rien n'avait roulé sous le meuble. C'est là qu'elle remarqua que le pied droit de l'armoire avait été calé par plusieurs feuilles de papier écrasées.

Grace souleva le meuble et fit glisser les papiers coincés du bout de sa chaussure.

Elle les ramassa et les déplia. Il y avait cinq feuilles froissées aplaties l'une sur l'autre. Les quatre premières étaient en papier glacé, la dernière, en papier classique. Grace s'attarda sur un long texte d'introduction accompagné de graphiques. En l'espace d'une poignée de secondes, son cœur s'emballa. Ce qu'elle lut la plongea dans un état de stupéfaction.

– 28 –

Par la facture soignée, l'épaisseur du papier, l'élégance de la typographie, les diagrammes en couleurs et la composition habilement structurée, les feuilles arrachées que Grace était en train de parcourir provenaient sans aucun doute d'une plaquette commerciale. D'ailleurs, le logo d'Hadès en forme de sceptre à deux fourches siglait chaque bas de page. Mais derrière une apparence avenante, le contenu du texte était glaçant.

> Dans trois ans, les Occidentaux vont commencer à mourir en masse. La cause de cette montée exponentielle de la mortalité sera d'autant plus foudroyante que son origine est ignorée de la grande majorité des États et des citoyens. Il ne s'agit ni d'une maladie, ni du dérèglement climatique, ni d'une guerre. Mais d'un fléau plus inattendu : la chute de l'intelligence humaine.
> Le constat est aussi implacable que désolant. Toutes les études depuis soixante-dix ans aboutissent à la même conclusion : le niveau d'intelligence de l'espèce humaine est en décroissance. Autrement dit, nous devenons de plus en plus stupides et ce mouvement d'abêtissement généralisé

ne va pas s'arrêter. L'information pourrait prêter à sourire si ce n'était pas le pire qui puisse arriver à l'humanité.

En Angleterre, le quotient intellectuel (QI) moyen est passé de 114 à 100 entre 1999 et 2013. En France, il était de 104 en 1978, pour subir une chute vertigineuse à 96 en 2019. Même tendance pour l'Allemagne, qui est passée du score de 102 à 98 entre 2003 et 2013. Cette décadence a aussi été enregistrée en Norvège, en Italie, aux États-Unis, au Danemark, en Australie, en Finlande et dans bien d'autres pays occidentaux.

Pour avoir une idée plus globale, retenez qu'entre 1950 et 2000, la perte du QI moyen mondial a été de 2,44 points et qu'entre 2000 et 2050, les meilleurs experts prévoient une chute de 3,64 points supplémentaires. Dans moins de trente ans, l'humanité aura donc atteint un QI de 86, son niveau d'intelligence le plus bas depuis que les tests existent ! Une catastrophe régressive absolue.

Vous vous demandez certainement en quoi cette déchéance intellectuelle serait source de mortalité, n'est-ce pas ? Vous voulez bien croire que l'intelligence humaine baisse, mais vous doutez que cela puisse conduire à un drame mondial ? Voici les 4 raisons qui vont vous faire changer d'avis.

Grace ignorait ces chiffres sur la baisse globalisée de l'intelligence. Mais aussi flagrants soient-ils, elle devait bien avouer qu'elle n'entrevoyait pas immédiatement les conséquences alarmistes évoquées par la brochure. Elle se laissa le temps d'y réfléchir en levant la tête. Dans l'open space, Naïs glissait les mains sous les bureaux, éventrait les chaises et arrachait même les dalles de moquette.

Puis Grace reprit le fil de sa lecture, curieuse de découvrir la suite de l'argumentaire.

1 – Une étude danoise a montré en 2016 que 15 points de QI en moins chez un individu équivalait à une augmentation de 28 % du risque de mortalité. Les personnes à l'intelligence plus faible ont en effet du mal à résoudre les conflits par la discussion. Comme elles ne disposent pas d'un langage assez fluide et élaboré pour traduire leurs émotions et leurs problèmes en mots, elles ont tendance à réagir avec beaucoup plus d'impulsivité que les autres. Donc, à déclencher des situations de violences qui se terminent dans le sang et souvent par l'homicide. Des situations personnelles encore gérables lorsqu'elles ne concernent qu'une petite frange de la population, mais imaginez ce qu'il va se passer lorsque la majorité des Occidentaux sera touchée par cette épidémie de bêtise.

Grace se laissa aller à visualiser une telle prédiction : l'augmentation spectaculaire des agressions au quotidien, une tension sociale de plus en plus explosive, des meurtres plus nombreux appelant plus d'actes de vengeance. Le tableau lui semblait exagéré. Elle ne se reconnaissait pas dans ce portrait impulsif, violent. Et elle savait qu'énormément de gens se diraient que jamais ni eux ni leurs enfants ne sombreraient dans la criminalité. La menace de mortalité massive agitée par Hadès lui paraissait donc, pour le moment, peu crédible. Elle se demanda si la suite du document serait plus convaincante.

2 – Deuxième raison de cet accroissement de la mortalité à cause de la baisse de QI : l'appauvrissement généralisé de la population. On sait en effet que 60 % de la variance économique entre les pays s'explique par le QI moyen de la population. Cela paraît logique : plus le QI moyen des Occidentaux sera faible, moins il y aura de femmes et d'hommes suffisamment intelligents pour innover dans les hautes technologies et créer de

nouveaux produits qui domineront le marché, faire des percées médicales et détenir des brevets, mettre en place des stratégies habiles de conquête commerciale. Autant de manquements graves qui feront de l'Europe une suiveuse, simple consommatrice des innovations des autres, et qui conduiront droit à la catastrophe. Les chiffres les plus optimistes prévoient une perte économique de 8 à 9 milliards d'euros par an pour l'Europe sur les trois prochaines années seulement à cause de la baisse de l'intelligence. Et on sait tous que les pays à faible croissance économique sont aussi ceux qui ont l'espérance de vie la plus basse. Notamment parce qu'ils ne sont pas en mesure de bien soigner leur population. Si on ajoute à cela que des QI peu élevés seront incapables d'inventer des énergies moins polluantes, on peut facilement en déduire une augmentation considérable de la mortalité due à la mauvaise qualité de l'air dans ces pays.

Tous ces arguments mis bout à bout commençaient à faire réfléchir Grace sur la démonstration d'Hadès. Une profonde crise économique, associée à une criminalité en hausse, dessinait effectivement un tableau alarmant, pour ne pas dire angoissant, qui pouvait vite tourner à la guerre civile. C'est donc avec appréhension qu'elle lut la suite, inquiète de savoir ce qu'Hadès pouvait ajouter de pire à ses sinistres perspectives.

3 – Cette baisse de QI va également accroître le pouvoir des idéologies les plus extrêmes. En période de détresse économique, beaucoup d'individus chercheront à faire payer des coupables imaginaires pour leur malheur. Toutes celles et tous ceux qui n'auront plus l'intelligence de se forger une vision complexe et informée du monde (et qui seront donc de plus en plus nombreux) vont en effet devenir des proies idéales pour

tous les mouvements politiques et religieux binaires, simplistes, qui leur offriront du prêt-à-penser facile. Autant de nouveaux adeptes dévoués qui se précipiteront vers ces refuges abêtissants pour grossir les rangs du terrorisme et son cortège d'horreurs.

4 – Enfin, et c'est peut-être là la plus terrible menace : il faut savoir que cette baisse du QI ne concerne pas tous les pays du monde. Pendant que l'Occident s'enfonce dans la bêtise, l'Asie ne cesse d'afficher des performances intellectuelles en pleine croissance. Hong Kong, Singapour, le Japon, la Corée du Sud et la Chine sont non seulement les premiers du classement mondial en termes de QI, loin devant les pays occidentaux, mais leur considérable supériorité intellectuelle va les rendre si puissants économiquement qu'ils vont mettre à genoux leurs concurrents européens et américains. Et cela, au moment même où ces derniers seront déjà noyés dans le chaos social et économique que nous avons décrit. On ne parlera alors même plus d'appauvrissement de l'Europe, mais de massacre et d'agonie. Les conséquences sur la morbidité seront considérables, cela se chiffrera en millions de morts supplémentaires.

Grace revit les alignements sans fin de cercueils dans le hangar souterrain. Leur nombre incalculable prit soudain tout son sens.

Dans trois ans, les individus aux QI les plus faibles seront en âge de travailler et d'occuper des postes à responsabilité. C'est à partir de ce moment que la catastrophe va commencer. Ces mêmes personnes en manque de discernement, d'imagination et d'anticipation vont conduire leurs pays tout droit vers le déclin, la violence et la soumission à l'Asie. Tout cela sans même s'en rendre compte.
Pour toutes ces raisons, la société Hadès sait que l'explosion du taux de mortalité des pays occidentaux va prendre de court

l'ensemble des gouvernements, pour atteindre des chiffres de plus de 100 millions de morts par an de plus qu'aujourd'hui. Ceux qui ne seront pas préparés à cette hécatombe s'exposeront à une terrible crise sanitaire. Ne possédant pas la solution pour enrayer l'épidémie de bêtise qui a déjà commencé à contaminer nos pays, nous préconisons la prévoyance en vous assurant le stockage massif de cercueils qui vous éviteront l'ingérable saturation des morgues.

Hadès vous assure une conception solide et hermétique de ses cercueils, un stockage tout aussi discret qu'efficace et une disponibilité immédiate de son matériel sur tous les territoires. En cas de crise plus grave que celle prévue par les analystes les plus sérieux, nous nous engageons à vous fournir les quantités nécessaires grâce à la flexibilité de nos usines.

Comme toute épidémie, ce sont ceux qui l'anticipent qui la surmontent. Et pour les retardataires, cette fois, aucune mesure de confinement ne viendra à bout d'une pandémie bien plus durable que celles que nous avons connues.

Si vous ne voulez pas faire partie de ceux qui auront ignoré la catastrophe, contactez Hadès. Mieux que personne, nous savons que gouverner, c'est prévoir.

Grace laissa retomber les feuilles sur ses cuisses, le regard perdu dans le vide, son rythme cardiaque anormalement élevé pour quelqu'un qui n'avait pas bougé depuis cinq minutes. Si tout ce qu'Hadès révélait dans ce document était vrai, la civilisation occidentale était en route pour son extinction.

– 29 –

Grace s'était, comme tout le monde, questionnée sur son décalage avec les plus jeunes : leur peu d'appétence pour la lecture, la baisse du niveau de langage, leur dépendance hypnotique à leur écran de téléphone, leur nécessité d'exister à tout prix sur les réseaux sociaux. Elle avait par conséquent lu différents articles sur le sujet et la plupart des journalistes, loin de s'alarmer, vantaient au contraire les étonnantes capacités cognitives de cette nouvelle génération capable de faire plusieurs choses à la fois et de maîtriser des outils virtuels bien plus vite que nous, leurs vieux aînés dépassés. Arguments souvent repris par les politiques ou les patrons de grandes entreprises, qui semblaient se battre pour attirer à eux les plus brillants cerveaux, sur lesquels reposait notre avenir. Grace avait conservé une forme de scepticisme à l'égard de cette question, mais sa régression professionnelle l'avait découragée de s'intéresser plus sérieusement aux faits de société, pour se réfugier dans les romans, qui lui offraient les seuls moments d'évasion dans une vie de frustration. Ce qu'elle venait de lire était malheureusement ce qu'elle avait toujours redouté d'apprendre en creusant le sujet.

— Qu'est-ce qu'il y a d'écrit ? demanda Naïs.

Grace lui tendit les documents et l'agente de la DIA les parcourut à son tour.

— OK..., finit-elle par dire. Au moins, on sait à quoi vont servir ces cercueils. C'est un début.

Grace la considéra avec étonnement.

— C'est tout ? Tu te rends compte de ce qu'ils prédisent là-dedans ?

— Pourquoi ? Ça te surprend ?

— Oui, je n'imaginais pas le tableau aussi morbide et irréversible.

— Cela fait pas mal de temps que l'on est arrivés aux mêmes conclusions à la DIA. Au cours de l'histoire, l'espèce humaine n'a cessé de voir son intelligence croître, et depuis une vingtaine d'années, on assiste effectivement à une chute. C'est déplorable, mais on n'est pas là pour résoudre ce problème. On doit...

— Attends.

Grace retira l'un de ses gants en latex et se passa une main sur le front. On parlait quand même d'un drame mondial, d'un changement de civilisation, d'une rupture dans l'évolution humaine. Naïs avait raison, elle devait rester concentrée sur son enquête, mais elle n'était pas non plus insensible à une faillite si vertigineuse.

— Grace !

— OK, ok... Reprenons un instant. Hadès a donc prévu une augmentation subite de la mortalité due à la baisse du QI moyen des pays occidentaux, et a décidé de capitaliser là-dessus en fabriquant des cercueils par milliers. C'est bien cela ?

Naïs confirma d'un vague battement de cils.

— Et c'est tout ? reprit Grace en écartant les mains. Hadès n'est qu'une espèce de pompes funèbres à grande échelle qui veut s'enrichir sur le dos de l'accroissement de la bêtise humaine ? C'est cynique, glauque, mais ça n'a rien d'illégal, surtout si les gouvernements sont déjà au courant et les premiers clients. Sauf si...

Elle se souvint de ce que Naïs lui avait expliqué à propos d'Hadès.

— Attends une seconde. Tu m'as bien dit que vous surveilliez Hadès parce que vous les soupçonniez de fabriquer des armes secrètes, non ?

— Effectivement, approuva Naïs, l'air d'encourager Grace à aller au bout d'un raisonnement qu'elle avait déjà terminé.

— Donc, ce qui serait interdit ou réellement répréhensible, c'est qu'Hadès fournisse elle-même l'arme qui va accélérer cet abêtissement général.

— Et on peut être à peu près sûres que la société de pompes funèbres d'Hadès n'est qu'une petite, voire négligeable, partie de ses activités, qui doivent certainement se concentrer sur la fabrication de cette fameuse arme. Reste à trouver laquelle...

— ... et à découvrir la raison pour laquelle ils ont tué Anton Weisac. Est-ce seulement parce qu'il connaissait l'existence des entrepôts et s'apprêtait à en révéler l'emplacement à la population ? Ou parce qu'il était au courant d'autres secrets plus inavouables encore ?

— Que raconte la dernière page ?

Prise dans ses questionnements, Grace en avait oublié l'une des feuilles qu'elle avait trouvées sous le meuble.

Elle la déplia et fronça les sourcils. Il s'agissait d'une mauvaise impression d'un texte sûrement destiné à un usage interne. L'encre était à moitié effacée et le papier tant froissé qu'on avait du mal à déchiffrer ce qui était écrit. Grace passa sa lampe torche derrière la feuille pour l'éclairer par transparence.

Les premières lettres qu'elle put décrypter se trouvaient en note de bas de page, comme une signature automatique :

© OLYMPE

© Hadès © Léthé © Métis

— Je crois que l'on a la réponse à notre question, commenta Grace. Hadès n'a l'air d'être qu'une filiale d'un grand groupe appelé Olympe et qui possède deux autres branches, Léthé et Métis.

— Hadès, le dieu des Enfers, Olympe, la demeure des dieux grecs, mais Léthé et Métis, ça te dit quelque chose ?

En lectrice passionnée, Grace aimait particulièrement les récits de la mythologie grecque. Ces derniers lui avaient d'ailleurs été d'un grand secours dans les périodes sombres de sa vie, lui rappelant à quel point les hommes se débattaient avec leurs questions existentielles et leurs démons depuis des temps ancestraux.

— Léthé, c'est le fleuve des enfers dont les morts boivent les eaux pour oublier leur vie passée. Et Métis est la déesse de l'intelligence.

— La mort, l'oubli et l'intelligence, résuma Naïs.

— Une entreprise qui s'inspire autant de la mythologie pour fonder son identité nourrit forcément une ambition démesurée. Mais laquelle ?

Grace n'eut pas le loisir de se questionner plus longtemps. Naïs venait de placer sa lampe à côté de la sienne, donnant encore plus de transparence à la feuille.

Un tableau apparut clairement en surimpression et lorsqu'elle en découvrit le contenu, son cœur tressaillit.

Il était daté du 3 janvier 2018. Dans la première colonne, on pouvait lire : « Propriétés de Métis – Programme *Daimôn* ». Au-dessous se trouvait l'inscription : « Anton WEISAC : *Daimôn* 1 ». Suivaient l'adresse de sa dernière résidence connue, que la police avait déjà fouillée, et, enfin, la mention « Recherche urgente ».

Les mains moites, sentant Naïs tendue à ses côtés, Grace parcourut la deuxième ligne du tableau et retint son souffle. Sous la case d'Anton WEISAC apparaissait un second nom : « Neil STEINABERT : *Daimôn* 2 ». La précision « Recherche urgente » y figurait également, juste après une dernière adresse connue située à Glasgow.

Grace se tourna vers Naïs.

— Je n'y comprends rien non plus, dit l'agente de la DIA, sans détourner le regard du document.

— Propriétés de Métis ? Anton Weisac était une *propriété* du groupe, à l'instar de ce Neil Steinabert. Ils étaient des esclaves ? Quant à « *daimôn* », ça ressemble à du grec, et cela a certainement un rapport avec le mot « démon »... Quel est le lien entre tout ça ?

— Je ne sais pas, déplora Naïs.

— Ne perdons pas de temps. Il faut vite partir pour Glasgow. Notre dernière chance de remonter à la tête d'Hadès... enfin, d'Olympe, et de comprendre ce qu'ils trament, c'est ce Neil Steinabert.

— S'il est encore vivant.

– 30 –

Le gyrophare tournoyait sur le toit de la voiture. La cheville maintenue par son attelle, Grace doublait les véhicules à une telle vitesse qu'elle les secouait d'un souffle. D'ordinaire, lorsqu'elle conduisait ainsi, les passagers avaient les mains crispées sur les poignées de sécurité et la surveillaient d'un œil anxieux. Naïs, elle, ne manifestait aucun signe d'inquiétude. En pleine réflexion, elle regardait la route défiler. C'était certainement la première fois qu'une personne lui accordait sa totale confiance en pareille situation et Grace en fut étrangement touchée.

— Il y a peu de chances que ce Neil Steinabert se trouve encore à cette adresse ou qu'il soit même toujours vivant, dit-elle en réfléchissant à voix haute. Pourquoi les dirigeants d'Olympe auraient-ils fait assassiner Anton et pas Neil s'ils le recherchaient aussi ?

— Il était peut-être plus intéressant vivant que mort... Et puis de toute façon, c'est la seule piste qu'il nous reste.

Grace laissa retomber lourdement sa main sur son volant. À ses côtés, Naïs demeurait muette.

— Tu penses à quoi ?

— Je me demande jusqu'où remonte une société comme Olympe... et quelle est la limite de son pouvoir, expliqua Naïs en lissant le coin de son œil, comme si elle cherchait à effacer une ride.

Grace fit trois appels de phares à une voiture qui ne se rangeait pas.

— Tu sous-entends qu'ils ne font pas seulement affaire avec les gouvernements, mais qu'ils pourraient même en faire partie ?

Naïs allait répondre, mais son téléphone sonna. Elle considéra son écran, et Grace la surprit à cligner nerveusement des yeux avant de renvoyer l'appel vers sa messagerie.

— Je ne suis pas certaine qu'ils aient des personnes placées dans les gouvernements, reprit-elle. Aujourd'hui, ce n'est plus là que se situe le pouvoir. Il réside désormais entre les mains des multinationales. En revanche, les États sont peut-être complices, par intérêt ou parce qu'ils y sont contraints. Souviens-toi comment votre ministre de la Défense a réagi : il était clairement guidé par la peur. Olympe les tient. Je ne sais pas comment, mais il les tient, c'est certain, ce qui donne à cette société un pouvoir quasi illimité.

— Tu penses que l'on n'a aucune chance de les coincer ?

— La DIA n'est pas n'importe qui, on a de la ressource. Je ne m'attendais cependant pas à ce qu'Hadès ne soit qu'un des tentacules du monstre. Ou une seule des têtes de l'hydre, puisqu'on est en pleine mythologie grecque.

Grace avait douté de beaucoup de monde dans sa vie, y compris de sa famille ou de ses amis. Mais jusqu'ici, elle n'avait jamais nourri de méfiance à l'égard des autorités. Comme tout citoyen, elle n'était pas dupe des petits arrangements entre gens de pouvoir, mais elle n'adhérait pas aux idées de complot et de manipulation à grande échelle. Peut-être parce que, en tant qu'inspectrice, elle faisait elle-même partie des réseaux de pouvoir et qu'elle n'y constatait aucune malhonnêteté ou corruption de réelle envergure. Il lui fallait un peu de temps pour appréhender et admettre la trouble réalité qui se dessinait sous ses yeux. Pour le moment, elle préférait se concentrer sur une autre facette qui l'intriguait.

— Je repense à ce terme de *daimôn*, qui semble désigner Anton et Neil, c'est bien du grec, non ?

Naïs pianota sur son téléphone et leva un de ses sourcils finement épilés.

— Bien vu. Le *daimôn* en grec a effectivement donné le mot « démon » en français, mais à l'époque de la Grèce antique, il n'avait pas sa connotation maléfique. Il décrivait une sorte d'esprit divin, un souffle supérieur qui habitait certains êtres humains et leur conférait des facultés intellectuelles ou artistiques d'une puissance hors du commun. L'homme ou la femme habités par un *daimôn* s'élevaient au-dessus des mortels pour voir au-delà de ce que l'espèce humaine était capable de concevoir. Jadis, on disait que ces *daimones* étaient les héros de l'âge d'or que Zeus avait transformés en esprits pour aider les mortels à « grandir ».

Grace goûtait l'explication avec le même plaisir que lorsqu'elle apprenait quelque chose de nouveau dans un livre. Et cela faisait bien des années que ce savoir ne lui avait pas été insufflé par une voix étrangère. C'est presque émue qu'elle revivait l'expérience de la connaissance partagée. De l'échange.

— Les *daimones* sont, en quelque sorte, des anges du savoir, murmura-t-elle.

— C'est joliment dit.

— Mais c'est surtout la définition de la notion de génie, non ?

Naïs acheva de parcourir quelques lignes et posa sur Grace un regard où, cette fois, la considération ne faisait aucun doute.

— Plus tard, lut-elle à haute voix, pour donner raison à sa coéquipière, les Romains adapteront le terme de *daimôn* en *genius*, qui vient du verbe *gignere* signifiant générer, engendrer, qui a donné le mot gène, ou génital. Le *genius* est bien celui qui donne naissance, celui qui crée à partir de rien. Qui est à l'origine d'une idée, d'une œuvre n'ayant jamais existé auparavant.

Grace approuva de sa moue qui donnait à sa bouche une forme pulpeuse.

— Je pense que l'on peut donc sans risque conclure qu'Anton et Neil étaient des génies dans leur domaine et qu'ils travaillaient tous les deux pour Olympe. Mais dans quel domaine ? Et pour une raison que l'on ignore, ils se sont un jour émancipés de leur *propriétaire* qui, depuis, a tout fait pour les retrouver, préférant tuer l'un d'eux en lui broyant ce qui faisait de lui un génie, à savoir son cerveau, par peur que ce dernier ne soit analysé ou tout simplement récupéré par quelqu'un d'autre.

Naïs rangea une de ses mèches de cheveux blonds qui tombait devant ses yeux et tourna son attention vers Grace.

— Qu'est-ce que tu sais des recherches menées par Anton Weisac ?

— J'allais te poser la même question...

— Écoute, je vais être honnête, pour le moment, on sait juste que ce sont des observations astrophysiques qui étudient des points particuliers de l'Univers. Mais on ne comprend pas à quoi correspondent ces coordonnées.

— Va aussi falloir recruter des génies à la DIA... Enfin, je veux dire, à part toi.

Naïs laissa échapper un petit souffle d'amusement, mais reprit aussitôt son sérieux.

— Et toi, que sais-tu des recherches de Weisac le *daimôn* ?

— J'ai demandé à un professeur d'astrophysique assez chevronné de m'aider à déchiffrer les calculs d'Anton. Il devait me recontacter, mais je n'ai pas de nouvelles.

Une main sur le volant, elle tendit son portable à Naïs.

— Il s'appelle Martin Barlow. Ce doit être un des derniers numéros composés.

Naïs trouva rapidement et cala le téléphone en mode haut-parleur sur son support voiture.

Après quatre sonneries, il décrocha.

— Rebonjour, professeur, lança Grace en haussant la voix pour couvrir le bruit de la route. Inspectrice Campbell à l'appareil. Vous avez du nouveau pour moi ?

— Ah, si la science était aussi pressée que la police, on en serait encore à l'âge de pierre... Je vous ai dit, et cela reste entre nous, que ces calculs étaient à la limite de mes compétences et, je pense, des compétences de 99 % des astrophysiciens de la planète.

— Donc, rien ?

— Si, mais rien qui justifie que je vous appelle tant que je n'aurai pas de certitudes.

— Dites toujours.

— J'ai trouvé une récurrence intéressante dans les points étudiés par celui qui travaillait sur ce sujet et dont vous ne souhaitez pas me donner le nom.

— Appelons-le Anton.

— Donc, comme je vous l'ai dit, cet Anton se concentrait sur les coordonnées d'une série de points du fond diffus cosmologique de l'Univers. Et il se trouve que tous présentent des anomalies.

— Par rapport à quoi ?

— Eh bien, les relevés énergétiques générés à ces endroits de l'espace sont anormaux, au sens où ils présentent des quantités d'énergie incompatibles avec ce que l'on sait de l'histoire de l'Univers.

Grace tourna brièvement la tête vers Naïs qui, comme elle, semblait confuse.

— Vous pensez que pouvez être encore un peu plus clair, professeur ?

— Vous vous souvenez que les images que vous m'avez envoyées sont celles du fond diffus cosmologique, autrement dit une photographie de l'Univers dans ses premiers instants au sens astrophysique du terme, c'est-à-dire lorsqu'il avait 380 000 ans. C'est très, très jeune. Je vous rappelle que notre Univers est âgé d'environ 13,7 milliards d'années. Donc, à cette échelle, 380 000 ans, c'est l'âge d'un nourrisson qui vient de naître.

— Je vous suis.

— Bon, à cet âge-là, l'Univers, c'est presque du rien. Rendez-vous compte, les premiers objets visibles et solides que sont les étoiles sont nés lorsque l'Univers avait 100 millions d'années. Donc, à 380 000 ans, il se résume, en gros, à du gaz.

— Je vous suis toujours.

— Or, ce gaz, ou ces gaz, puisqu'il y en avait plusieurs, sont dans l'incapacité totale et physique de produire les décharges énergétiques que l'on relève sur le fond diffus que vous m'avez envoyé. Les points étudiés par Anton émettaient des radiations proches de celles de l'explosion d'une étoile grande comme au moins cent mille fois notre Soleil. Or...

— ... il n'y avait alors absolument aucune étoile dans le ciel, d'où l'anomalie.

— Exactement. Si je voyais ces signaux dans le ciel actuel, je m'arrêterais à peine dessus, puisque l'Univers est désormais composé de milliards d'étoiles qui se créent et meurent à tout moment en libérant des quantités d'énergie folles. Mais à l'époque de cette photo... ça n'existe pas ou ne devrait pas exister. Pour comparer, c'est comme si on me montrait la photo d'une centrale nucléaire à l'époque des australopithèques. Vous comprenez ?

— Et quelle hypothèse pourrait expliquer ça ?

Le professeur soupira.

— Je n'ai pas d'explication rationnelle. Si je devais me prononcer rapidement, je dirais que ces relevés n'ont aucun sens, inspectrice. C'est tellement bizarre que je me demande si ce n'est pas une supercherie ou si votre Anton ne travaillait pas sur une simulation qui ne repose sur rien de réel.

— Ce serait étonnant, commenta Grace après avoir consulté Naïs qui lui avait fait non de la tête. Donc, vous n'avez aucune piste explicative, finalement ?

Martin Barlow marqua un silence.

— Ah, je n'aime pas faire de conclusions hâtives. Surtout que les deux hypothèses que je vois pour le moment sont aussi folles l'une que l'autre.

— Allez-y quand même.

— Si ces relevés sont justes, et je dis bien si et seulement si, alors soit l'Univers n'a pas l'âge qu'on lui connaît, mais alors quel âge a-t-il vraiment et que s'est-il réellement passé qui puisse expliquer l'existence de ces points d'énergie ? Et avec des radiations aussi délirantes, ce n'est pas un microphénomène qui nous aurait échappé, c'est de l'ordre de la révolution.

— Soit ?

— Soit ces sources énergétiques ne sont pas le fruit de l'agencement naturel de l'Univers.

— Quoi ? Vous pensez que...

— Je vous ai dit qu'il s'agissait d'hypothèses très hasardeuses, mais puisqu'on est dans la prospective, on pourrait imaginer avec mille précautions que ces manifestations énergétiques ont été émises par, disons, une construction, une machine conçue par une forme d'intelligence capable de concentrer les gaz primordiaux de façon à produire des signaux de la puissance que l'on constate sur les relevés étudiés. Mais je vous en parle parce que vous m'y avez forcé. Personnellement, je n'y crois pas.

— Je comprends que cette seconde hypothèse doit dérouter un scientifique si rigoureux que vous, mais pourquoi ne voulez-vous pas l'envisager ?

— Parce que l'homme a toujours comblé son manque d'intelligence et de connaissances par la création de forces supérieures, ce furent d'abord les dieux, puis les extraterrestres. Or, pour les premiers, jusqu'à preuve du contraire, ils n'existent pas, et pour les seconds, le cheminement intellectuel qui a conduit à l'hypothèse de leur existence est sensiblement le même que celui à l'origine des divinités, et se trouve donc à mes yeux plus que suspect. Bref, ce n'est pas parce que tous les enfants ont des cadeaux à Noël que le Père Noël existe. Donc, il y a bien une explication rationnelle à tout cela, il faut juste que je fasse un peu plus travailler mon cerveau...

— Oui, oui, acquiesça Grace, malgré tout troublée.

— De toute façon, je vais essayer d'aller au bout du raisonnement de cet homme. Mais je vous le répète, j'ai besoin de temps pour comprendre ce qu'il calculait exactement et ce qu'il avait trouvé ou était sur le point de trouver.

— Je vous laisse travailler, professeur, et une fois encore, merci pour votre aide.

— Si tout ça n'est pas une vaste fumisterie, c'est moi qui vous remercierai, inspectrice Campbell. À bientôt, j'espère.

On entendit le bruit d'un téléphone que l'on raccroche et Naïs coupa le haut-parleur. Le silence se fit dans la voiture.

— Olympe n'aurait pas fait appel à un génie pour travailler sur de fausses données, finit par dire Grace. C'est donc qu'Anton œuvrait sur quelque chose de réellement révolutionnaire.

Naïs ne répondit pas, mais Grace s'était immédiatement plongée dans ses pensées. Cette enquête la soumettait à une telle quantité d'informations nouvelles et à peine croyables qu'elle sentait un besoin impérieux de se poser pour réfléchir, digérer, évaluer, classer. Après l'improbable découverte de l'entrepôt de cercueils, la collaboration du gouvernement avec la tentaculaire Olympe, elle était maintenant confrontée à des hypothèses existentielles vertigineuses. Comment pouvait-elle assimiler si vite ce qu'elle venait d'entendre : un Univers d'un âge complètement différent de celui que l'on croyait, une éventuelle preuve d'une intelligence extrahumaine ? Et dire qu'il y a moins de quarante-huit heures, elle se réveillait chez elle, prête à subir une nouvelle journée de banalités au travail pour rentrer le soir et se réfugier au plus vite dans la lecture d'un roman.

— Hey ! Grace !
— Hein ?
— Ça fait trois fois que je t'appelle, tu ne réponds pas et tu es un peu pâle. Ça va ?
— J'étais concentrée sur la route, mentit-elle.
— Tout va bien ?

Grace se redressa sur son siège, ouvrit grand les yeux, comme pour sortir d'un rêve éveillé, et resserra ses mains sur le volant.

— Je crois que j'ai besoin d'un peu de temps pour appréhender tout ce que l'on vient d'apprendre. Je ne suis qu'une humaine, pas une machine qui enregistre les informations sans émotion. Toi, ça ne te perturbe pas ce que Martin Barlow vient de nous dire ?

— On arrive, répondit abruptement Naïs, alors qu'elles venaient de passer sous le panneau indiquant la sortie de l'autoroute pour rejoindre le centre-ville de Glasgow. Concentrons-nous sur la tâche qui nous attend. Le reste n'est pas de notre compétence.

Grace eut l'impression que Naïs n'était pas à l'aise avec ces questions scientifiques et elle respecta son inconfort. D'autant qu'elle devait effectivement se préparer mentalement à l'intervention qu'elles allaient mener d'une minute à l'autre.

– 31 –

Quelques minutes plus tard, alors que dix-neuf heures venaient de sonner, elles se garaient à une vingtaine de numéros de l'adresse supposée du scientifique. Presque déçues de constater que le *daimôn* habitait un quartier des plus banals, composé de petites maisons mitoyennes alignées le long d'une rue calme et ombragée. Elles s'apprêtaient à sortir de la voiture, quand Grace reçut un nouvel appel. Naïs la regarda d'un air exaspéré, mais l'inspectrice avait reconnu le numéro des secours partis chercher Yan, et elle décrocha instinctivement. Son rythme cardiaque déjà sous tension s'emballa.

— Madame Campbell ? Secours d'Inchnadamph au téléphone.

— Je vous écoute, répondit-elle, le cœur gonflé d'angoisse.

— Nous avons retrouvé le jeune guide dont vous nous aviez indiqué la position.

— Comment va-t-il ?

— Il était en arrêt cardiaque quand nous sommes arrivés.

Grace sentit la panique l'envahir.

— Nous avons pu le réanimer, mais il est dans le coma et je ne peux pas me prononcer sur l'évolution de la situation.

Grace se mordit l'intérieur de la joue.

— Où est-il hospitalisé ?

— Nous sommes en route pour l'hôpital de Raigmore.

— Merci pour ce que vous faites. Je vous laisse contacter sa famille qui tient l'hôtel d'Inchnadamph.

— Entendu. Mais compte tenu de la blessure de la victime qui semble due à un coup porté au visage et des circonstances de l'accident, je vous informe que nous allons devoir prévenir les services de police.

— Je suis moi-même inspectrice et mes supérieurs sont au courant, mais cela ne vous empêche pas de suivre la procédure habituelle. Merci beaucoup.

Grace reposa son téléphone sur sa cuisse, les yeux dans le vide. Après quelques secondes, Naïs rompit le silence.

— J'ai entendu. Il n'est pas mort et tu as fait de ton mieux.

Grace hocha la tête, la poitrine rongée par l'acide brûlure de la culpabilité.

— Je n'aurais pas dû l'emmener avec moi.

— S'il ne t'avait pas accompagnée, tu n'aurais pas trouvé l'entrepôt, on ne se serait pas rencontrées et tu ne m'aurais pas aidée à trouver l'adresse d'Hadès à Édimbourg, et...

— Je sais.

Grace ressentit de nouveau la mauvaise faim de ses années sombres. Cette envie maladive de gâteau ou de quelque chose de très sucré pour étouffer le mal-être.

— Hey ! lança Naïs en prenant Grace par les épaules.

Cela faisait si longtemps que personne ne l'avait touchée qu'elle eut un mouvement de recul. Naïs leva les mains et s'écarta.

— Excuse-moi, dit-elle. Je n'aurais pas dû.

— Non, c'est moi qui déconne, répliqua Grace. On y va.

— Sûre ?

— Oui, répondit-elle.

Elle fit glisser le chargeur de son arme, qu'elle replaça une fois assurée qu'il était plein.

Les deux femmes quittèrent le véhicule, direction le numéro 36 de la rue. Grace marcha derrière sa coéquipière, pour mieux dissimuler le tremblement de sa main.

Mais arrivée devant la bonne maison, elle passa devant.

— Police ! Ouvrez !

Elle brandit son badge d'inspectrice devant l'œilleton, tandis que Naïs se tenait à droite de la porte, en embuscade, le canon de son arme pointé vers le sol.

— Qu'est-ce qu'il se passe ? lança une voix masculine inquiète de l'intérieur.

— Police ! Ouvrez ! répéta Grace.

On entendit la porte se déverrouiller et un grand homme longiligne, les cheveux hirsutes, une serviette de table dans la main et des traces de sauce tomate au coin de la bouche, apparut dans l'embrasure.

— Quel est votre nom ?

— Heu... Gregor Frazer, répondit le trentenaire. Pourquoi ? J'ai fait quelque chose ?

Grace le toisa de haut en bas et lui fit signe de se pousser.

Le jeune homme, ahuri, s'effaça et dévisagea avec encore plus d'étonnement l'agente de la DIA qui entrait chez lui.

— Vous pouvez me dire pourquoi vous êtes là ?

Grace s'avança dans un salon peu éclairé, dont la décoration sans harmonie était composée de meubles de récupération. Une télévision était allumée devant une table basse où fumait une assiette de spaghettis.

— Vous êtes seul, ici ?

— Euh, aujourd'hui, oui, mais parfois, ma petite amie vient.

Sans qu'elles aient eu besoin de se consulter, Naïs avait refermé la porte d'entrée, devant laquelle elle avait pris place, surveillant les moindres gestes du jeune homme, son pistolet à la main. Celui-ci jetait d'ailleurs des coups d'œil inquiets en direction de cette grande blonde intimidante à la figure de cire.

Grace s'approcha d'une petite bibliothèque dans un coin du salon. Traversée par une décharge d'adrénaline, elle se rendit compte que le meuble débordait d'ouvrages d'astrophysique et de biographies d'illustres scientifiques et artistes.

— Montrez-moi vos papiers d'identité, ordonna-t-elle.

L'homme demeura un moment au milieu de la pièce, ne comprenant pas pourquoi ces deux femmes avaient fait irruption chez lui. Grace leva son arme et le visa.

— Je vous conseille de ne pas faire de bêtise. Vos papiers.

Sa voix était froide, métallique, dénuée de toute empathie. Elle était en train de se convaincre que l'ennemi à affronter l'obligeait à casser toutes les règles qu'elle s'était fixées et qu'elle avait toujours respectées. Dans son dos, elle entendit Naïs changer de position.

— Ils… sont dans la poche intérieure de mon manteau, là, à côté de vous, dit le jeune homme à l'agente de la DIA.

Naïs fouilla, trouva les documents et les inspecta.

— C'est bien Gregor Frazer, déclara-t-elle.

Pétrie de doutes, Grace ressentait une nervosité inhabituelle. Elle avait le sentiment qu'on la prenait pour une idiote.

— Et vous faites quoi dans la vie, Monsieur Frazer ?

— Je suis… manutentionnaire dans une usine de chaussures.

— Et l'astrophysique, c'est votre passe-temps ?

— Hein ? Non, de quoi vous parl…

Grace fonça droit devant, son pistolet braqué vers le jeune homme, qui s'agenouilla de lui-même.

— Je n'ai rien fait ! cria-t-il.

Grace se fit sourde à sa supplique et lui colla le canon de son arme sur la nuque.

— Tu t'appelles Neil Steinabert ! Arrête de te foutre de nous ! Parce que si tu continues, ce ne sont pas deux gentilles dames comme nous qui viendront te chercher, mais Olympe qui enverra l'un de ses tueurs te liquéfier le cerveau, comme ils l'ont fait à ton ami Anton ! Alors ! Ton identité, la vraie.

Elle donna une impulsion, ce qui le força à baisser encore plus la tête. Elle le sentait trembler. Il se mit à sangloter.

Grace recula de quelques pas et orienta son pistolet vers la jambe.

— Je compte jusqu'à trois. Si tu n'avoues pas, tu comprendras ce que ça fait de se prendre une balle dans l'arrière du genou. Un...

Il balbutia quelque chose d'incompréhensible.

— Qu'est-ce que tu dis ? Deux... Parle ! lança Grace en élevant la voix sans pour autant crier. Trois...

Naïs, qui s'était avancée aux côtés de sa coéquipière, lui posa une main sur le bras.

— Calme-toi, murmura-t-elle.

L'homme était tombé à terre, recroquevillé sur lui-même. En état de choc.

Naïs s'agenouilla et l'aida à se redresser pour s'asseoir dans le canapé troué. Fixant le sol, n'osant lever les yeux, il tentait de parler, malgré sa mâchoire crispée qui le faisait bégayer.

— Je vous écoute, souffla Naïs d'une voix douce que Grace ne lui connaissait pas. Dites-nous ce que vous savez, on ne vous fera pas de mal. Au contraire, on est là pour vous protéger contre d'autres personnes qui n'auront pas les mêmes intentions.

— Neil Steinabert... c'était le locataire d'avant... Le propriétaire qui me loue la maison m'a raconté que l'occupant précédent était parti précipitamment... Quand je suis arrivé, il avait... lai... laissé plein d'affaires à lui, dont ces livres d'astro... d'astrophysique. Comme je n'ai pas beaucoup d'argent, je les ai mis dans la bibliothèque juste pour la remplir. Mais je n'y connais rien...

Grace enfila une paire de gants en latex qu'elle avait récupérée dans son véhicule et commença à fouiller les lieux. Elle était toujours aussi nerveuse. Sur ses épaules pesait le regard terrifié du jeune locataire, qui lui fit prendre conscience qu'elle ne se contrôlait plus si bien qu'elle l'aurait dû.

L'homme désigna soudain une porte et articula quelques mots à voix étouffée.

— Dans le placard à côté de la salle de bains, il y a un carton. J'y ai mis des affaires de ce Neil en me disant qu'il voudrait peut-être les récupérer un jour.

Grace ouvrit le placard, trouva le carton sur une étagère en hauteur et le descendit. Il contenait des vêtements beaucoup trop petits pour pouvoir appartenir au locataire actuel de la maison, ainsi qu'une lunette astronomique pliée dans une mallette, et une calculatrice scientifique.

Elle chercha Naïs du regard, désolée. Sa coéquipière la rejoignit et s'accroupit près d'elle.

— Il dit vrai. Je suis confuse..., murmura Grace. J'ai fait n'importe quoi.

— Non, tu aurais pu, mais tu ne l'as pas fait, parce que ce n'est pas dans ta nature. En revanche, tu as sacrément besoin de faire le ménage dans ta tête, avec cette histoire de Yan, ou la prochaine fois, cela va très mal tourner.

Grace approuva en silence, bien qu'il lui soit impossible de renoncer à son inquiétude à l'égard du garçon.

Naïs fouilla dans la poche de son manteau et en sortit un boîtier en plastique qui contenait quelques bandes adhésives, un pinceau et de la poudre noire pour faire une dizaine de relevés d'empreintes.

— Tu sais bien que l'on fait un métier qui demande parfois de faire des entorses à ses principes, ajouta Naïs. À ce que j'appelle la conscience idéale. Cependant, la culpabilité ne mène qu'à de mauvais choix. La preuve, tu as fait souffrir un innocent parce que tu voulais à tout prix que le coma de ton jeune guide ait au moins servi à quelque chose... Tu n'as pas l'impression d'avoir enclenché le mauvais engrenage ?

Grace n'aurait pas mieux analysé la situation et elle fut reconnaissante à Naïs de le lui dire sur un ton amical.

— Aie confiance en toi et en tes choix, ce sont les bons. Avance ! Et accepte de ne pas être parfaite. Ce n'est pas possible.

Naïs ne toucha pas Grace, mais elle posa sur elle un regard sincère et doux qui eut le même effet qu'une caresse.

Pour la première fois depuis des années, Grace accueillit le don d'humanité qu'on lui faisait. Puis, irriguée d'un sentiment de soutien nouveau pour elle, elle se leva, rangea son arme et alla retrouver Gregor Frazer.

Elle s'assit près de lui sur le canapé.

— Je vous prie de m'excuser pour ce qu'il vient de se passer. Vous n'aviez pas à subir cette violence. Je suis profondément désolée de tout ça... Vous avez l'air d'être une bonne personne, alors surtout, ne changez pas. La société a besoin de gens comme vous et puis, nous, ça nous fait moins de travail, conclut Grace avec un sourire qui tirait sur la grimace.

Il hocha la tête sans la regarder, les mâchoires serrées, les yeux rougis.

Profondément peinée par l'état dans lequel elle avait jeté ce jeune homme, elle se promit de mieux se contrôler à l'avenir.

Elle rejoignit Naïs, qui achevait de scanner les relevés d'empreintes sur son téléphone.

— Je me suis dit que tu n'allais pas faire appel aux services de police, compte tenu de l'avertissement du ministre de la Défense. J'envoie donc les traces papillaires à mon bureau de Perth. S'il y a une correspondance quelque part, ils le sauront, les empreintes sur la calculatrice sont de bonne qualité.

Naïs se redressa et jeta un regard vers le salon en direction de Gregor Frazer.

— Il est déjà un peu moins pâle et puis, je suis sûre que sa chérie prendra soin de lui.

Au même moment, le portable de Naïs sonna. En voyant le numéro, elle arbora le même visage contrarié que dans la voiture une heure plus tôt, et fit signe à Grace qu'elle avait besoin d'être seule.

— Puis-je téléphoner dans votre chambre ?

Le jeune homme se contenta d'un signe de main, l'air de dire qu'elle pouvait faire ce qu'elle voulait.

Grace se demanda qui pouvait bien provoquer une telle réaction chez sa coéquipière. Un supérieur ? Un mari ? Encore qu'elle avait beaucoup de mal à l'imaginer vivre en couple.

En attendant, Grace s'attarda sur les biographies présentes dans la bibliothèque. On y trouvait Picasso, Mozart, Einstein, Léonard de Vinci, Newton, Marie Curie, Beethoven, Edison, Poincaré, Nikola Tesla, Ada Lovelace, Socrate, Platon, Shakespeare, Nietzsche et d'autres encore que Grace n'eut pas le temps de recenser avant que Naïs soit de retour dans le salon.

Elle venait tout juste de raccrocher quand son téléphone se mit à sonner de nouveau. Le visage de Naïs s'anima d'une vive attention.

— C'est mon bureau, et s'ils me rappellent si vite, c'est qu'ils ont trouvé quelque chose.

– 32 –

Les deux femmes s'isolèrent dans la chambre à coucher et Naïs activa le haut-parleur de son téléphone.

— Agente Conrad, John Decker, consultant analyste pour le bureau, commença une voix affirmée. Nous avons trouvé une concordance entre vos relevés papillaires et le fichier international des relevés d'empreintes.

Grace vit sa coéquipière serrer le poing d'impatience.

— Cela dit, le résultat est inattendu, poursuivit l'homme. Les empreintes que vous nous avez envoyées correspondent à celles de deux scènes de cambriolage au Groenland.

Le mot résonna comme une aberration dans la tête de Grace. Ce matin, elle découvrait des milliers de cercueils en plastique dissimulés dans un entrepôt secret, et maintenant, elle apprenait que son affaire avait un lien avec le Groenland. Jusqu'où tout cela irait-il ?

— Au Groenland… vous en êtes certains ? s'étonna Naïs. Quel est le pourcentage de correspondance ?

— 100 %, Madame.

— Où, quand et quoi ?

— Dans la capitale, Nuuk, le 12 juin 2019. Donc, il y a un peu plus d'un an. Vous voulez la liste précise des effets volés ?

— Oui.

— Chaque fois, ce sont des magasins d'équipements sportifs qui ont été cambriolés. Les propriétaires ont déclaré le vol de trois parkas haute résistance au froid, sept paires de chaussures de marche, trois pantalons, quatre coupe-vent, six paires de gants, cinq bonnets, cinq paires de lunettes glacier, plusieurs réchauds à gaz, deux couteaux de chasse, des boussoles, des bâtons de marche et deux paires de raquettes. À noter aussi la disparition d'une grande quantité de nourriture lyophilisée.

— J'imagine que le coupable n'a jamais été arrêté ?

— Non, le dossier a été classé sans suite.

— On a un bureau dans cette zone de la planète ?

— Non, Naïs.

— Transférez-moi l'intégralité de vos recherches et mettez-moi en évidence le nom des officiers groenlandais chargés d'enquêter sur les vols de matériel. Merci, John.

Naïs raccrocha.

— Le Groenland, répéta Grace avec une expression d'étonnement sur son visage. En même temps, c'est le lieu de fuite parfait pour qu'on ne vous retrouve jamais, mais avec quelle chance de survie ? D'autant qu'au vu des objets volés, il est clair que Neil préparait un voyage en dehors de la ville. Pour aller où ?

— Tu connais cette région du globe ?

— Je n'y suis jamais allée.

— Il faut réinterroger les policiers responsables de l'enquête sur ces cambriolages, chercher quelles sont les destinations possibles à pied de cette ville. Bref...

— ... il faut se rendre sur place, conclut Grace.

— Je le crains, Neil est notre seule chance de remonter jusqu'à la tête d'Olympe.

Grace prit conscience que cette terre lointaine lui était si étrangère que jusque-là, elle ne lui avait au fond accordé qu'une existence fictionnelle où se mêlaient des images de films, de livres ou de reportages. Comme si ce pays n'était qu'un support onirique inventé pour aider l'esprit à approcher l'inimaginable infini glacé.

— Grace, il faut y aller.

— Oui, oui…

Les deux femmes saluèrent Gregor Frazer et regagnèrent leur véhicule.

— L'aéroport international se trouve dans la capitale à Nuuk, commença Naïs, qui s'était déjà connectée à un site de réservation de vols en ligne.

— Je vais passer prendre des affaires chez moi.

— Tu n'as rien d'assez chaud pour le froid qu'on va devoir affronter là-bas. On achètera tout sur place.

Grace entendait déjà le vent glacé gifler la banquise tandis que des volutes de neige givrée lui griffaient le visage. Quand et comment cette enquête allait-elle se terminer ? À l'étrangeté des faits et la brutalité de leur adversaire s'ajoutait désormais l'hostilité géographique. La violente tempête qu'elle avait essuyée en arrivant sur l'île d'Iona aurait dû lui mettre la puce à l'oreille : cette affaire déploierait toute sa hargne pour lui faire plier le genou et peut-être pire encore.

— Il est 19 h 24. On embarque dans moins de deux heures, cela nous laisse juste le temps de manger quelque chose et de trouver de la documentation sur le Groenland.

Grace apprécia l'idée de décompresser afin de se poser pour réfléchir. Elle voulait notamment tenter d'éclaircir un doute qui la perturbait depuis qu'elles avaient quitté l'ancien domicile de Neil Steinabert.

– 33 –

Après avoir fait l'acquisition de trois guides touristiques dans une librairie, Grace et Naïs s'attablèrent dans un *coffee shop*, devant un plateau de sandwichs, de fruits coupés et de boissons fumantes. Le lieu avait ce charme cosy du salon de thé de village dont les tables en bois brut étaient habillées de napperons et dont les fenêtres s'encadraient de petits rideaux en dentelle aux couleurs gaies. Les conversations feutrées des autres clients s'entrecoupaient parfois d'un tintement de cuillère, du froissement d'une page de livre ou des recommandations enthousiastes de la serveuse sur le choix du parfum d'un muffin fait maison.

Pour la première fois depuis ces deux derniers jours, Grace eut la sensation qu'elle reprenait le contrôle de son temps et de sa vie. Les questions sans réponse n'en tournaient pas moins dans sa tête.

— Vas-y, lui dit Naïs, sans lever les yeux du livre qu'elle avait commencé à lire.

— Vas-y, quoi ? l'interrogea Grace.

— Je vois bien que tu as envie de me demander quelque chose, et j'imagine que ce n'est pas un conseil pour choisir ton dessert.

— Ah oui, donc, tu sous-entends que j'ai le profil physique de celle qui a déjà testé plusieurs fois tous les desserts de la carte, c'est ça ? Dis directement que je suis grosse, ça ira plus vite.

Naïs releva la tête de sa lecture, son joli visage empreint d'un mélange disgracieux d'incompréhension et de malaise.

Grace détourna les yeux, les sourcils froncés, le front plissé par la colère. Puis, les muscles de ses mâchoires oscillèrent, la commissure de ses lèvres se fendit et, n'en pouvant plus, elle éclata de rire.

Naïs laissa échapper un souffle d'amusement et opina du chef, l'air de dire qu'effectivement, elle y avait cru.

— Pardon, s'excusa Grace en avalant une bouchée de sa tarte au beurre écossais, mais j'avais besoin de ce petit moment de défoulement… et si tu avais vu ta tête. On aurait dit une aristocrate qui entend son valet prononcer un gros mot.

— Aristocrate, donc…

— Tu sais que tu es une belle… une très belle femme, Naïs. Mais surtout, tu as cette élégance naturelle, ces épaules droites, ce port de tête un peu prétentieux, juste ce qu'il faut pour intimider, ces hanches souples et fines, les pommettes hautes et taillées au ciseau de Michel-Ange, et pour achever le tout, ces grands yeux bleus en amande qui donnent l'impression que tu as déjà vécu cent ans alors que tu en parais à peine quarante.

Naïs considéra Grace avec un trouble évident brillant au fond du regard.

— Tu sais parler aux femmes, répliqua-t-elle en souriant. Aucun homme ne m'a jamais dit cela…

— Ta beauté doit les paralyser.

Naïs rit de la plaisanterie, mais bien vite, elle retrouva son expression froide et sérieuse, à l'image de Grace qui se referma sur ses angoissantes pensées.

— Il y a quelque chose que j'aimerais savoir, reprit Grace. Où en est Olympe de sa traque de Neil Steinabert ? Je veux dire, on vient de découvrir ses empreintes et on a une piste vers le Groenland. Mais ça fait maintenant presque trois ans que Neil est recherché, si l'on en croit le document déniché dans les bureaux d'Hadès. Or, s'il était la prétendue propriété d'Olympe, ils possédaient forcément ses empreintes. Et s'ils sont si proches des gouvernements, pourquoi n'auraient-ils pas déjà retrouvé sa trace au Groenland ?

Naïs reposa sa tasse de thé.

— C'est une possibilité. Mais n'oublions pas deux choses. Olympe est sans doute de connivence avec les gouvernements, mais de là à ce qu'ils soient aussi bien informés qu'une structure comme la DIA, dont toutes les ressources sont consacrées au renseignement depuis près de soixante ans, c'est peu vraisemblable. Et deuxièmement, je pense que la traque d'Anton et Neil est loin d'être l'une de leurs priorités. C'est certainement un caillou dans leur chaussure dont ils veulent se débarrasser. Mais leur ambition véritable est ailleurs. Selon moi, c'est vers cet autre objectif qu'ils tendent toutes leurs forces. L'élimination d'Anton et Neil doit être une espèce de tâche de nettoyage qu'ils suivent de loin.

— Admettons, mais s'ils veulent tuer ces deux hommes, c'est qu'ils les craignent aussi. Qu'est-ce qui les empêche tout simplement de demander à un ministre de la Défense complaisant de consulter le fichier Interpol pour les aider à retrouver une de leurs *propriétés* ?

— L'adresse d'un officier de police, le casier judiciaire d'un homme politique, tout ça, je veux bien, parce que c'est facile à obtenir. Tu le sais comme moi. Mais tu n'as peut-être pas l'habitude de travailler avec l'international. Or, la consultation du fichier Interpol impose de respecter un protocole très précis qui suit une chaîne de commandements impliquant plusieurs personnes. Ils n'ont peut-être pas envie de prendre le risque d'éveiller les soupçons auprès d'employés méticuleux et honnêtes qui ne seraient pas ralliés à leur cause. Surtout si la menace que représentent Anton et Neil n'est pas immédiate.

— Jusqu'à ce qu'on s'en mêle...

— Sur ce point, je suis d'accord. L'assassin chargé de les éliminer a dû demander plus de moyens. Néanmoins, comme toute grosse structure, il lui faut le temps de réagir. On a peut-être encore un peu d'avance sur eux.

Grace but à son tour son thé et posa sa tête sur ses avant-bras. Elle se repassa le fil des événements depuis la découverte du corps excérébré dans le monastère, repensa aux hypothèses du professeur Barlow, à l'entrepôt de cercueils, en se demandant si elle finirait par réussir à assembler toutes les pièces de cet étrange puzzle.

L'effort de réflexion, conjugué à la fatigue physique, la fit glisser dans une torpeur dont elle fut subitement tirée par la sonnerie de son téléphone indiquant l'arrivée d'un SMS.

En face d'elle, Naïs était toujours plongée dans son guide touristique. Grace étira sa nuque ankylosée et pianota dans le vide pour chasser l'engourdissement de sa main.

Puis elle sortit son téléphone de sa poche pour prendre connaissance du texto qu'elle avait reçu. Là où elle s'attendait à une note envoyée à toutes les polices, comme cela arrivait souvent, elle découvrit un étrange message.

Connecte-toi à cette adresse :
http://www.reveal-no-steal.com/56b
Tu vas adorer.

Le numéro de l'expéditeur lui était inconnu. Était-ce Elliot Baxter qui la contactait encore avec un nouvel appareil ? Non... la formulation, le lien Internet, tout cela ressemblait davantage à une arnaque téléphonique. Mais cela semblait peu probable sur un portable professionnel de la police écossaise...

— Tu connais ce genre de message ? demanda-t-elle à Naïs.

Celle-ci termina de lire une ligne de son livre, puis hasarda un coup d'œil. Elle avait à peine regardé qu'elle se statufia.

— Quand l'as-tu reçu ?

— Naïs, de quoi s'agit-il ?

— Qui t'a envoyé ce message ?

— Je ne sais pas. Et c'est quoi, ce truc *Reveal no steal*[1] ?

— Ce n'est pas bon, Grace. Connecte-toi tout de suite à l'adresse. Les paliers doivent déjà être affichés.

— Les paliers ?

L'agente de la DIA appuya elle-même sur le lien Internet.

---

1. « Révéler sans voler. »

— Naïs, tu vas me répondre !

— Je... je ne sais pas comment te l'expliquer. Tu vas vite comprendre.

Le navigateur s'ouvrit lentement, chargea une page blanche, et moulina quelques secondes dans le vide, plongeant Grace dans un état d'alerte.

Mais son anxiété ne fut qu'un moindre tourment au regard de la panique qui la saisit lorsqu'elle découvrit ce qu'affichait la page Internet.

– 34 –

Les lèvres entrouvertes dans une expression de stupéfaction absolue, Grace avait sous les yeux l'image filmée de son propre salon sur laquelle clignotait le signal *Live*. Et la stupeur se fit effarement quand elle lut le texte à côté du cadre vidéo.

PALIERS

1 – **1 000 likes** : on fouille les pièces et on montre l'intérieur de tous les tiroirs.
2 – **5 000 likes** : on fouille les poubelles.
3 – **20 000 likes** : on ouvre la porte blindée du salon pour voir ce qui se cache derrière.

Juste en dessous, un compteur affichait pour le moment 352 likes, mais le nombre ne cessait d'augmenter. Dans une fenêtre de dialogue, les commentaires des internautes défilaient à toute allure, drainant son lot de voyeurisme, d'insultes et de pronostics sur la personne qui habitait là et ce qu'on allait découvrir sur elle.

— Qu'est-ce que c'est ? souffla Grace en joignant ses mains sous son menton.

— Une débilité à la mode depuis quelques mois sur les réseaux. Un individu s'introduit chez un inconnu et filme toute son intimité pour la dévoiler à ceux qui sont connectés. Plus ils sont nombreux, plus ils poussent loin l'exploration de l'intérieur. Certains vont jusqu'à lire le courrier, pirater les ordinateurs personnels pour lire les mails, essayer les sous-vêtements, se coucher dans les lits. La règle est de pouvoir tout faire, sans voler quoi que ce soit... *Reveal no steal.*

Les deux femmes sortirent en trombe du *coffee shop*. Grace démarra, sirène hurlante.

— Qui est chez moi ? Qui fait ça ?

Le compteur ne cessait de grimper et atteignait déjà les 492 likes.

Grace grilla un feu rouge et s'engagea à contresens dans une ruelle. Elle klaxonna pour obliger les véhicules qui arrivaient en face à se ranger et n'hésita pas à mordre sur le trottoir pour les éviter au dernier moment.

— Grace, ne fonce pas tête baissée. Tu vois bien que c'est un piège. Le tueur fait cela pour t'attirer jusqu'à lui.

— Combien de likes ?

Naïs soupira.

— 658... N'y va pas. Tu ne seras pas en position de force pour l'affronter. Il t'attend, il a tout préparé afin de ne te laisser aucune chance. Laisse-le s'épuiser et partons pour le Groenland.

— Mon job est d'abord d'arrêter l'assassin d'Anton avant de me balader dans le Grand Nord, répliqua Grace en braquant à droite dans un crissement de pneus.

— Non, ton job est d'arrêter ceux qui ont commandité le meurtre. Même si tu arrives à capturer l'assassin vivant, ce genre de personne ne parle jamais. Il te fera juste perdre ton temps pendant qu'Olympe poursuivra sa traque de Neil ! Et tu n'auras alors plus aucun moyen de remonter jusqu'à eux !

Grace jeta un coup d'œil sur l'écran de son téléphone qu'elle avait fixé sur son socle, et une sueur froide lui coula le long du dos : 1 020 likes. La caméra se mit à bouger et commença à filmer le salon en s'approchant de chaque objet. Une main gantée ouvrit un premier tiroir. Grace se remémora à toute vitesse ce qu'elle y rangeait. On découvrit un chargeur de portable, des paquets de mouchoirs et une lampe de poche. L'inconnu referma le tiroir et se dirigea vers la chambre à coucher. Le nombre de likes augmenta de 1 000 d'un coup pour atteindre 3 020, et les commentaires se firent plus graveleux.

— Grace, réfléchis !

Les mâchoires en tenaille, elle était dans un tel état de frayeur qu'elle sentait la tétanie guetter ses muscles. Des crampes lui tordaient déjà les doigts, alors que ses sous-vêtements s'étalaient un à un devant la caméra et que le nombre de likes s'envolait. À l'image des moqueries qui pleuvaient sur la taille des soutiens-gorge et des culottes.

— L'intérieur de tes tiroirs, on s'en fout. Tes poubelles, on s'en fout. Personne n'a envie de montrer ce qu'il a de plus intime ou peut-être de plus dégoûtant, mais on est tous pareils, en quoi ceux qui regardent seraient-ils différents ? Ce sont des abrutis. Tout ça n'a aucune importance et tu le sais. Si tu te mets dans cet état-là, c'est pour la porte blindée. Qu'est-ce qu'elle cache ?

Grace sentit des frissons de panique la traverser. Elle n'était plus qu'à cinq minutes de chez elle, mais aurait-elle le temps d'arriver avant les 20 000 likes ?

— Ce qu'il y a derrière cette porte vaut-il que tu foutes toute cette enquête en l'air ou, pire, que tu te fasses tuer ?

Grace entendait tous les arguments et oui, Naïs avait raison. Mais ce que sa nouvelle coéquipière ignorait, c'est que dévoiler au monde ce qu'il y avait dans sa pièce secrète, c'était également la tuer.

— On va rater l'avion ! s'impatienta Naïs d'une voix tendue.

Grace pila.

— Vas-y sans moi.

Les deux femmes se regardèrent. Les yeux noisette de Grace, qui avaient généralement la douceur du miel, s'étaient embrasés à cet instant d'une flamme de forge.

Naïs comprit qu'il n'y avait plus rien à dire. Elle détacha sa ceinture et sortit.

— Ne perds pas ta vie bêtement.

Puis elle claqua la portière et Grace repartit dans une embardée.

Un œil sur la route, l'autre sur son téléphone, qui affichait 17 000 likes et des ordures soigneusement étalées par terre, afin que l'on puisse identifier chaque déchet avec précision. Les commentaires rivalisaient de grossièreté.

Grace réprima un haut-le-cœur et prit le dernier virage avant sa rue. Le compteur venait de passer les 21 000 likes et la caméra cadrait désormais une puissante perceuse à l'assaut de la serrure de la porte blindée qui n'allait pas tarder à céder. Les messages s'affolèrent. Chacun imaginait ce qu'il y avait derrière : une salle de torture, une *sex room* sadomaso emprisonnant un esclave, un enfant kidnappé que l'on recherchait depuis des années... Un internaute proposa que la porte cachait une énorme réserve de nourriture, qui expliquerait la taille des sous-vêtements. Ce qui ne manqua pas de déclencher une stupide rafale de *mdr* et de smileys pleurant de rire.

Grace poussa le moteur de son SUV dans ses retranchements pour foncer jusqu'à son domicile, dérapa sur le trottoir en écrasant le frein, et se jeta hors du véhicule pour se ruer vers l'entrée de son immeuble.

– 35 –

Grace avala l'escalier jusqu'au deuxième étage, puis ralentit sa course pour diminuer l'impact de ses pas sur le sol. Elle dégaina son arme et monta marche à marche jusqu'au troisième et dernier étage, en résistant de toutes ses forces pour ne pas se précipiter. Parvenue au palier de son appartement, elle passa devant sa porte, dont la serrure était cassée. Elle se baissa pour qu'on ne la voie pas à travers l'œilleton et frappa chez son voisin. Celui qu'elle n'avait jamais vu et pour qui elle chantait parfois la nuit pour l'apaiser. Des pas grincèrent sur le parquet. 32 683 likes. Le malfaiteur donna ses derniers tours de perceuse, on entendit un bruit de métal qui chute sur le sol, et il retira le foret du trou qu'il avait fait.

— Oui, qui est là ? demanda une voix frêle.

Grace se plaça devant le judas et posa son doigt sur ses lèvres en signe de silence.

— C'est moi, votre voisine qui fredonne, chuchota-t-elle en parlant plus près du battant. J'ai besoin de votre aide pour...

La porte s'ouvrit avant qu'elle n'ait terminé sa phrase.

Un homme âgé, à l'air fatigué, la dévisagea comme s'il avait devant lui une apparition angélique.

— Je... je ne sais pas comment... vous regarder, murmura-t-il. Vous...

— Est-ce que je peux passer par votre balcon ? le coupa Grace.

— Euh, oui... vous avez des soucis avec les travaux ?

Grace traversa le salon en courant, ouvrit la fenêtre et enjamba la balustrade pour rejoindre son propre balcon. Elle tira deux balles sur sa porte vitrée, qui s'effondra dans une assourdissante cascade de verre brisé, et elle fit irruption dans son salon, son arme braquée devant elle.

L'homme venait de jeter sa perceuse à terre et fut certainement surpris par l'arrivée de sa proie, car il était dos à la porte blindée, les mains vides. C'était bien lui. Il correspondait exactement à la description que frère Colin lui avait faite : un jeune homme de moins de trente ans, une barbe soigneusement taillée, des tatouages sur les avant-bras, et une mèche de cheveux adroitement coiffée. Il avait même les fameux écouteurs sans fils dont filtrait une puissante musique électronique. Vêtu d'un jean et d'une veste en daim, il portait au poignet un téléphone portable fixé dans une pochette en plastique.

En revanche, ce que le moine n'avait pas évoqué, c'était ce petit air hautain teinté de désinvolture qui émanait de toute sa personne. Cela venait peut-être de ses yeux pas complètement ouverts, qui donnaient l'impression qu'on le réveillait, ou bien de ce rictus satisfait d'adolescent arrogant.

— Je kiffe ! lança-t-il en défiant Grace. Je ne t'attendais pas maintenant... Génial, le twist ! C'est moi qui devais te piéger et c'est toi qui...

— Coupe la vidéo tout de suite !

Grace avait repéré une petite caméra fixée par terre sur un pied et orientée vers la porte blindée.

— Je te sens vénère, mais on n'est pas tout seuls, là, je te rappelle que t'es en *live* devant... 47 854 fans, la grosse. Si tu me butes, on n'aura pas trop de mal à savoir qui a fait le coup... Hein, inspectrice Campbell.

Grace jeta un coup d'œil à l'écran de son téléphone. La vidéo ne filmait que la porte en gros plan. En revanche, le son était branché. Et le nombre de connexions venait d'exploser pour passer à 72 984, sans parler des commentaires qui mitraillaient la boîte de dialogue dans une déferlante hystérique. Si elle tirait, les 73 000 personnes en ligne, aussi bêtes soient-elles, témoigneraient contre elle pour dire que ce n'était pas de la légitime défense.

— Tu vois, reprit l'assassin, en bougeant la tête comme s'il suivait le rythme de la musique de ses écouteurs, double twist, en fait, c'est encore moi qui te nique. J'ai plus qu'à pousser cette porte pour bader ta *life*. Sinon, tu serais pas là avec un flingue, hein ?

Il ricana et posa son index sur le battant.

Grace se contrôlait à peine. Il touchait à son absolue faiblesse. Elle commença à appuyer sur la détente, l'esprit obscurci par la panique de voir le secret de sa vie violé en direct.

— Tu pars en vrille, inspectrice ! Réfléchis un peu, si tu me shootes, tu tues un mec sans défense en direct sur les réseaux et en plus, j'ouvrirai la porte en tombant. T'as tout perdu.

La main tremblante de crispation autour de sa crosse, Grace relâcha son index. Elle avait désormais acquis la certitude que l'assassin voulait négocier. Mais elle le mit en garde.

— Si tu ouvres cette porte, tu es mort, quelles que soient les conséquences pour moi, j'en aurai plus rien à faire. Maintenant, dépêche-toi de me dire ce que tu fais ici et ce que tu veux.

— Chill, la vieille, chill... C'est pas compliqué. Et tu sais quoi, on va couper le son deux minutes, mais on garde l'image, hein...

Il pianota sur l'écran de son téléphone.

— Voilà, on est entre nous, Grace. Moi, c'est Gabriel, ouais, comme l'ange, c'est con, hein. Vas-y, balance tout ce que tu sais sur Neil Steinabert, notamment où je peux le trouver, et j'arrête la vidéo. Je me casse d'ici sans que personne ait rien vu de ton petit secret...

Grace regarda rapidement autour d'elle, cherchant un moyen de se sortir de cette situation.

— Tu sais quoi, je vais compter jusqu'à trois, parce que j'ai autre chose à faire, tu vois. Par exemple, je voudrais pas rater le bon créneau horaire pour actualiser mon Insta. Allez, un...

L'inspectrice se prépara à mentir avec le plus de crédit possible.

— Deux... Ah oui, j'oubliais..., reprit le dénommé Gabriel en cherchant dans sa poche un second téléphone qu'il orienta vers Grace. Je voudrais pas que tu me racontes des conneries, donc tu vois, là, sur mon smart, il y a une caméra reliée à une appli très pratique de NuraLogix, qui mesure en direct la circulation sanguine de ton visage. Comme ça, je peux savoir si tu mens ou non. Allez, on en était à deux...

Grace n'était qu'un rat affolé jeté dans une boîte trop étroite, dont les pattes glissaient frénétiquement contre des murs infranchissables. Ses pensées s'écrasaient les unes contre les autres dans un sanglant carambolage.

— Et trois ! J'ouvre la porte !

— Il est au Groenland... quelque part près de Nuuk, lâcha-t-elle d'une voix brisée.

— Mais c'est que tu as l'air de me dire la vérité, toi, constata le tueur en contrôlant son écran, qui affichait une image thermique du visage de Grace. C'est bien, ça. C'est très bien. Quoi d'autre ?

— Rien, répliqua-t-elle.

— Oh, oh... Tu t'agites un peu trop, ma belle. Dis-moi vite tout ce que tu sais, sinon...

— Il a volé de quoi faire un long périple dans les terres sauvages. Mais je ne sais pas où.

— Voilà, voilà, c'est mieux. Tu imagines le carnage que cela va être quand les couples utiliseront cette application à chaque discussion ? Mais ce n'est pas le sujet. Quoi d'autre ?

— C'est tout. Maintenant, dégage de là.

L'assassin scruta son écran et, d'un coup inattendu, il poussa la porte blindée, avant de partir en courant vers l'entrée de l'appartement. L'instinct de Grace la fit se jeter droit devant le battant vacillant au lieu de poursuivre le tueur. Le sésame métallique pivota légèrement, dévoilant l'angle d'une pièce sombre. Grace écrasa sa main sur la poignée et la tira brutalement vers elle.

Puis elle arrêta la petite caméra que Gabriel avait abandonnée et courut après lui. Elle dévala l'escalier son arme en main, aux aguets, et déboula dans la rue. Elle l'aperçut filer à une allure soutenue de joggeur entraîné, et tourner au coin du quartier. Elle ne le rattraperait jamais. Et encore moins avec sa cheville fragilisée.

Dévastée, elle s'adossa à une voiture et plongea son visage dans ses mains. Qu'avait-elle fait ?

– 36 –

Grace avait laissé passer cinq appels de Naïs, n'osant lui avouer ce qu'elle avait révélé au tueur. Une fois rentrée dans son appartement, elle se laissa tomber dans son canapé, se sentant aussi sale que son intérieur souillé par les mains de cet assassin et ces dizaines de milliers d'yeux d'internautes. La plupart des tiroirs étaient encore entrouverts, débordants pour certains de vêtements, d'autres de feuilles de papier froissées, les livres de sa bibliothèque avaient été dérangés, des ordures jonchaient le sol de la cuisine et de la salle de bains, et pour achever cette sensation de n'être plus chez elle, la porte d'entrée à la serrure forcée bâillait sur le couloir.

Au septième appel de Naïs dans le vide, elle se résolut à écouter le message que sa coéquipière venait de lui laisser.

« J'ai vu toute la scène en direct. C'est un beau salopard. Dis-moi que tout va bien et ce qu'il s'est passé quand le son a été coupé. Je t'attends à l'aéroport. Il est… 20 h 42 précisément. La fin de l'embarquement a lieu à 21 h 30. Si tu te dépêches, tu as encore une chance d'attraper le vol. Appelle-moi, Grace. »

Quand bien même aurait-elle la force de partir à présent, Grace ne pouvait pas laisser son appartement dans cet état, sans porte d'entrée sécurisée, avec la vitre du salon brisée et sa pièce secrète grande ouverte. Elle devait faire venir des réparateurs, cela prendrait au moins une journée, ou plus probablement, deux ou trois. Pendant ce temps, l'enquête lui échapperait et, à cause d'elle, l'assassin retrouverait la piste de Neil Steinabert et le tuerait. Naïs aurait peut-être une chance de s'opposer à lui, mais rien n'était moins sûr face à un ennemi aussi retors, qui avait l'appui tacite des autorités.

D'ordinaire, elle essayait toujours de dédramatiser les situations en faisant preuve d'une forme de dérision. Elle tenta de chercher une plaisanterie qui aurait pu réveiller son cerveau abattu, l'aider à prendre du recul ; mais cette fois, l'envie lui manqua et sa solitude lui pesa comme jamais. Avec de la famille ou au moins un ami à ses côtés, elle aurait pu confier ce travail de réparation de son domicile à quelqu'un de confiance et foncer à l'aéroport.

Elle en était à ces pensées, quand le duvet de sa nuque se hérissa. On l'observait. Dans son dos. Elle en était certaine. Était-ce une imperceptible respiration qu'elle avait perçue plus qu'entendue, une plainte étouffée du parquet, ou un léger déplacement d'air qui avait frôlé son épiderme ?

Sans rien laisser paraître de son alerte, elle empoigna son pistolet et, d'un bond, pivota sur elle-même.

Il la regardait du couloir, dans l'embrasure de la porte. L'air apeuré, levant les mains en signe de paix. Grace baissa son arme.

— Je suis juste venu voir si vous aviez besoin d'aide.

Son vieux voisin restait poliment devant le seuil de l'appartement, à la fois hésitant et sincère dans sa proposition. Grace prit le temps de l'observer enfin. Depuis qu'elle fredonnait parfois pour lui la nuit, elle l'avait imaginé plus jeune, les cheveux plus foncés et le visage plus triste. Or, l'homme devait bien avoir plus de quatre-vingts ans, il arborait une tignasse blanche en touffes épaisses sur les tempes, et le haut de son crâne était dégarni. Les lignes de ses lèvres se faisaient et se défaisaient, comme s'il cherchait à formuler au mieux une pensée audacieuse sans y parvenir.

— Entrez, finit par dire Grace.

— Si vous préférez être tranquille, je le comprendrai aisément.

— Je m'appelle Grace Campbell, articula-t-elle en s'efforçant de proposer un vague sourire. Je vous en prie.

— Kenneth Ghilchrist, répondit le voisin en franchissant le seuil.

Il s'arrêta au milieu du salon, et regarda autour de lui comme s'il venait de pénétrer dans un musée.

— Je croyais me sentir gêné en vous voyant, mais j'ai au contraire l'impression de vous connaître depuis des années. Oh, je ne dis pas ça pour vous forcer à penser la même chose, précisa-t-il en agitant la main comme pour corriger une parole fautive. C'est juste que...

— Je comprends.

— Ce que vous avez fait depuis tout ce temps pour moi... je ne saurai jamais, vraiment jamais, comment vous remercier, Madame Campbell, commença-t-il d'un ton empli d'une antique politesse où pesait lourd le sens du devoir et de la loyauté.

— Soyez rassuré sur ce point, vous l'avez déjà fait, chaque fois que ma voix a pu vous aider à passer le moment pénible que vous traversiez.

Il hocha la tête, pieusement.

Grace n'avait pas rencontré d'humain si prévenant depuis bien longtemps. Il avait l'air d'être issu d'une époque révolue et n'aurait pas détonné au temps des clans pétris d'honneur qui avaient peuplé ces terres lointaines.

— Que Dieu vous bénisse, Madame Campbell, dit-il avec douceur.

— Ce serait le moment ou jamais, répliqua Grace, en regrettant aussitôt ses paroles, qui pouvaient blesser une personne sincèrement croyante.

Au contraire, l'homme s'avança encore dans le salon et observa plus attentivement les lieux.

— On vous a cambriolée ?

— C'est un peu plus compliqué, mais ça revient au même.

— Vous travaillez pour la police... j'imagine.

Grace baissa les yeux sur son arme, qu'elle avait gardée dans sa main par réflexe.

— Oui, je suis inspectrice, répondit-elle en glissant son pistolet dans son holster.

Son voisin hocha la tête, l'air pensif.

— Une inspectrice de police qui fredonne des comptines à travers le mur de son appartement pour apaiser un voisin qu'elle ne connaît même pas... Dites-moi ce que je peux faire pour vous, Madame Campbell.

Grace le sonda longuement, puis elle osa ce qu'elle n'aurait jamais risqué il y a encore une heure.

— Monsieur Ghilchrist.

— Appelez-moi Kenneth, si vous le voulez.

— Kenneth, reprit Grace en se levant. Je suis sur une affaire grave qui requiert ma présence loin d'ici. Or...

— Je resterai devant votre porte jusqu'à ce que les réparateurs changent la serrure, la devança-t-il. Et je ferai de même avec la vitre de votre balcon. Cela me semble tellement évident. Ce n'est rien, après tout ce que vous avez fait pour moi.

Grace regarda en direction de sa porte blindée.

— Celle-là aussi, il faut la remplacer ? demanda Kenneth.

— Non. Celle-là, vous devez me jurer que vous ne l'ouvrirez jamais, Kenneth. Jamais. Je m'en occuperai à mon retour...

— Je ne sais pas si cela signifie encore quelque chose pour les plus jeunes, mais pour moi, c'est une phrase qui vaut plus que n'importe quel contrat ou n'importe quelle contrainte : vous avez ma parole.

Elle sentit sa voix vibrer. Compte tenu de son âge, il avait connu la guerre étant enfant, et certainement entendu des serments dont le respect avait valeur de vie ou de mort.

Elle se rapprocha un peu plus du vieil homme et enveloppa ses mains des siennes. Un poids qu'elle portait en elle depuis tant d'années s'était soudainement allégé, libérant un peu sa poitrine de cette pesanteur diffuse avec laquelle elle s'était résignée à vivre.

— Merci, dit-elle. Pour le paiement, appelez-moi, je ferai un virement de là où je me trouverai.

Elle déposa sur la table basse sa carte professionnelle avec son numéro de téléphone.

— Vous avez certainement d'autres obligations bien plus importantes. Je me charge des ouvriers, nous verrons à votre retour. Dépêchez-vous d'y aller. Je veille.

Grace balaya du regard son domicile, comme si elle le voyait pour la dernière fois. La présence de Kenneth qui la saluait au milieu du salon lui parut étrangement familière, comme aurait pu l'être celle d'un père venu garder l'appartement de sa fille pendant qu'elle partait en déplacement.

Troublée, elle fit encore un petit signe de la main à son voisin et courut dans l'escalier pour rejoindre sa voiture. Il ne lui restait qu'une trentaine de minutes avant la fermeture des portes d'embarquement. Autant dire que les chances d'attraper son vol étaient minimes.

Lancée à toute allure sur la file de droite, Grace contacta Naïs.

— Je suis en route !

— Je suis déjà assise, l'embarquement est presque terminé, tu n'y arriveras pas.

Grace raccrocha, sans un geste de colère, concentrée. Le prochain vol pour Nuuk était dans trois jours. Ce n'était pas concevable.

Le GPS indiquait encore vingt minutes avant l'aéroport. Elle écrasa la pédale d'accélérateur. Malgré la bonne tenue de route de son SUV, le volant vibra entre ses mains, et plusieurs fois, elle frôla dangereusement la glissière de sécurité pour doubler un véhicule trop lent à se rabattre. En quelques secondes, le GPS abaissa son estimation à seize minutes de temps restant avant destination. Ce ne serait pas suffisant. Mais quitte à voir l'avion décoller sous ses yeux, elle irait jusqu'au bout.

Quinze minutes plus tard, à 21 h 26, elle abandonnait sa voiture sur le dépose-minute, provoquant un mouvement de panique parmi les voyageurs inquiets de voir cette femme jaillir de son véhicule et partir en courant.

Elle avisa le tableau des départs, repéra immédiatement la porte d'embarquement de son vol avec l'annonce « dernier appel » qui clignotait en rouge. Il lui restait quatre minutes. Elle se faufila entre les voyageurs, en bousculant certains, sauta par-dessus un chariot, évita de justesse une petite fille qui lui coupa la trajectoire en riant.

— Poussez-vous ! cria Grace en avalant deux par deux les marches de l'escalator.

Une femme se retourna et haussa les épaules sans bouger ses affaires. Grace trébucha sur l'une des valises et se cogna le front contre la rampe de l'escalier mécanique.

Refusant de céder à la douleur qui cingla son crâne, elle s'était déjà relevée et coupait toute la file d'attente menant aux contrôles de sécurité. Les poumons en feu, un goût de sang dans la bouche, elle sprinta avec tout ce qui lui restait de force.

— Attendez ! lança-t-elle. Police !

Tout le monde se retourna sur son passage et un mouvement de panique commença à s'emparer des voyageurs.

Grace percuta presque le comptoir du poste de sécurité. Un officier porta sa main à sa ceinture pour saisir son arme. Grace posa précipitamment son badge, son passeport et son téléphone devant lui.

— Je suis inspectrice de police, je dois prendre cet avion. C'est une urgence nationale.

Derrière la vitre pare-balles, désarçonné, l'officier dévisagea cette femme qui venait de débouler comme une furie.

— Arrêtez l'avion, je dois prendre ce vol, répéta Grace.

Quatre militaires en patrouille dans l'aéroport débarquèrent et la mirent en joue avec leurs fusils mitrailleurs.

— Ne bougez plus ! ordonna l'un d'eux.

— Je suis inspectrice de police. Vérifiez mon matricule, rétorqua Grace. Faites vite !

Elle pouvait presque sentir les canons des armes pointés sur sa tête.

— À plat ventre !

Elle s'exécuta, sous les expressions médusées des voyageurs. Elle vit des bottes s'approcher quand soudain, la voix de l'officier des douanes retentit.

— C'est bon, elle dit vrai.

— Relevez-vous ! lança l'un des membres de la sécurité.

Grace se redressa.

— Dites-moi que vous avez pu arrêter le vol, s'enquit-elle auprès du douanier.

— Madame... je suis désolé, mais l'appareil vient de partir pour la piste de décollage.

Grace sentit la nausée lui soulever le ventre. Elle s'appuya sur la tablette du comptoir.

Le sol et le plafond se mirent à tourner. Ses oreilles bourdonnèrent sous l'afflux sanguin.

Dans le maelström de son malaise, elle crut entendre un bruit aigu. Elle chercha maladroitement son portable, mais aucun appel n'était signalé sur son écran.

Elle leva la tête et vit que le douanier avait décroché son combiné téléphonique. Son visage était déformé par l'incrédulité.

— Madame… Campbell. Nous allons vous conduire sur la piste.

Grace n'était pas certaine d'être encore éveillée.

— Pardon ?

— Le décollage a été retardé pour vous attendre. En revanche, dépêchez-vous, il ne vous reste que cinq petites minutes. Voulez-vous nous confier votre arme de service ?

Éberluée, mais consciente qu'elle n'avait pas le temps de demander des explications, Grace sortit son pistolet et le déposa sur le comptoir. Un autre officier, qui se tenait à l'écart et portant une mallette sécurisée, approcha pour y enfermer l'arme, avant de remettre un certificat à Grace.

— Pour la récupérer à Nuuk. Bon voyage.

En moins de trois minutes, Grace se retrouva sur le tarmac. Elle grimpa les marches de l'escalier amovible, le visage fouetté par le vent et les odeurs de fuel. Ses jambes tremblaient d'épuisement et elle devait assurer chacun de ses pas. Mais elle finit par atteindre la cabine et une main tendue la fit franchir le seuil.

Un autre membre de l'équipage verrouilla immédiatement la porte derrière elle. Le steward qui l'avait aidée à monter la fit traverser le couloir central de l'avion, sous les regards mi-fascinés, mi-courroucés des voyageurs déjà installés.

Bientôt, Grace aperçut Naïs, qui s'était redressée pour l'accueillir. Sans même qu'elle l'ait prévu, l'inspectrice lui tomba dans les bras et les deux femmes s'étreignirent, avant que Grace ne prenne du recul, un peu embarrassée par cet élan d'intimité.

— Comment as-tu fait ? ânonna-t-elle en reprenant ses distances.

— L'appareil est affrété par une filiale d'American Airlines, chuchota Naïs. Le Pentagone connaît bien le patron de la compagnie, qui a bien voulu appeler lui-même la direction de l'aéroport de Glasgow pour demander un délai supplémentaire avant le décollage. Je n'étais pas certaine que tu arriverais, mais il fallait que je tente... Tu as assuré, Grace.

— Merci à toi et au... Pentagone...

— Je pense que c'est la première et la dernière fois qu'une dérogation pareille est acceptée, mais tant mieux pour nous...

Grace laissa retomber sa tête sur son siège et attacha sa ceinture. L'avion roula quelques instants, tourna au bout de la piste de décollage, poussa les réacteurs, prit de la vitesse et se cabra pour enfin gagner les cieux.

Assise côté hublot, Grace vit la terre d'Écosse s'éloigner. Elle ne parvenait pas à croire qu'elle avait réussi. À ses côtés, Naïs, sans doute consciente que sa coéquipière avait besoin de reprendre son souffle et ses esprits, lisait un guide touristique sur le Groenland.

Le pilote autorisa les passagers à détacher leurs ceintures. Grace, qui se sentait poisseuse et brûlante, quitta son siège pour aller se rafraîchir aux toilettes, au fond de l'appareil.

Cherchant à deviner ce que cette femme avait de si spécial, tous les voyageurs l'épiaient avec plus ou moins de discrétion. Un peu gênée, Grace les ignora tous. Tous sauf un, qui la dévisagea avec arrogance, ses écouteurs sans fil enfoncés dans ses oreilles, caressant d'un doigt d'honneur faussement distrait sa petite barbe bien taillée.

– 37 –

Naïs jeta son guide touristique sur sa tablette, son regard d'acier tremblant de colère. Grace venait de lui avouer tout ce qu'il s'était passé entre elle et l'assassin. Y compris que le tueur était dans le même avion qu'elles, à quelques sièges derrière.

— Tu te rends compte de ce que tu as fait ? Juste pour protéger... je ne sais même pas quoi... dans ta foutue pièce cachée ! siffla Naïs, furieuse. À cause de toi, ce salopard est presque sur nos genoux et il en sait autant que nous pour retrouver Neil !

Naïs manifestait une telle rage que Grace se demanda si la présence des autres voyageurs n'était pas l'unique raison qui retenait l'agente de la DIA de la frapper.

— Tu ne vois pas que cette affaire est d'une ampleur qui va au-delà de ta petite vie privée ? insista Naïs. J'ai détruit mon couple, abandonné peu à peu ma fille qui a douze ans à présent, renoncé à tous mes rêves de vie de famille et je crève chaque jour de cette culpabilité. Tout ça pour retrouver Anton et maintenant pour mettre la main sur Neil avant Olympe ! Et toi, tu anéantis tous mes sacrifices en cédant à un minable chantage qui ne mettait même pas une vie en jeu ?

Naïs allait ajouter quelque chose, mais elle quitta brutalement son siège. Grace la rattrapa par l'avant-bras. Sans virulence, mais avec résolution.

— Je crois que nous avons plus besoin de nous parler que de nous séparer. D'autant qu'il nous observe certainement et qu'il va exploiter la moindre faille entre nous. Écoute-moi. S'il te plaît.

Après un bref moment de réflexion, Naïs fit jouer ses épaules et étendit ses bras au-dessus de sa tête, comme si elle avait juste eu envie de s'étirer un peu. Elle chercha l'assassin grâce à la description que Grace lui avait faite. Nul besoin de faire un effort pour le trouver : il la dénudait des yeux de sa place, son sourire satisfait et agaçant au coin de la bouche. Elle l'ignora et se rassit.

— À Nuuk, je vais descendre dans les premiers, chuchota Grace. Tu te débrouilles pour retarder les passagers. Ça me laissera le temps d'expliquer à la police de l'aéroport qu'il faut arrêter ce type.

— Et pour quel motif ? On n'a rien contre lui. D'ailleurs, il le sait, sinon, il ne se serait pas risqué à prendre le même vol que nous.

— Ou justement, il prend le risque parce qu'il n'y en avait aucun autre pour Nuuk avant trois jours.

— Et tu crois que la police groenlandaise va suivre tes ordres alors que tu n'es même pas dans ton pays ?

— Si on ne parvient pas à le faire arrêter, on lui fera au moins perdre du temps pendant que, toi, tu quitteras l'aéroport et que tu fonceras au commissariat pour interroger ceux qui étaient responsables de l'enquête sur les cambriolages.

Naïs détourna la tête.

— Je ne peux pas croire que tu aies balancé toutes nos informations à cet assassin. Avec le mal qu'on s'est donné pour les obtenir...

— Je suis meurtrie par ce que j'ai fait et tu le sais. Je te demande pardon. Mais tu m'as dit toi-même d'arrêter de culpabiliser et d'avancer. Je ne fais que suivre ton conseil.

Naïs poussa un long soupir.

— Je ne peux même pas me reposer en sachant qu'il est derrière. Il peut rappliquer à côté de nous n'importe quand.

— Dors si tu veux, je vais rester éveillée pour lire, de toute façon. Je garderai un œil sur lui.

Une hôtesse de l'air poussant un chariot arriva à leur hauteur et leur proposa une boisson. Grace et Naïs acceptèrent un verre d'eau. L'Américaine ferma les paupières.

— Grace...

— Quoi ?

— Que caches-tu derrière cette porte blindée, chez toi ?

Grace se doutait que Naïs finirait par lui poser la question et elle n'avait évidemment aucune envie de répondre.

— Ce sont tous mes amants.

Naïs se redressa.

— Tu te fous de moi ?

— Non. Ils sont tous là, empaillés.

Naïs la scruta longuement, tandis qu'elle espérait que son explication farfelue mettrait un terme immédiat à une discussion qu'elle ne voulait pas avoir.

— C'est bon, je te laisse tranquille, finit par lâcher Naïs, avant de pencher la tête sur le côté et de fermer les yeux.

Grace s'appuya contre le hublot et réfléchit à la façon dont elle allait procéder en arrivant à Nuuk. Elle s'efforça de se concentrer un bon quart d'heure, jusqu'à ce qu'elle convienne de l'absurdité de la situation. Elle se dirigea alors à l'arrière de l'appareil. Parvenue à hauteur de l'assassin, elle s'arrêta au milieu de l'allée et le sonda de ses grands yeux noisette.

– 38 –

L'assassin d'Anton leva un sourcil interrogateur teinté d'agacement, l'air de demander ce qu'elle attendait.

Grace voulait le voir de près, comme pour mesurer la réalité de son existence.

Il la déshabilla du regard et Grace le laissa faire pour mieux le percer à jour. Il s'attarda sur les formes arrondies de sa poitrine et se pencha même pour admirer ses fesses. Pendant ce temps, la jeune femme enregistrait la façon dont il bougeait, les détails de son apparence, la vitesse à laquelle ses yeux se déplaçaient, l'équilibre de son corps, son odeur, même. C'était sans aucun doute quelqu'un de très nerveux qui mimait la nonchalance. Ses faux ongles posés dans un souci esthétique devaient dissimuler les extrémités rongées de ses doigts. Sous cette assurance arrogante, il cachait un manque certain de personnalité, à en juger par la forte odeur de parfum qui se dégageait de lui à chacun de ses mouvements. Des mouvements dont elle mesura la redoutable rapidité, l'agilité et la précision. À l'image de ses yeux, qui malgré leur dédain n'en manquaient pas moins de repérer d'infimes détails, comme lorsque Grace changea imperceptiblement d'appui sur ses jambes et que l'assassin se recula immédiatement.

— Que voulez-vous ? finit-il par dire en retirant les écouteurs de ses oreilles.

Elle avisa une place libre près de lui, de l'autre côté de l'allée, où elle prit place.

— Pourquoi Anton et Neil sont-ils si importants pour Olympe ? demanda-t-elle.

— Quand je suis venu chez vous et que j'ai commencé à dévoiler à tout le monde ce qui vous appartenait, vous n'avez pas aimé. Eh bien, là, c'est la même chose.

Il se rapprocha pour chuchoter, afin de ne pas dévoiler la teneur de leur conversation aux autres passagers.

— Comme vous devez le savoir, ces deux hommes sont des propriétés d'Olympe, il est normal qu'ils veuillent les récupérer. Et anormal, pour ne pas dire illégal, que vous les en empêchiez.

Grace fut surprise par sa voix claire et son vocabulaire élaboré, bien éloignés du langage vulgaire et d'un niveau médiocre qu'il avait employé chez elle.

— Aucun être humain n'est la propriété d'un autre, répliqua-t-elle.

— Humm. Ça se discute. Mettons de côté la notion d'esclavage ou de sujets dont la démonstration est évidente. Mais prenons tout simplement des parents. Ne sont-ils pas propriétaires de leur enfant, au moins jusqu'à sa majorité ? À la garderie, à l'école, on dit bien : « À qui est cet enfant ? » Si on vous volait vos enfants ou qu'ils fuguaient, ne feriez-vous pas tout pour les retrouver, Grace ?

— Anton et Neil sont donc les enfants d'Olympe ?

— C'est une métaphore. Disons qu'Olympe a suffisamment contribué à l'existence qui est la leur pour se sentir responsable de ces deux hommes. Surtout si cet Anton et ce Neil ne sont pas ceux que vous croyez.

— C'est-à-dire ?

— Imaginez toujours que vos enfants vous échappent. Vous les aimez, certes, et vous voudriez les retrouver. Mais supposons maintenant qu'ils soient dangereux pour autrui, des personnes cruelles, méchantes, et qui, par leur niveau exceptionnel d'intelligence, sont en mesure de provoquer des catastrophes causant la mort de milliers ou de millions d'individus. N'auriez-vous pas une urgence supplémentaire à les retrouver, à les convaincre de revenir à la maison, et les rendre raisonnables un peu fermement ?

Grace repensa à la façon détestable dont Anton avait traité frère Colin.

— Qui vous dit qu'Anton et Neil sont du bon côté dans cette affaire, inspectrice Campbell ? murmura l'assassin. Et si vous aidiez les mauvaises personnes ? Vous êtes-vous un instant posé la question ? Votre métier n'est-il pourtant pas de voir au-delà des apparences ?

— Si vous êtes du côté de la justice, pourquoi ne travaillez-vous pas avec la police pour retrouver ces deux hommes ?

— Ahhh... peut-être parce qu'Olympe ne veut pas que tout le monde soit au courant de ses secrets de famille, qui pourraient nuire à sa réputation. Vous savez, comme un enfant délinquant qui ruinerait la carrière politique de son père ou de sa mère. On préfère régler cela nous-mêmes.

Elle se laissa le temps de façonner sa réponse.

— Je vais vous donner mon point de vue, Gabriel, commença Grace d'une voix étouffée par le bruit des réacteurs. Je pense qu'Anton et Neil ont fui Olympe quand ils ont compris quels étaient les véritables desseins de cette entreprise. Ils ont refusé que leur intelligence soit exploitée pour ces objectifs. Et vous voulez les retrouver avant qu'ils ne réunissent assez de preuves pour dévoiler au monde ce qu'Olympe prépare vraiment.

— Si c'est votre conviction, alors je suis au regret de vous dire que l'un de nous laissera probablement sa vie dans cette course... Maintenant, si vous voulez bien, je vais prendre un peu de repos, la faible luminosité du Groenland à cette époque a tendance à jouer sur l'énergie vitale dont vous et moi allons avoir besoin.

— Pourquoi avez-vous liquéfié le cerveau d'Anton Weisac ?

Le jeune homme soupira.

— Lorsqu'on ne peut pas désamorcer une bombe, on est obligé de la détruire.

Grace en avait assez entendu. Elle s'apprêta à se lever, mais Gabriel reprit la parole. Toujours en s'assurant que seule l'inspectrice puisse clairement comprendre ce qu'il disait.

— Entre nous, cette excérébration était une première pour moi. Je ne vous cache pas que cela a été un peu compliqué de maintenir Anton en place pendant que je lui perçais les cavités nasales pour atteindre son cerveau. Les spasmes de douleur devaient être trop violents. Et puis, Dieu sait ce qui a pu lui passer par la tête quand la tige a commencé à triturer ses méninges. J'ai malheureusement dû l'assommer pour finir le travail correctement.

Grace réprima un haut-le-cœur et eut à peine le temps de voir l'assassin se pencher vers elle. Il était allé si vite.

— Vous savez quoi, je crois que j'ai pris goût à cette forme d'exécution, siffla-t-il. Alors, quand ce sera votre tour, inspectrice, je m'y prendrai mieux et vous serez pleinement consciente lorsque je raclerai le crochet sous votre boîte crânienne pour faire de votre cervelle une bouillie bien fluide qui vous coulera ensuite par le nez. Ou peut-être prendrai-je mon temps pour hacher les zones de votre cerveau les unes après les autres, pour que vous puissiez me décrire au fur et à mesure de l'opération ce que vous ressentez. Je vais y réfléchir.

Grace se refusa à servir plus longtemps d'exutoire au sadisme de cet homme et regagna sa place.

Au lieu de refouler le supplice qu'il lui avait décrit pour penser à autre chose, elle le visualisa, l'imagina frontalement dans ses moindres détails. C'était sa façon à elle de ne pas se laisser aliéner par une menace, si abominable soit-elle. Si cette mise en scène dans laquelle elle se voyait torturée s'avérait extrêmement pénible, elle se l'appropriait. Et évitait ainsi une peur latente qui donnait du pouvoir à son ennemi. Cela ne changeait rien au risque qu'elle encourait, mais elle se dépossédait du rôle de victime dans lequel son adversaire avait essayé de l'enfermer.

Elle avait un jour tenté d'expliquer ce cheminement intellectuel à des collègues qui avaient comparé sa démarche à du masochisme. L'un d'eux lui avait demandé comment lui était venue cette idée malsaine. Grace avait gardé pour elle les épouvantables conditions dans lesquelles elle avait mis en place cette méthode pour sauver son âme.

Son travail de catharsis effectué, elle s'accorda un peu de repos jusqu'à leur escale à Reykjavik, qui dura six heures à cause d'une tempête clouant les avions au sol. Finalement, ils ne furent plus qu'une petite vingtaine à embarquer dans un bimoteur à hélices rouge de la compagnie Air Greenland. Pendant tout le temps de l'escale, les deux inspectrices s'étaient relayées pour surveiller Gabriel et, lors du vol vers Nuuk, c'était au tour de Grace de somnoler un peu.

Trois heures plus tard, une secousse la tirait de son mauvais sommeil.

— On traverse la couverture nuageuse en vue de l'atterrissage, lui annonça Naïs. Prépare-toi. On arrive.

– 39 –

Grace se pencha sur son siège pour regarder par le hublot. Elle se crut encore au-dessus des nuages, avant de comprendre que l'interminable étendue immaculée qui s'étalait de toutes parts n'était rien d'autre que de la glace. Pas une montagne, pas un rocher, pas même une trouée aqueuse n'entamait cette infinie blancheur plombée d'un gris crépusculaire. Le soleil avait pour plusieurs mois déserté cette partie du monde, laissant le ciel se couvrir de cette éternelle semi-obscurité qui rappelait à Grace ce moment où une station de ski si animée dans la journée devient si triste à la tombée de la nuit.

La descente plus nette de l'appareil confina à l'absurde. Comment pouvait-il exister une trace de vie ici-bas ? Une ville et plus encore un aéroport ? Peu d'animaux pouvaient vivre dans ces étendues que la lumière avait abandonnées, cédant la place à des lambeaux de grisaille immobile.

Grace consulta sa montre, de peur que ce ne soit pas l'heure d'arrivée et que le capitaine ne soit, sans leur dire, en train d'amorcer un atterrissage d'urgence. Mais il était bien six heures et demie du matin, heure locale, comme prévu.

— Tu vois quelque chose ? demanda-t-elle à Naïs.
L'agente se rapprocha du hublot.
— J'aurais aimé un paysage plus lumineux...
L'appareil fut brutalement chassé vers le bas et quelques passagers poussèrent un cri. Grace sentit son estomac remonter dans sa poitrine. À ses côtés, Naïs resserra sa ceinture. Toute la carlingue se mit à trembler. Les hélices ronflèrent comme si elles forçaient face à une tempête. Les nuages occultèrent la vue. L'espace de quelques secondes, tous les repères se brouillèrent. À quelle distance du sol se trouvait-on ? À quelle vitesse évoluait l'appareil ? Et puis, des doigts de brouillard s'effilochèrent pour dévoiler sans prévenir le sommet d'une montagne, d'où s'envolaient des volutes de neige arrachée par le vent. Le massif se dressait au-dessus d'un fjord dont les eaux d'acier s'ourlaient de lignes d'écume sous les rafales. L'avion vira à gauche et c'est là que Grace les aperçut. Des lucioles piquaient la semi-obscurité, éclairant de leur halo chaleureux les charpentes enneigées de maisonnettes blotties sur les rives rocheuses du fjord, havre féerique dans l'immensité glacée.

Le pilote annonça l'atterrissage imminent, alors que les bourrasques cherchaient à faire dévier l'avion de sa trajectoire. Dans un dernier sursaut, l'appareil toucha enfin la piste et freina pour atteindre une vitesse rassurante et s'arrêter un peu plus loin.

À peine le signal de bouclage de ceinture éteint, Grace se faufila jusqu'à l'avant, tandis que Naïs se postait au milieu de l'allée en prétextant avoir du mal à ouvrir le coffre à bagages.

— Dernière arrivée, mais pas dernière sortie..., plaisanta le steward en voyant arriver Grace.

— Pouvez-vous contacter le service des douanes et leur demander qu'un de leurs agents m'attende à la sortie ? C'est urgent, précisa-t-elle en montrant discrètement son badge d'inspectrice.

— Euh... nous devons nous inquiéter ?

— Non, cela concerne une affaire interne à l'Écosse.

Le steward disparut derrière l'accès à la cabine de pilotage et revint lorsqu'on déverrouilla la porte de l'avion.

— Un officier vous fera signe à l'arrivée, dit-il, l'air peu rassuré.

— Merci.

Grace jeta un coup d'œil à Naïs, qui avait fait tomber des valises au milieu de l'allée et s'attirait les vives remontrances des voyageurs.

Puis elle referma sa parka et s'empressa de descendre l'escalier mobile, traversa le tarmac et fonça droit vers l'unique bâtiment de tôle gris, qui faisait office de terminal. Ce n'est qu'à mi-parcours qu'elle sentit le froid sur son corps, comme si on venait de lui coller une plaque de métal gelée à même la peau.

Elle courut en direction des portes automatiques surmontées des grandes lettres rouges indiquant qu'elle était bien à Nuuk. À l'intérieur, un agent lui adressa un geste de la main.

Elle lui présenta son badge, qu'il examina longuement, et lui expliqua qu'elle enquêtait sur un suspect soupçonné d'assassinat en Écosse, que l'homme se trouvait dans l'avion qui venait d'atterrir, et qu'il fallait absolument l'arrêter si on ne voulait pas qu'il disparaisse dans la nature.

L'agent lui répondit qu'il devait en informer ses supérieurs, et invita Grace à lui confier ses papiers d'identité pendant qu'elle patientait dans la salle d'arrivée.

Malgré tous les efforts de Naïs, les premiers voyageurs commencèrent à débarquer et à se présenter devant le comptoir des douanes. Grace chercha à parler à l'officier qui ne revenait pas, mais on lui demanda fermement de ne pas franchir la ligne de sécurité.

Naïs entra à son tour dans le petit hall, suivie de près par Gabriel, qui faisait mine de ne pas la voir tout en se plaçant tranquillement dans la file d'attente.

Après cinq longues minutes, l'officier des douanes réapparut enfin. Il chuchota quelque chose à l'oreille de son collègue chargé de contrôler les passeports, et retourna voir Grace.

— Nous avons vérifié votre identité et contacté votre supérieur, Elliot Baxter, qui nous a confirmé vos propos. Cela dit, nous ne pouvons pas arrêter cet homme sur notre territoire sans un mandat, inspectrice Campbell.

Grace allait parler, quand il l'interrompit.

— Mais par souci de coopération intelligente entre nos services de police, nous allons le garder auprès de nous, le temps de contacter notre autorité diplomatique, qui dira si nous pouvons extrader cet individu sous votre surveillance.

— OK, répondit Grace, inquiète du délai nécessaire pour une telle procédure.

— En revanche, vous ne pourrez ni l'approcher ni lui parler pendant les formalités de vérification.

Grace hocha la tête et sentit son pouls s'accélérer quand elle vit que deux officiers escortaient l'assassin vers un bureau adjacent, sous les murmures anxieux des autres voyageurs. Gabriel ne manifesta aucune résistance.

De l'autre côté du poste de douane, Naïs adressa un signe à Grace et lui fit comprendre qu'elle prenait de l'avance pour commencer les recherches. Pour la première fois depuis le début de cette affaire, tout se passait à peu près comme prévu.

— Inspectrice, si vous voulez bien me suivre.

L'officier qui avait pris la situation en main l'installa sur une chaise dans un couloir blanc distribuant deux portes.

— Cela peut prendre un certain temps, prévint-il.

Grace se félicita d'avoir Naïs à ses côtés qui faisait avancer l'enquête alors qu'elle poireautait dans ce triste corridor. Les minutes s'égrenaient, et elle se mit à réfléchir à cette nouvelle coéquipière brillante et efficace. Après une – brève – hostilité, un lien solide s'était noué entre les deux femmes, toutefois ne lui avait-elle pas fait confiance trop tôt ? Ce n'était pas dans ses habitudes.

Elle décida de l'appeler, mais sa partenaire ne décrocha pas. Par trois fois, elle retenta, laissant deux messages.

Naïs était-elle si occupée ?

Après une heure à attendre seule, sans réponse, un méchant doute s'insinua en elle.

Naïs ne l'aurait-elle pas manipulée ? C'était une agente de la DIA avant tout, dotée d'une fine expérience de la psychologie humaine. Amadouer Grace en lui jouant la comédie de l'amitié était la façon la plus habile de s'attirer sa protection le temps que Neil soit à portée de main. Depuis leur arrivée à Nuuk, Naïs était complètement libre et n'avait plus besoin de personne pour la seconder.

L'une des portes du couloir s'ouvrit soudain pour laisser passer l'officier. Grace se leva, ses grands yeux marron questionnant déjà son interlocuteur.

— Inspectrice Campbell, comme nous vous l'avons dit, nous avons procédé aux vérifications auprès de notre service diplomatique. Et malheureusement, nous avons dû relâcher votre suspect sur-le-champ.

Grace tressaillit.

— Quoi ? Mais pour quel motif ?
— Il bénéficie de l'immunité diplomatique.
— Il est... diplomate ? Lui ?
— Non, son père, qui n'est autre que l'ambassadeur des États-Unis en Écosse, et comme vous le savez, l'immunité s'applique aussi à la famille. Je suis désolé, je ne peux rien faire. Il a quitté l'aéroport à l'instant.

Grace chercha le dossier de sa chaise du bout des doigts. Malgré l'urgence de la situation, elle devait s'asseoir pour reprendre ses esprits.

− 40 −

Grace récupéra son arme auprès de la douane, retira des couronnes danoises au distributeur automatique et téléphona à Naïs, qui décrocha enfin.

— Je viens de voir que tu m'avais appelée plusieurs fois, dit-elle. Je n'ai pas pu répondre, j'étais en train de négocier, ou plutôt de me battre, avec une flic du coin pour qu'elle accepte de convoquer au commissariat l'officier qui avait enquêté sur les cambriolages et qui, malheureusement pour nous, est en congé. Bref, il va venir d'ici une heure. Comment ça s'est passé de ton côté ?

— Ils l'ont libéré. Il jouit de l'immunité diplomatique de son père, qui est ambassadeur des États-Unis en Écosse.

Un sourire cynique se dessina sur les lèvres de Naïs.

— Il est grand temps qu'on fasse le ménage dans notre administration, réagit-elle. Où est-il maintenant ?

— Où il veut. Ils sont venus me prévenir alors qu'il était déjà parti.

— Il ne peut pas aller enquêter au commissariat, il s'exposerait trop et, tout fils d'ambassadeur qu'il est, il n'aura pas le droit de consulter les dossiers criminels.

Comme on pouvait s'en douter depuis le départ, il va donc essayer de nous suivre. Ce sera à nous d'être vigilantes.

— Je te rejoins au commissariat.

Il était déjà huit heures du matin quand Grace trouva un taxi à la sortie du petit aéroport dans lequel elle s'engouffra en vitesse pour empêcher le froid d'atteindre son épiderme. Les roues craquelèrent sur des plaques de glace et le véhicule suivit une route bordée de congères maculées de boue. Grace se pencha pour regarder devant elle, à travers le pare-brise. Au loin, dominant la ville, la lourde montagne Sermitsiaq, recouverte de neige, ressemblait au dos d'un gigantesque monstre marin dévoilant ses crénelures avant de replonger dans les abysses. Contre son flanc, des collines enneigées cascadaient jusqu'au fjord et laissaient parfois saillir des roches noires sur lesquelles s'appuyaient des maisons colorées de jaune, rouge, vert, orange, bleu ou violet. Elles étaient si semblables les unes aux autres, et si simples dans leur construction que Grace s'amusa à imaginer qu'elle sillonnait un plateau de Monopoly multicolore oublié sur la banquise. Ces habitations aux teintes vives étaient bien la seule source de gaieté sous l'austère ciel bleu nuit qui obligeait les véhicules à allumer leurs phares.

Une odeur pesante et poissonneuse s'insinua dans la voiture tandis que le taxi longeait le port. Des bateaux de pêche ondulaient au gré des vaguelettes et leurs coques cernées de glaçons frottaient contre les pontons rouillés. Plus loin, des cargos amarrés déchargeaient leurs containers parmi les mouettes qui tentaient de maintenir leur trajectoire sous les rafales venteuses.

Par endroits, la neige était souillée de taches rouges et même parfois d'immenses flaques de sang où flottait un morceau oublié de chair de baleine ou de narval, si Grace se souvenait bien de ses lectures.

Le taxi s'éloigna du port pour s'enfoncer dans ce qui devait être le centre-ville, où l'on n'apercevait que très rarement une silhouette humaine anonyme, marchant tête baissée sur un trottoir recouvert de neige. Des lumières filtraient aux fenêtres des maisons et des filets de fumée s'enfuyaient des cheminées pour rejoindre le ciel de crépuscule éternel.

Finalement, la voiture se gara devant le commissariat. Grace régla la course et s'apprêta à affronter l'agressivité de l'air gelé. Une fois dehors, sous un lampadaire éclairant quelques rares flocons de neige, elle fut surprise par le silence. Aucun autre véhicule ne circulait dans les rues. Dans le lointain, on percevait le clapotis du fjord léchant les rochers du rivage, le souffle du vent glissant entre les maisons, et parfois le crissement étouffé de pas sur la neige. Mais une mélopée étrange flottait également sur la ville. Grace recula et chercha l'origine de ce chant. Au sommet de l'une des collines blanches, elle discerna alors la forme rouge d'une église surmontée d'un clocher, d'où s'échappaient les douces voix d'un chœur retombant sur la ville comme les ailes d'un ange. La mélodie était sincère, profonde, et faisait planer un air de magie sur cette terre inhospitalière.

Sans le bruit d'un moteur et d'un curieux frottement qui la fit sursauter, Grace se serait laissé bercer quelques instants de plus. Elle se retourna pour voir passer un pick-up traînant derrière lui le corps d'un phoque qui se vidait de son sang sur la route enneigée. Précédant une sale traînée rougeâtre, le véhicule se gara de l'autre côté de la rue, en face du commissariat. Un homme en descendit pour détacher l'animal et le suspendre à un gros crochet d'une poutre de ce qui devait être sa maison. Puis, il rentra chez lui, comme d'autres regagneraient leur domicile après être allés acheter leur pain. Un instant choquée par l'exposition de cette brutalité, elle réfléchit et se demanda si au fond, elle n'était pas moins violente que la cruauté dissimulée des abattoirs de son pays.

— Grace !

Naïs se tenait sur le pas de la porte du commissariat.

— Ne reste pas dehors ! L'officier est déjà là.

Elle entra au chaud et apprécia l'odeur de café qui flottait dans l'air. Naïs lui tendit d'ailleurs une tasse fumante qu'elle accueillit volontiers entre ses mains.

— Jesper Madsen, c'est son nom, est arrivé plus tôt que prévu, mais j'ai préféré t'attendre pour commencer l'entretien.

Grace s'en voulut d'avoir douté de sa partenaire tout à l'heure, mais elle n'en dit rien et la suivit jusqu'à un bureau où était installé un homme au visage rond et à la moustache fournie. Il reposa le gobelet qu'il venait de porter à sa bouche, et se leva péniblement de son siège pour inviter ses deux visiteuses à s'asseoir.

— Merci d'avoir interrompu votre congé, ce ne sera pas long, commença Naïs. Vous a-t-on expliqué qui nous étions et les raisons de notre venue au Groenland ?

— Oui, oui, Pia m'a raconté le plus gros, répondit l'officier, qui parlait anglais. Alors, dites-moi au moins que vous connaissez l'identité de celui qui a cambriolé ces magasins de sport... le 12 juin 2019, précisa-t-il en soulevant le coin d'un dossier posé devant lui. Et la raison de son acte. Je ne dis pas que ça m'obsède toutes les nuits, mais ça demeure un mystère. Celui ou celle qui a fait ça a pris un gros risque pour voler quelques vêtements et du matériel.

Sans avoir besoin de consulter Naïs du regard, Grace sentit que c'était à elle de parler.

— Son nom est Neil Steinabert. Et s'il a commis ces vols, c'est justement pour ne pas prendre de risque.

L'officier gonfla ses grosses joues en signe d'incompréhension.

— Neil était poursuivi à l'époque des faits. S'il avait acheté son équipement, le commerçant aurait pu parler à un moment ou un autre à ceux qui étaient à ses trousses. En volant, il restait anonyme.

— Ah… bah, déjà, je ne me serai pas déplacé pour rien.

— Et donc, vous n'avez même jamais soupçonné personne, ni arrêté qui que ce soit ? reprit Naïs.

— Non. Celui qui a fait ça a disparu. Et puis, je ne vais pas vous cacher qu'on n'a pas non plus mobilisé toute notre énergie et tout notre temps pour mettre la main sur un type qui a dérobé quelques articles de sport. Après tout, il avait l'air d'avoir déguerpi.

— Vous voulez dire qu'il n'est plus à Nuuk ? Vous en êtes certain ?

— Vous savez, c'est tout petit, ici. On se connaît tous très bien, alors un étranger, ça passe pas inaperçu. D'ailleurs, on a interrogé tous les touristes des hôtels et gîtes du coin, ils avaient tous des alibis, et la fouille de leurs chambres n'a rien donné non plus. Alors, je sais, vous allez me dire qu'un citoyen de Nuuk l'a peut-être caché chez lui…

— Non, le coupa Grace. S'il avait connu quelqu'un de confiance ici, il lui aurait demandé d'aller acheter son matériel à sa place, plutôt que de le voler. Ça ne tient pas.

L'officier tendit un doigt approbateur vers cette inspectrice fort perspicace, comme s'il la félicitait d'une idée qu'il était sur le point d'exposer, mais qui, en réalité, ne lui avait jamais traversé l'esprit.

— Il est donc parti de Nuuk, reprit Naïs. Mais comment ?

— Ça ne peut pas être en voiture, répliqua Grace, il n'y a aucune route qui relie les villes, ici. On est bien d'accord ? demanda-t-elle en regardant l'officier relégué au rang de commentateur face à ces deux femmes qui refaisaient l'enquête sous ses yeux.

— Oui, les routes s'arrêtent net à la dernière maison de Nuuk, après, c'est la nature à l'état sauvage. Mais on peut s'y déplacer en motoneige.

— Oui, sauf qu'en juin, d'après ce que j'ai lu, les températures sont au-dessus de zéro, il n'y a donc plus de neige et la motoneige sur l'herbe et les cailloux, il me semble que c'est un sport hasardeux, non ?

Naïs ne put s'empêcher de sourire face à l'ironie de Grace, et encore plus en voyant le visage joufflu de l'officier prendre des teintes rouges.

— Et à pied, poursuivit Grace, il ne serait pas allé bien loin, en portant tout le matériel volé sur son dos. Donc, c'est une option à rayer également.

— Il n'a pas pu repartir en avion, enchaîna Naïs, alors que le policier ouvrait la bouche pour parler. Outre le fait que ça semble stupide de venir jusqu'ici pour voler quelque chose et s'en retourner aussitôt, on ne voyage pas en avion avec des réchauds à gaz et des couteaux de chasse dans ses bagages.

— Existe-t-il une autre façon de quitter Nuuk, officier Madsen ? le pressa Grace.

Le policier marqua un temps de latence, comme un spectateur surpris d'être interpellé par les comédiens sur scène.

— Il n'en reste qu'une seule… oui, le bateau.

— Pour aller où ?

— Il n'y a qu'une destination. Le tout petit village de Kapisillit, que l'on ravitaille chaque semaine et qui se trouve tout au fond du fjord. Mais il y a à peine une cinquantaine d'habitants, alors autant vous dire qu'un étranger qui débarque pour s'installer là-bas, ça se remarque encore plus.

— Neil Steinabert ne s'est pas installé dans un village, expliqua Grace. Le matériel qu'il a volé démontre clairement qu'il se préparait à partir en expédition. Il faut juste que nous sachions d'où et pour aller où. On a peut-être trouvé la réponse à la première partie de la question.

— Quand ont lieu les ravitaillements ? poursuivit Naïs.

— Tous les jeudis.

Grace pianota sur le calendrier de son téléphone pour vérifier le jour de la semaine du 12 juin 2019.

— La veille, déclara Naïs, qui avait eu le même réflexe, mais qui avait été plus rapide. Le 12 juin était un mercredi. Il a donc commis les cambriolages la veille du transit hebdomadaire. Ce n'est probablement pas un hasard.

Grace se leva et s'approcha d'une carte de la région punaisée au mur du bureau. Elle trouva vite Nuuk, et le minuscule village de Kapisillit complètement excentré, vers l'intérieur des terres, à la frontière de l'inconnu.

— Tout le monde peut prendre le ferry qui fait la liaison entre Nuuk et Kapisillit ? demanda-t-elle.

— Oh oui, il y a d'ailleurs souvent des touristes.

— Des contrôles à l'embarquement ?

— Non, aucun, juste votre ticket de transport.

— Si on devait aller plus loin, peut-on louer ou acheter des motoneiges là-bas ?

— L'endroit est assez fréquenté par les touristes, donc oui, il y a un petit garagiste qui fait ça...

— Nous ne sommes que samedi, mais nous devons nous rendre dans ce village, officier Madsen, lança Naïs. Vous avez un moyen de nous y conduire ?

— Eh bien, disons que... je suis en congé, normalement, alors...

— Si on retrouve le coupable de ces cambriolages, ce sera bon pour votre réputation et votre avancement, non ?

L'officier remua ses lèvres sous sa moustache. Il tapota sur son ordinateur.

— La météo n'est pas sûre à 100 %, dit-il après avoir consulté son écran. Donc, je vous y dépose, mais je ne reste pas. D'autant que ça peut vite dégénérer, là-bas, en cas de tempête de neige.

— Comment ça, dégénérer ?

— Vous êtes au Groenland, Mesdames. Ici, c'est l'Amazonie des glaces. L'homme est en sursis. Et si intelligentes que vous soyez, je pense que vous n'êtes pas du tout préparées à ce qui vous attend.

– 41 –

L'officier Madsen donna rendez-vous à Grace et Naïs au port une heure plus tard, le temps qu'il prépare le bateau. Elles en profitèrent pour se rendre dans l'un des magasins d'équipements sportifs que Neil avait visités, afin d'y acheter les vêtements chauds dont elles avaient grand besoin. Tout en choisissant leurs parkas, polaires, gants, sacs à dos, lampes de poche et bottes fourrées, elles cherchèrent à en savoir plus sur le cambriolage qui avait eu lieu à l'époque. Malheureusement, le propriétaire ne leur apprit rien de nouveau. Elles firent ensuite l'acquisition de nourriture lyophilisée et, enfin armées pour affronter les températures extrêmes du pays, elles rejoignirent le port à pied.

Dans les rues enneigées de Nuuk flottait une atmosphère de fin du monde. Il était neuf heures du matin, mais les formes des maisons s'effaçaient dans une lumière grise que les lampadaires jaunes ne parvenaient pas à dissiper. Plus on s'éloignait de l'artère centrale, plus les habitations juchées sur les pentes rocheuses tachées de poudreuse se perdaient dans la froide obscurité où se découpait l'ombre menaçante du mont Sermitsiaq. Il dominait la ville comme un ogre punissant tous ceux qui oseraient troubler son repos. Même l'air semblait retenir sa respiration, faisant planer ce silence de montagne où ne résonnent que les pas crissant dans la neige.

Grace n'entendait que le bruit de ses bottes et celles de Naïs, mais elle avait la sensation que d'autres craquements glacés parvenaient de temps à autre à ses oreilles. Elle se retournait, rabattait sa capuche et scrutait les alentours. Seuls quelques flocons isolés flottaient alors devant ses yeux. À un moment, pourtant, elle jura avoir vu une silhouette masculine se dérober au coin d'un bâtiment. Elle se mit à courir sans même avertir Naïs et s'engouffra dans une ruelle sombre qui longeait l'arrière de quelques maisons. Une forme voûtée fit volte-face. De loin, dans la pénombre, Grace reconstitua le visage d'une vieille femme barré du mauvais sourire de l'assassin Gabriel. L'individu la considéra un instant, puis se retourna et ouvrit la barrière d'une maison.

— Hey !

Grace se lança à sa poursuite. La personne referma le portail derrière elle et semblait accélérer le pas pour gagner son palier. Grace se cogna presque à la palissade en bois et recula d'un bond au moment où un chien bondit sur la barrière en aboyant. Effrayée, elle chuta en arrière, tandis que la porte de la maison s'ouvrait et que la voix d'une vieille femme se faisait entendre du seuil.

— J'ignore ce que vous me voulez, mais lui ne cherchera pas à savoir. Allez-vous-en !

Agressée par la furie du chien, encore sous le choc de la peur, Grace se releva lentement sans quitter la demeure des yeux, dont les lumières s'allumaient une à une. Une ombre se plaça dans l'encadrement d'une fenêtre, immobile. Les aboiements du molosse lui percutaient le crâne, comme si on cherchait à lui arracher le cerveau vivante. Et si elle avait laissé son imagination prendre le dessus, elle aurait vu avec certitude la silhouette dans la maison jouer avec un crochet en métal.

— Mais qu'est-ce qui t'a pris ? demanda Naïs, qui venait d'arriver en courant.

Grace sursauta.

— J'ai cru le reconnaître...

Revenue dans la rue principale et reprenant lentement ses esprits, elle expliqua sa méprise.

— C'est angoissant de ne le voir nulle part, termina-t-elle, bien consciente d'avoir été victime de ses propres peurs.

Naïs tourna la tête à gauche et à droite, scrutant les rares ombres mouvantes sous les lampadaires.

— Il n'y a personne. Rien que nous.

— Et s'il avait suivi une autre piste que la nôtre ? ajouta Grace. Peut-être a-t-il déjà retrouvé Neil ?

— C'est peu probable...

— Mais pas impossible. Les déductions auxquelles on a abouti avec seulement quelques informations supplémentaires sont à la portée de n'importe qui prenant un peu le temps de réfléchir.

— Sauf qu'il n'a pas eu ces quelques informations.

Grace n'était pas convaincue, mais elle se contenta de hausser les épaules, encore trop secouée par sa mésaventure pour débattre plus avant.

— Ça va ? s'inquiéta Naïs.

— Oui, ça ira.

Les équipières poursuivirent sans parler, pressant le pas pour gagner le port au plus vite.

Elles venaient d'apercevoir l'officier Madsen qui leur faisait signe du quai, quand le téléphone de Grace sonna.

Elle ne connaissait pas le numéro. Elle proposa à Naïs de rejoindre le policier pendant qu'elle décrochait.

— Inspectrice Campbell ? Capitaine des secours d'Inchnadamph.

La voix était terne et Grace sentit son cœur se serrer.

— Oui...

— Je suis désolé de vous apprendre que le guide qui vous accompagnait, Yan McGregor, n'a pas survécu à ses blessures. Il est décédé il y a une heure.

Une coulée acide transperça Grace, qui porta la main à sa bouche.

— Je tenais à vous informer, car il nous a semblé que vous étiez soucieuse de son état, donc...

Grace n'écoutait plus. Un voile noir avait obscurci sa vue. Elle ne s'attendait pas à cette nouvelle. Au fond d'elle, elle s'était persuadée que Yan allait guérir et que cette expédition dans les grottes de Traligill serait seulement un mauvais souvenir pour lui.

— Inspectrice Campbell ?

— Oui, merci de m'avoir prévenue...

— Bon courage.

Grace raccrocha et n'eut même pas le temps de s'accorder un répit. De loin, Naïs l'appelait et lui faisait comprendre qu'elle devait se hâter.

Des effluves d'essence et de poissons morts s'agglutinaient dans l'air déjà saturé d'une odeur de sang coagulé. Grace s'efforça de respirer par la bouche pour ne pas vomir et elle vit que Naïs se concentrait également pour contenir sa nausée.

— On en a pour deux heures et demie. Dépêchez-vous, je veux rentrer avant la nuit totale, lança l'officier, qui avait déjà démarré le moteur du bateau.

— Comment peut-on revenir à Nuuk si vous repartez après nous avoir déposées ? lui demanda Naïs en descendant sur le ponton.

— Un pêcheur se fera un plaisir d'arrondir sa fin de mois en vous ramenant.

— Mais pas en pleine nuit. Donc, on peut dormir sur place ?

— Il y a une petite pension où on vous donnera un lit et de quoi vous restaurer. Mais avec seulement une cinquantaine d'habitants, qui luttent chaque jour pour leur survie, ne vous attendez pas à du grand luxe.

Les deux femmes jetèrent leurs sacs à dos dans le bateau et embarquèrent. Après avoir largué les amarres, l'air du fjord dissipa vite les lourdes odeurs du port. Un vent glacial flagellant leurs visages et fouettant les tissus de leurs parkas, Grace et Naïs étaient plongées dans leurs pensées, hermétiques à la majesté intimidante des reliefs pétrifiés. Surplombé par les murailles de montagnes aux sommets enneigés, le tracé du fleuve donnait parfois le sentiment de franchir des portes géantes gardées par des figures humaines taillées dans la roche. À ces portails, vestiges d'une ancienne civilisation, succédaient les façades accidentées de glaciers dont d'immenses morceaux menaçaient de s'arracher, pour rejoindre des blocs dérivant au gré du courant comme des paquebots abandonnés. D'un blanc éclatant à leur sommet, les icebergs hypnotisaient les voyageurs imprudents par le bleu translucide qui ourlait leur base flottante. Mais l'officier Madsen, avisé, les contournait à bonne distance pour s'attarder le moins longtemps possible sur ces eaux qu'il savait mortelles sous leur trompeuse quiétude.

— Du nouveau ? demanda Naïs au bout d'un moment.

Grace regardait les amas de glace glisser contre la coque de leur petite embarcation. Elle essayait de ne pas se laisser gagner par la tristesse, mais comment ne pas se meurtrir d'avoir entraîné un jeune homme innocent et plein de projets vers la mort ?

— C'est Yan, c'est ça ? devina sa coéquipière.

Grace hocha la tête.

— Tu sais, reprit Naïs après un long silence, tu me rappelles ma sœur.

Grace fut surprise qu'elle évoque ainsi un membre de sa famille, elle qui avait été si discrète à ce sujet depuis leur rencontre.

— Quand nous étions enfants, c'était toujours elle qui me protégeait. J'étais pourtant l'aînée, mais je manquais de confiance en moi et j'avais un peu peur de tout. Elle, au contraire, savait ce qu'elle voulait et personne ne l'intimidait…

Elle détourna un instant la tête, comme pour chercher ses mots, et reprit.

— Grâce à elle, j'ai eu le temps de me forger une personnalité à l'abri de l'agressivité du monde et je suis parvenue à trouver cette confiance en moi. Je me suis alors dit que c'était à mon tour de m'occuper un peu d'elle. Pour ses trente ans, je l'ai invitée à passer une semaine à New York, chez moi ; elle vivait à Los Angeles et ça n'allait pas très bien avec son mari. À l'époque, je ne travaillais pas encore à la DIA, j'étais professeur de physique au MIT.

Grace leva un regard étonné. Elle n'avait pas imaginé que Naïs ait eu une autre vie avant celle d'agente. Encore moins dans le domaine scientifique, elle qui semblait si peu à l'aise lorsque Grace abordait ce sujet.

— Un collègue qui travaillait sur la recherche géopolitique m'avait dit qu'il y avait des signes de plus en plus précis d'une menace terroriste d'envergure sur le territoire américain. Je n'en ai pas tenu compte parce que j'avais très envie de rendre à ma sœur ce qu'elle m'avait apporté et de la remercier de vive voix pour la première fois de notre vie.

Naïs pencha la tête, alors que le bateau contournait un pic glacé pour s'engager sur un nouveau bras du fjord.

— J'avais un travail à terminer le mardi de la semaine où elle est arrivée. Je lui ai conseillé d'aller visiter le centre-ville sans moi. C'était le 11 septembre 2001. Je ne l'ai revue que le jour de l'enterrement.

Grace fronça les sourcils, profondément peinée pour sa partenaire, dont la voix tremblait.

— Pendant des mois, je me suis reproché de l'avoir tuée. Je ne faisais plus rien, je n'arrivais plus à travailler, je gâchais ma vie. Et puis, un jour, j'ai décidé de donner du sens à sa mort et à mon existence. C'est là que j'ai passé les concours et les tests pour intégrer la DIA, afin de tout faire pour que ce genre de catastrophe ne se reproduise jamais.

— Et tu ne te sens plus coupable, à présent ?

— Si, Grace, tous les jours, mais j'ai décidé que ce serait une pulsion de vie. Et c'est ce combat que je mène à chaque instant en essayant de faire mon métier du mieux que je peux. La différence, c'est que jusqu'ici, je l'ai toujours fait seule. Aujourd'hui, j'ai la meilleure équipière que j'aurais pu espérer rencontrer et je n'ai pas envie de la perdre.

Grace baissa les yeux, émue par ces paroles.

Elle avait tant pleuré à une époque de sa vie que plus rien ne l'avait fait verser une larme depuis près de vingt ans.

Mais là, isolée dans l'immensité glacée, fragilisée par la brutalité de ces dernières heures et surtout bouleversée par la mort de Yan, elle laissa échapper une larme.

Naïs la lui essuya de son pouce ganté, et pinça délicatement la pommette de Grace, comme elle l'aurait fait, tendrement, avec un enfant.

— T'avais une goutte d'eau sur le visage, et ça m'a donné un prétexte pour faire un truc que, normalement, on ne fait pas aux adultes, s'amusa Naïs.

— C'est toi, pourtant, qui parais bien plus jeune que ton âge. Pas moi...

Grace repoussa gentiment sa main et sourit en regardant le paysage, chamboulée par cette rencontre inattendue qui allait désormais bien au-delà de la simple coopération.

— Hey, là..., s'écria soudain l'officier.

Elles tournèrent la tête vers une masse luisante et noire qui venait d'émerger en laissant échapper un jet. Une baleine nagea à leur côté telle une alliée, pendant plusieurs minutes, plongeant et remontant à la surface avec une régularité rassurante. Grace se rendit compte qu'elle avait l'envie naïve de la rejoindre, de se coller à son flanc ou de s'allonger sur son dos, pour éprouver cette union parfaite de la douceur et de la puissance.

Elles la contemplèrent longuement, chacune faisant dériver son esprit vers ses préoccupations, ses inquiétudes et peut-être ses espoirs.

La traversée se poursuivit ainsi dans le calme apparent et l'agitation intérieure. Grace ne cessait de se rejouer le scénario qui avait conduit à la mort de Yan, tourmentant son cœur en imaginant tout ce qu'elle aurait dû faire pour éviter cette tragédie.

— Tu auras besoin de forces, lui murmura Naïs, en lui tendant un morceau de son sandwich au saumon fumé.

Grace la remercia et mangea sans appétit. Elle terminait sa dernière bouchée quand l'officier annonça l'arrivée au village de Kapisillit.

On aperçut alors une poignée de maisonnettes à flanc de colline, qui se fondaient dans une brume glacée, ultime frontière civilisée avant l'immensité sauvage.

– 42 –

Ils mouillèrent dans une anse et amarrèrent le bateau à un ponton en bois qui conduisait à l'entrée du village. Au bout du chemin, un grand panneau indiquait la direction à suivre pour le trek de quatre-vingt-dix kilomètres permettant de rallier Nuuk. À en croire les quelques informations affichées, c'était pratiquement la seule raison pour laquelle les visiteurs venaient jusqu'ici.

— Le garagiste dont je vous ai parlé est au bout de la rue, à droite, lança le policier en désignant l'unique artère du village. C'est la dernière bâtisse avant… avant le vide. Bonne chance, Mesdames. Et, ce n'est pas un conseil en l'air : faites attention.

Il allait tourner les talons, mais se ravisa, comme s'il craignait de ne pas avoir été assez précis.

— Cela veut dire qu'il ne faut jamais perdre à l'esprit qu'ici, la moindre imprudence tourne au drame. Je n'ai pas envie d'être celui qu'on accusera de vous avoir conduites à la mort, hein !

— On fera de notre mieux pour ne pas alourdir votre conscience, répliqua Grace.

— Ouais, ouais. Un exemple parmi bien d'autres : même aux alentours du village, les ours polaires peuvent rôder, contrairement à Nuuk, où ils n'osent plus approcher. Je vous rappelle que c'est l'un des plus gros carnivores au monde. Il ne vous laissera aucune chance s'il vous surprend. Il vous plante ses crocs dans la tête d'abord et vous brise ensuite la colonne vertébrale. Une fois encore, tout va très vite...

Grace fut parcourue d'un frisson désagréable, mais elle acquiesça et salua l'officier, alors que Naïs s'aventurait déjà dans la seule ruelle du village.

En chemin, elles repérèrent rapidement le petit gîte dont le policier leur avait parlé, puis le hangar du garagiste, d'où l'on entendait des bruits de tôle frappée. Le sentiment d'être perdu aux confins de la Terre était encore plus oppressant qu'à Nuuk. Les habitations n'étaient pas assez nombreuses pour se sentir un tant soit peu protégé de la nature. Les plaines enneigées étaient visibles de partout, et la montagne sur le flanc de laquelle avaient été semées les rares maisons penchait dangereusement au-dessus du village. Ici, la communauté était intégralement inuite et on observait de loin ces deux touristes qui ne suivaient pas le chemin habituel des visiteurs. Elles frappèrent à la porte en tôle de l'atelier d'où émanaient des impacts de marteau. Le bruit s'arrêta et un homme au visage maculé de cambouis apparut. Son expression étonnée était à elle seule le témoin de l'autarcie dans laquelle vivait cette communauté. Il les regarda sans rien dire.

— Bonjour, le salua Naïs. Nous aurions besoin de votre aide pour retrouver une personne qui est peut-être passée chez vous il y a quelque temps...

L'homme grogna et leva le menton d'un air entendu. Puis il ouvrit sa porte pour les laisser entrer. Deux motoneiges étaient surélevées sur des trépieds et leur moteur démonté, tandis que traînaient çà et là des pièces détachées de différentes machines. Sur un mur, un fusil était accroché à côté d'une besace, d'un couteau de chasse et d'un collier en griffes d'ours.

— Nous sommes désolées, mais nous ne parlons pas l'inuktitut, déplora Grace. Vous comprenez l'anglais ?

— Un peu, répondit l'homme, en essuyant son nez qui coulait d'un revers de main.

— Il y a un peu plus d'un an, est-ce qu'un étranger, d'un peu moins de trente ans, est venu vous voir pour vous acheter ou vous louer une motoneige ?

Le mécanicien se frotta la tête avec l'une des dents pointues de sa clé à molette. Puis, il se dirigea vers un établi dont il ouvrit un tiroir pour en sortir un cahier taché. Probablement son livre de comptes. Il le feuilleta, puis le rangea et referma le tiroir.

— Étranger n'achète jamais motoneige ici. Il loue seulement. Et beaucoup étrangers louent...

Naïs allait soupirer de déception, mais l'homme n'avait pas fini de parler.

— Un seul a acheté motoneige l'année dernière. Oui. Dans souvenir, il avait comme peur. Lui a vécu dans village cinq mois pour attendre hiver, et après, il voulait acheter motoneige tout de suite. Je n'avais pas. Alors, lui a payé prix très élevé pour acheter motoneige à moi.

Grace vibrait de nouveau.

— Vous l'avez revu ?

— Non, jamais.

— Où est-il parti ? le pressa-t-elle.

— Je sais pas, l'étranger est parti vers nulle part. Étranger fou, mourir de froid et de faim, sûr.

— Montrez-nous au moins la direction, insista Naïs.

Le mécanicien leur demanda de le suivre dehors et leur indiqua un détroit qui longeait la montagne derrière le village et qui s'en allait vers l'horizon.

— Qu'est-ce qu'il y a là-bas ?

— Rien...

— Vraiment rien ?

— Seulement une famille folle. Famille veut vivre comme ancêtres. Mais eux fous de rester là-bas. Vie trop dure. Nous pas comprendre pourquoi eux ne viennent pas au village.

— Vous ne les voyez jamais ?

— Eux venir une fois par an au village, c'est tout. Mais eux pas aimer étrangers du tout. Votre ami pas possible rester là-bas. Pas possible...

— Louez-nous une motoneige, le coupa Naïs.

— Moi pas avoir.

— Et celles-là, dit Naïs en désignant les engins en réparation.

— Motos à gens du village. Pas à louer.

— On vous les achète. Combien ?

Le mécanicien secoua la tête en se lamentant. Il marcha de long en large dans son atelier, comme s'il menait un combat intérieur.

— Vous acheter ? Sûres ?

— Oui.

— Vous payer vingt mille couronnes ?

— Elles peuvent être prêtes quand ?

— Une heure...

Naïs sortit son argent, compta ses billets et déposa le montant exigé sur l'établi.

Le garagiste n'en revenait pas.

— Est-ce que cette famille parle notre langue ? s'inquiéta Grace.

— Non. Pas parler du tout langue des étrangers. Eux pas vous comprendre.

— Alors, pour le même prix, je vais vous demander de nous aider. Vous allez traduire les questions que l'on veut leur poser et nous vous enregistrerons sur notre téléphone, lui expliqua Grace, sous le regard approbateur de Naïs, qui trouvait l'idée fort bonne. On se débrouillera avec des gestes pour comprendre leurs réponses.

Le mécanicien se gratta de nouveau le front avec sa clé et finit par hausser les épaules en acquiesçant.

— À combien de temps se trouve cette famille ?

— Une heure, peut-être, si vous pas perdre ou pas tomber en panne. Je vais donner GPS pour vous guider, si vous voulez.

Grace et Naïs remercièrent le garagiste et s'installèrent dans un coin de l'atelier le temps que les motoneiges soient prêtes. Puis elles recueillirent une dizaine de questions et de formules de politesse prononcées par le mécanicien. Celui-ci leur montra ensuite comment fonctionnaient les engins. En amatrice de deux-roues, Naïs comprit vite, ce fut un peu plus long pour Grace.

— Là-bas, pas téléphone, précisa l'homme. Vous, pas vous perdre. Vous armes ?

— Oui, répondit Naïs en montrant son pistolet.

— Bien...

— Une dernière chose, demanda Grace. Comment dit-on merci en inuit ?

— *Qujanarsuaq*.

Elle l'avait enregistré, mais elle préféra le répéter.

— « Kjanarsouac ».

Le mécanicien fit une moue dubitative sur les compétences linguistiques de Grace, puis il entra dans le GPS les coordonnées de la communauté isolée. Il allait leur dire au revoir, lorsqu'il ouvrit subitement une des sacoches de la motoneige de Naïs et en sortit une boîte marquée d'un logo explosif.

— Vous pas bien avoir ça. Dangereux. Moi avoir oublié enlever.

— C'est quoi ? demanda Naïs.

— Des bâtons dynamite pour déclencher avalanche. Vous n'avez pas besoin.

Le mécanicien s'éloigna et leur adressa un au revoir.

Naïs fut la première à s'élancer. Grace la suivit plus prudemment, avant de prendre confiance et d'accélérer pour foncer vers l'horizon brumeux.

– 43 –

Le mécanicien ne leur avait pas menti. Après une heure de ce qui aurait pu s'apparenter à une errance sans fin dans les étendues de roche et de glace, Grace et Naïs s'aventurèrent dans une plaine immense. Il était un peu plus de quatorze heures quand elles finirent par distinguer de la fumée et des monticules blancs, qui se révélèrent être des igloos construits au milieu de nulle part. Un peu à l'écart, des taches de fourrures grises et blanches parsemaient la neige.

Lorsqu'elles furent assez proches pour couper les moteurs de leurs motoneiges, un homme vêtu d'une tunique de peau fourrée était déjà sorti d'une des trois habitations de glace et les toisait de son visage impassible. Un Inuit de quarante ans environ, qui empoignait fermement un outil à tête de pioche immaculée. Un chien se tenait à ses côtés, tandis qu'une meute entière aboyait à quelques mètres en retrait, les bêtes tirant sur les chaînes de leurs attaches.

Les deux femmes approchèrent à pas mesurés, les mains en évidence. L'homme demeurait immobile, un autre le rejoignit, lui aussi armé, cette fois d'une lance à l'embout d'ivoire muni d'une pointe dentelée. Il poussa un cri et la meute se tut sur-le-champ.

Désormais, on n'entendait plus que le grognement guttural du spitz polaire, dont les babines retroussées dévoilaient de longs crocs effilés.

— Tu as ton pistolet à portée de main ? murmura Grace.

— Je ne préfère pas, ils le remarqueraient et cela ne pourrait que mal tourner.

D'un geste hésitant aussi peu agressif que possible, Grace tendit son téléphone loin devant elle et fit dire la première phrase qu'elles avaient enregistrée, qui, traduite de l'inuit, donnait à peu près cette formule :

Salut à vous. Nous ne parlons pas votre langue, mais nous sommes à la recherche de quelqu'un. Nous voulons savoir si vous l'avez vu. Peut-on vous poser des questions ?

Les hommes se mirent d'abord en garde lorsqu'ils entendirent la voix masculine. Puis l'un d'eux tapa sur l'épaule de son camarade, lui dit quelques mots, et ils adoptèrent alors une attitude moins hostile. Leur échange se poursuivit et l'un d'eux se courba pour retourner dans l'igloo juste derrière lui.

Il en ressortit quelques secondes plus tard, accompagné d'un troisième homme, dont la position voûtée et les rides du visage trahissaient son plus grand âge.

Il posa une main sur le crâne touffu du chien en lui parlant et fit signe d'approcher aux deux arrivantes.

Une fois à leur hauteur, Grace perçut la très forte odeur de cuir frais qui se dégageait d'eux, et eut du mal à ne pas montrer sa gêne. Elle surveillait le chien qui les fixait de son œil noir, tandis que les trois Inuits examinaient longuement ces curieuses femmes qui s'étaient aventurées jusqu'à eux, allant même jusqu'à tourner autour d'elles afin de mieux les regarder. Grace avait l'impression d'être un animal égaré, évalué par les membres d'un autre clan.

Brutalement, le vieillard leur dit quelque chose d'une voix forte qui sonnait comme un ordre, et il pénétra dans l'igloo. Aux gestes des deux hommes restés dehors, Grace et Naïs comprirent qu'elles devaient le suivre. Le chien s'assit à l'entrée et les renifla lorsqu'elles passèrent à ses côtés.

Dans l'habitacle inuit les accueillit une forte odeur de peaux animales, mêlée à la senteur du feu de bois, des poissons séchés et des exhalaisons corporelles.

Grace, qui avait un nez sensible, serait, en temps normal, ressortie immédiatement, mais l'heure était suffisamment grave pour qu'elle dépasse son dégoût.

Elles prirent place sur d'épaisses fourrures, autour d'un foyer qui dégageait une chaleur agréable en projetant ses lueurs orangées et dansantes sur les parois de glace. Lorsque leurs yeux se furent habitués à la faible luminosité, elles se rendirent compte qu'en plus du vieil homme étaient présentes une jeune femme ainsi qu'une petite fille qui ne devait pas avoir plus de dix ans. L'enfant les observait avec un regard fasciné, au fond duquel Grace sembla néanmoins discerner de la crainte. Les deux hommes qui les avaient accueillies entrèrent à leur tour et s'installèrent en posant leurs armes à côté d'eux.

— Vous ne parlez donc pas du tout notre langue ? tenta Naïs.

Personne ne répondit et les membres du groupe se dévisagèrent, l'air d'attendre. Grace leur fit écouter une autre phrase enregistrée sur son téléphone :

Il y a un peu plus d'un an, un étranger solitaire est-il venu ici avec une motoneige ? Où est-il allé ?

Une fois encore, tous s'observèrent en silence, jusqu'à ce que le vieil homme prenne la parole. Il marmonna quelques mots qu'elles ne comprirent pas, mais ses gestes de dénégation furent suffisants.

Grace se sentit brutalement désespérée. Tout ce chemin pour entendre un « non ».

— Il n'est pas exclu qu'ils le protègent, murmura Naïs. Fais-leur écouter la suite.

Nous travaillons pour la police, et nous cherchons cet homme parce qu'il est en danger. Des personnes lui veulent du mal. Ils sont à ses trousses et s'ils le retrouvent, ils le tueront. Nous ne sommes pas là pour l'arrêter, mais pour l'aider.

Grace guetta les réactions, mais il était difficile de lire les expressions dans cette pénombre à peine dissipée par le feu de bois.

Cette fois, la réponse du doyen fut plus longue, mais elle se termina par le même signe de tête négatif.

Grace ne parvenait pas à croire que leur enquête s'arrêtait là. Elle était persuadée que Neil avait rejoint ces gens pour vivre avec eux. Ou, à tout le moins, qu'il était passé par là avant de poursuivre sa route.

— Dans cet igloo, je ne vois aucune trace d'équipements qui ne soient pas typiquement inuits, remarqua Naïs, mais il faudrait pouvoir fouiller les autres habitations.

— Un détail me gêne, poursuit Grace à voix basse, seul l'ancien nous répond. Les autres n'ont pas dit un mot.

— Fais sortir la femme et sa fille, si tu peux, et questionne-les quand vous serez toutes seules, je vais essayer de garder les hommes ici.

— D'accord, mais as-tu une idée pour qu'elles m'accompagnent ?
— Non.

Grace réfléchit rapidement et se résigna vite à la seule excuse valable, bien que gênante, pour tenter d'aller à l'extérieur avec la femme inuite.

Elle se frotta le ventre et commença à grimacer. Naïs comprit et joua le jeu. Elle lui posa une main sur le bras, lui demandant si elle se sentait bien. Les Inuits les regardaient, intrigués. Grace finit par se lever, pliée en deux, mimant une violente douleur stomacale.

— Est-ce que vous avez des toilettes ? s'enquit-elle en geignant. Des toilettes ?

Les deux plus jeunes hommes se mirent à rire et, finalement, la femme sortit de l'igloo. L'ancien, imperturbable, fit signe à Grace de la suivre.

Sous la grisaille, l'Inuite la conduisit jusqu'à un tout petit abri de glace un peu à l'écart et l'encouragea à y entrer. Grace s'exécuta en remerciant avec force gestes. Elle profita de ce temps de solitude dans ces sommaires toilettes pour préparer son téléphone et ressortit deux minutes plus tard, le visage serein. La petite fille avait rejoint sa mère et la tenait par la main, emmitouflée dans son manteau en peau de phoque.

— « Kjanarsouac », balbutia Grace en leur souriant.

La femme fronça les sourcils, l'air de ne pas comprendre. Mais l'enfant esquissa une moue amusée.

Grace chercha le fichier audio sur son téléphone et fit parler le mécanicien à sa place :

Qujanarsuaq.

Le visage de la mère s'éclaircit et elle répondit avec le même mot. Grace lui rendit son sourire et lui fit comprendre qu'elle voulait ajouter quelque chose. Sans attendre, elle relança sur son portable les premières questions qu'elle avait posées dans l'igloo :

Il y a un peu plus d'un an, un étranger solitaire est-il venu ici avec une motoneige ? Où est-il allé ?

À l'écoute de la voix du garagiste, Grace crut discerner une supplique dans le regard de la fillette, que sa mère entraîna par la main. Elle ne comprenait pas la réaction de la jeune femme. Celle-ci fuyait-elle les questions ? Non, ce n'était pas cela... L'Inuite l'interpella vivement et lui montra un point au loin.

Grace vit alors une masse sombre encombrer l'horizon, là où tout à l'heure ne se trouvait que le ciel terne et crépusculaire. Il ne lui fallut pas longtemps pour constater que ce chaos se rapprochait et que le vent s'était levé. Des chiens gémirent, pendant que d'autres creusaient un trou dans la neige pour s'y lover en boule, le museau enfoui sous leurs pattes. Une tempête allait s'abattre sur le camp.

Grace regagna l'igloo. La jeune femme discutait déjà avec l'ancien, qui avait l'air en colère.

— Qu'est-ce qu'il se passe, qu'est-ce qu'elle est en train de lui raconter ?

— Je ne sais pas. J'espère qu'elle parle de la tempête de neige qui est sur le point d'arriver.

— Alors, que t'a-t-elle dit ?

— Rien...

— Tu as pu fouiller les deux autres habitations ?

— Non, elle m'a tout de suite montré la tempête et fait comprendre qu'il ne fallait pas traîner.

Soudain, le vieil homme éleva la voix et repoussa la femme. Celle-ci baissa les yeux avant de regagner le coin qui semblait lui être attribué dans l'igloo, et de serrer sa fille contre elle. Les deux jeunes hommes quittèrent l'habitacle tiède sur ordre du vieillard. Une poignée de secondes plus tard, ils revinrent et lui parlèrent. L'ancien grogna, lança quelques mots et sortit brusquement de l'igloo. Les deux hommes firent de même, après avoir adressé un petit signe de tête à Grace et Naïs.

— Il a dû leur dire que nous devions attendre ici le temps que la tempête soit passée, supposa Grace.

Confirmant son hypothèse, la jeune femme leur tendit des peaux de caribous en leur indiquant une couche.

— Je n'avais pas prévu ça, lança Naïs, et le pire, c'est qu'on n'a plus aucune piste pour retrouver Neil…

— Il faut profiter de l'obscurité provoquée par la tempête pour aller jeter un coup d'œil dans les deux autres igloos.

— Avec les chiens qui vont se mettre à aboyer ?

— Le vent couvrira nos bruits de pas et la neige notre odeur.

— On n'y verra rien, on va se perdre.

— Les igloos sont juste à côté…

Des vapeurs d'eau parvinrent jusqu'à elles alors que la petite fille leur tendait des tasses fumantes. C'était un bouillon de poisson, qui n'avait pas mauvais goût et qui les réchauffa.

Grace salua d'un signe de tête et, tout en posant un doigt sur sa poitrine, elle prononça son prénom à plusieurs reprises. La jeune femme inuite comprit et lui répondit.

— Kaliska.

Puis elle tendit le doigt vers sa fille.

— Ayanna.

Grace leur sourit. À ses côtés, elle vit Naïs qui accordait un regard mélancolique à la petite, se comparant probablement à cette mère qui vivait auprès de son enfant, alors qu'elle connaissait à peine sa propre fille.

L'agente se frotta les yeux.

— Tu n'en peux plus, lui glissa Grace, faisant semblant de croire que ses yeux avaient rougi sous l'effet de la fatigue. Dors un peu, je te réveillerai.

Naïs acquiesça et s'allongea.

Bientôt, seules les braises palpitaient à l'intérieur de la petite habitation. Dehors, le vent hurlait et l'on entendait les flocons de glace cingler les parois protectrices de l'igloo. On était en plein milieu de journée, mais l'obscurité devait être totale.

Grace écoutait les respirations. Celles de la jeune femme et de la fillette témoignaient déjà de leur endormissement. Tout comme celle de Naïs.

Elle s'efforça de réfléchir à ce qui leur resterait à faire si elles ne trouvaient aucune trace de Neil dans ce campement. Quelle nouvelle impulsion pourrait-elle donner à leur enquête ? Grace n'en voyait aucune. Elles seraient donc allées si loin pour rien. Absolument rien.

La mort de Yan la tourmenta avec une acuité accrue par le spectre de l'échec. Cette existence, sacrifiée pour rien.

Et dans l'obscurité froide, il lui sembla voir le jeune homme agonisant dans la grotte, essayant de lui dire combien il aurait aimé vivre. Grace endura son supplice jusqu'à ce que ses nerfs épuisent ses ultimes forces pour la conduire à son tour vers l'endormissement.

Elle se réveilla en sursaut et se redressa sur sa fourrure. Le feu n'était plus qu'un œil écarlate à la paupière lourde et elle en conclut qu'elle s'était assoupie au moins pendant deux heures. Un bruit étrange, venant du dehors, l'avait tirée de son sommeil.

Elle tendit l'oreille. Il ne s'agissait que du vent glissant contre les murs de l'igloo. Non. Le son était trop saccadé, trop aigu, trop humain, surtout. Elle bloqua sa respiration et ferma les yeux.

Sans aucun doute, elle discernait des sanglots. Des sanglots d'enfant.

– 44 –

Du faisceau de sa lampe de poche, Grace éclaira la forme assoupie de la jeune femme inuite, mais ne trouva nulle trace d'Ayanna. Elle hésita à réveiller Naïs, mais elle dormait si profondément qu'elle n'osa troubler ce repos dont elle semblait avoir tant besoin. Elle s'assura que son arme était toujours bien rangée dans son holster, puis elle remonta la fermeture de sa parka, enfila ses bottes et se fraya un chemin vers l'extérieur.

Le contraste avec la chaleur de l'abri fut d'une brutalité inouïe. Des cristaux de glace projetés par le blizzard s'abattirent sur elle avec le débit d'une mitraillette, griffant la toile de sa parka, lui écorchant le visage. Grace chancela et se cogna contre la paroi de l'igloo. Étourdie, elle leva un bras pour se protéger la figure et se redressa péniblement. Les yeux plissés, la tête penchée, les rafales venteuses gémissaient à ses oreilles avec tant d'ardeur qu'elle avait l'impression de se noyer. Pourtant, elle les entendit de nouveau. Les sanglots étaient tout proches. Elle brandit sa torche devant elle, éclairant les épines de neige qui cinglaient à l'oblique. Deux ombres. Une petite et une beaucoup plus haute et plus épaisse. Elle força le pas dans leur direction en dégainant son arme. Les silhouettes se dessinèrent avec plus de netteté, jusqu'à saisir Grace de terreur. La petite fille inuite marchait à côté d'un être mi-humain mi-bête, arborant des cornes tordues sur le crâne, des épaules démesurément larges et de longues griffes.

— Stop ! cria Grace.

La forme hybride s'arrêta. Ayanna eut à peine le temps de regarder en arrière que la créature la saisit par la nuque pour la contraindre à s'agenouiller. Puis le monstre se retourna. Grace recula instinctivement. La vision cauchemardesque d'un anguleux visage osseux aux orbites noires lui fit face. Cet être abominable maintenait l'enfant au sol et leva son autre bras au-dessus de la tête de la petite fille. Elle en était sûre, les lames de ses griffes allaient lui trancher le cou.

— Non ! hurla Grace en visant l'hybride.

Gênée par ses gants, le vent et le froid, son arme lui tomba des mains. Elle renonça à la chercher et fondit droit devant elle. Alors que le bras était sur le point de s'abattre, Grace stoppa sa course effrénée, pétrifiée de sidération. Une forme géante venait de se dresser derrière l'étrange créature. Une gueule surgit des ténèbres et happa le ravisseur. Un hurlement, suivi d'un craquement d'os, fut emporté par le vent, juste avant qu'un terrible rugissement ne déchire la plaine glacée. Cette fois, Grace le vit, penché sur sa victime à la tête à moitié arrachée, la secouant de gauche à droite, comme un bout de viande mou, pour lui briser la colonne vertébrale.

Ayanna hurla de terreur. À la seconde où l'ours serait certain d'avoir neutralisé sa première proie, il attaquerait la deuxième.

Paniquée, Grace courut en arrière, se jeta au sol, ramassa son pistolet, retira son gant droit et fit volte-face. La bête armait sa patte pour enfoncer ses griffes dans le petit corps de l'enfant. La détonation éclata. On entendit un râle de douleur rauque et l'animal furieux arrêta son attaque pour reculer. Du sang tachait déjà sa fourrure blanche sur le flanc droit.

— Ayanna ! hurla Grace.

Mais la petite fille était figée de terreur, recroquevillée. Derrière elle, l'ours s'éloignait en secouant sa gueule dégoulinante de sang. Grace sprinta dans la direction d'Ayanna, sans faire attention au bruit qu'elle faisait. Elle n'était qu'à mi-chemin, quand l'animal fit demi-tour et regarda vers elle. Il la fixait de ses yeux de prédateur affamé.

Grace leva son arme, maintenant son bras immobile malgré le vent. Elle répugnait à le tuer, mais si elle tentait seulement de l'effrayer, le risque qu'il massacre la fillette était trop grand. Cette fois, elle prit donc le temps de viser la tête et pressa la détente.

Rien. Son index était bloqué. Le froid extrême avait gelé le mécanisme. Impossible de tirer. Elle appuya de toutes ses forces et poussa un cri de rage.

L'ours fulminait, secouait son encolure, hésitant à lancer une dernière charge. Elle estima qu'elle était un tout petit peu plus proche d'Ayanna que ne l'était l'animal. Mais les chances de récupérer l'enfant et de fuir avec elle jusqu'à l'igloo étaient minces. Si l'ours se mettait à courir, il n'aurait aucun mal à les rattraper et à les tailler en pièces.

Grace avait survécu à des situations où d'autres auraient vite péri ou abandonné le combat. Elle en était consciente et savait que c'était l'une de ses forces cachées. Mais jamais de sa vie elle n'avait été confrontée à la peur ancestrale et brute de la prédation animale. Ses jambes tremblaient, sa respiration n'était qu'une saccade nerveuse. Rien dans l'évolution de l'espèce ne lui donnait un espoir de survie face à cette bête. Elle ne parvenait plus à réfléchir, elle n'était plus l'humaine au sommet de la chaîne alimentaire, seulement de la viande dont la fonction était de nourrir plus fort que soi.

Un réflexe terrible la gagna : celui de choisir la mort pour mettre fin à l'insupportable peur de mourir. Elle tomba à genoux et se prosterna pour se laisser dévorer au plus vite. La neige lui glaça le front, le vent fouetta son dos, tandis que ses larmes gelaient sur ses joues.

Mais dans l'abattement qui la submergeait, elle crut entendre une petite voix portée par les bourrasques souffler son prénom. Elle releva la tête et vit Ayanna qui la regardait en pleurant. L'image de Yan agonisant au sol dans la grotte, à qui elle avait promis qu'il s'en sortirait, la gifla.

Une décharge de survie et d'intelligence électrisa son cerveau d'*Homo sapiens*. Elle profita de sa position pour ramper avec prudence et lenteur vers Ayanna. Chaque centimètre qu'elle gagnait face à l'ours augmentait un peu ses chances. L'animal fouilla la glace de ses puissantes griffes et leva le museau pour renifler. Oui, il la voyait et savait qu'elle approchait. Mais avait-il encore assez peur de la brûlure infligée par la balle qu'il avait reçue ? Grace le sentit s'agiter et fut convaincue qu'il allait charger. Elle se mit debout et courut à toute allure en direction d'Ayanna.

Au même moment, l'ours se rua vers ses proies et chuta lourdement, surpris par sa douleur au flanc.

Poussant un rugissement de rage, il se redressa sur ses pattes, secoua sa tête en éclaboussant la neige de sang, et, aiguillonné par la douleur, il repartit de plus belle, ses puissantes griffes martelant la glace dans des gerbes de givre.

Grace ne pouvait plus reculer. Fouettée par le vent, rendue sourde par les pulsations de son cœur battant à ses oreilles, elle arriva à hauteur de la petite fille et dérapa, emportée par sa course. Elle aperçut l'ours fondre derrière elle, la gueule ouverte, en furie.

Elle se remit sur ses pieds, empoigna Ayanna et la tira avec elle, en courant comme jamais de sa vie ses jambes ne l'avaient portée. Dans sa fuite éperdue, Grace percevait le martèlement du prédateur qui les talonnait. Il allait les faucher avant qu'elles n'atteignent le refuge des igloos. Le râle bestial souffla dans son cou et l'ours retomba sur elle, lacérant sa parka de ses griffes.

La jeune femme chuta en avant, entraînant Ayanna. Le poids de l'animal l'étouffait et elle aurait voulu qu'il lui brise la nuque pour mettre fin à sa souffrance.

Mais rien ne se passa. Des coups de feu retentirent, des voix s'élevèrent et elle sentit que le corps de la bête ne pesait plus sur son dos. Combien de secondes s'écoulèrent avant qu'elle n'entende l'appel de Naïs ? Grace était bien incapable de le dire. La panique avait brouillé toute notion de temps.

— Grace ! Grace !

Une main l'aida à se relever. Hagarde, elle vit vers l'horizon la silhouette de l'ours s'éloigner, un cadavre désarticulé frottant contre son flanc.

— Ayanna ! hurla Grace.

— Tout va bien, elle est là, tu l'as sauvée, la réconforta Naïs.

La fillette était déjà blottie dans les bras de sa mère, encore tremblante de peur.

Grace sentit les mains de Naïs entourer son visage. Les deux femmes se regardèrent et s'enlacèrent doucement jusqu'à ce que Grace se libère délicatement de l'étreinte.

Que s'était-il passé ? Pourquoi l'ours ne les avait-il pas dévorées ?

— Les hommes auraient pu le tuer, mais ils ne l'ont pas fait, répondit Naïs, qui devançait les paroles de Grace. Ils l'ont fait fuir en tirant plusieurs coups de feu en l'air et l'ont laissé emporter le corps de l'ancien.

— L'ancien ? C'est lui qui...

— Oui.

Épouvantée par ce qu'elle venait d'apprendre, Grace couva Ayanna de toute sa compassion.

La fillette s'approcha d'elle et l'attrapa par la taille en appuyant sa tête sur son ventre. Sa mère les contempla, le visage empreint d'une reconnaissance immense. Même les deux hommes la considérèrent avec un respect solennel. Grace posa une main affectueuse sur les cheveux de la petite Inuite.

— Je suis désolée de ce qu'il t'arrive, ma chérie.

Ayanna se recula.

— Non, tu n'es pas désolée. Tu nous as libérés... avec l'aide de l'esprit du Grand Blanc, dit la fillette.

Elle avait parlé dans la langue de Grace et Naïs, qui la regardaient stupéfaites.

— Mon grand-père terrorisait ma mère et mes deux oncles. Il ne voulait pas que l'on aille au village et il... il me faisait peur... Tellement peur, en venant me chercher la nuit ou pendant les tempêtes... Il disait que l'esprit d'un *anirniit* devait me juger chaque jour. Si je respectais les règles des anciens en disant à ma mère qu'on devait rester ici, alors il me laissait en vie, sinon, l'esprit ordonnerait à mon grand-père de me tuer. Il me traînait dehors toutes les nuits pour me demander si j'avais été une bonne Inuite…

La voix d'Ayanna s'étrangla et Grace la serra contre elle.

— Alors, c'est fini, maintenant ? Vous êtes libres ?

— Oui, lui assura la petite fille. Le Grand Blanc l'a emmené.

Puis, d'un ton plus affirmé, elle ajouta :

— Et on peut aussi te dire la vérité.

Grace et Naïs échangèrent un coup d'œil.

— On sait où est l'homme que vous cherchez, avoua Ayanna. C'est lui qui m'a appris votre langue.

– 45 –

Grace et Naïs filaient à pleine allure, l'une à côté de l'autre sur leurs motoneiges, en suivant la direction que la communauté inuite leur avait indiquée. En ce petit matin, la tempête passée, une pâle lumière s'était résignée à blanchir un peu le ciel gris ; on pouvait considérer que c'était le jour. Après sa lutte contre l'ours polaire, Grace avait échangé longuement avec Ayanna et le reste de la famille. Depuis qu'ils étaient nés, ils vivaient tous sous l'emprise de leur père, qui avait fait de la vie à l'ancienne une idéologie terrorisante. Il avait égoïstement accepté les visites de Neil, qu'ils appelaient « l'étranger », parce que celui-ci était capable de le soigner avec des médicaments rapportés de son pays et plus efficaces que les remèdes traditionnels. En échange, ils lui fournissaient de la viande de phoque ou du poisson, et parfois, des recharges de réchaud à gaz ainsi que de l'essence qu'ils achetaient à Kapisillit. Maintenant que l'ancien était mort, ils allaient très certainement partir vivre au village ou même à Nuuk, pour qu'Ayanna puisse aller à l'école.

Après ces explications, Grace et Naïs avaient passé la nuit avec la famille inuite, attendant que la tempête ne soit plus qu'un mauvais souvenir. L'un des hommes avait réparé le pistolet enrayé. Au réveil, après avoir avalé une collation de barres de céréales issues de leurs provisions personnelles, elles avaient enfourché leurs motoneiges pour rejoindre la tanière de Neil le plus vite possible.

Ayanna leur avait dit d'aller tout droit en direction du nord-est, vers l'un des anciens bras du fjord, qu'elles finiraient par trouver. C'est ainsi qu'après une demi-heure de course dans le désert givré, elles aperçurent une forme inattendue émerger de la plaine. Cela ressemblait à une petite église sculptée dans la glace, mais dont la structure se serait affaissée sur le flanc gauche. Toute la partie supérieure de la construction semblait avoir fondu en une armée de stalactites cristallines, comme des cheveux gelés pendraient d'une tête penchée.

De part et d'autre de cette sculpture aux reflets bleutés, on devinait sur le sol le tracé craquelé d'un cours d'eau aujourd'hui scellé dans la glace. Et pour cause, maintenant qu'elle était suffisamment proche, Grace voyait distinctement la forme prisonnière de la banquise. Ce qu'elle avait pris pour le clocher oblique d'une église n'était autre que le mât d'un bateau incliné dont la coque, le pont, les amarres et la cabine étaient entièrement pétrifiés dans un miroir fantomatique.

Elles ralentirent et descendirent de leurs véhicules une cinquantaine de mètres avant d'arriver au pied de ce qui était censé être le refuge de Neil. Un homme qui se savait en danger et qui, s'il était armé, n'hésiterait probablement pas à tirer sur elles avant qu'elles puissent lui expliquer qui elles étaient.

— Neil Steinabert ! appela Naïs en plaçant ses mains en porte-voix.

Elles attendirent sans percevoir aucun mouvement ni rien entendre. Naïs dégaina son arme et s'approcha. Grace la suivit quelques mètres en arrière, son pistolet réparé en main.

— Je m'appelle Grace Campbell ! Je suis inspectrice de la police de Glasgow. Nous savons que vous êtes en danger. Votre ami Anton Weisac a été assassiné. Le tueur est en route pour vous trouver. Nous venons pour vous protéger !

Seul le mugissement du vent leur répondit. Une brise polaire glissait désormais entre leurs jambes, tels des rubans de givre, et s'enroulait autour de la coque paralysée du navire. Les deux femmes progressaient avec une prudence redoublée, scrutant chaque partie du bateau, à l'affût d'une silhouette ou même simplement du canon d'une arme.

— Neil Steinabert ! insista Naïs. Je m'appelle Naïs Conrad, je suis agente de la DIA, pour le Pentagone. Je collabore avec l'inspectrice Campbell. Vous êtes le seul à pouvoir mettre fin aux agissements d'Olympe. Nous avons besoin de vous ! Et vous avez besoin de nous ! Montrez-vous !

En s'approchant, elles aperçurent les patins d'une motoneige cachée derrière la proue du bateau. Plus aucun doute. Même si personne ne répondait, le lieu était bien habité.

Une échelle aux barreaux enveloppés de glace permettait d'accéder au pont. Naïs fut la première à monter. Grace recula de quelques pas pour être en mesure de la couvrir.

— Neil Steinabert ! reprit Naïs une fois en haut. Nous sommes là pour vous aider. L'homme envoyé par Olympe pour vous tuer ne va pas tarder à arriver, ouvrez-nous. C'est la petite Ayanna qui nous a révélé votre cachette.

Grace rejoignit sa partenaire sur le pont qui était une véritable patinoire. Elle venait d'y poser un pied prudent quand se fit entendre un bruit mécanique derrière le battant menant à la cabine. Quelqu'un venait d'en déverrouiller l'accès. Mais la porte demeurait fermée.

Grace s'en approcha et tourna la manivelle tandis que Naïs s'apprêtait à faire feu. Les deux femmes se coordonnèrent et, dans un souffle d'effort, Grace tira le lourd panneau de métal. Les gonds grincèrent et, emportée par la gravité du bateau penché, la porte claqua contre le mur, grande ouverte. Un gong profond fissura le silence, jusqu'à se perdre dans le lointain.

Grace passa la première, sa lampe de poche calée sous la crosse de son pistolet. Elle pénétra dans un vestibule donnant sur un escalier s'enfonçant dans le noir. Naïs la suivit de près et lui tapa sur l'épaule. Les deux femmes descendirent les marches, les faisceaux de leurs lampes zébrant les ténèbres à la recherche du moindre signe de vie.

Elles atteignirent le palier, où régnait une odeur de métal, d'huile et de brûlé. Et soudain, une voix étouffée surgit de l'obscurité.

— Mon arme est pointée sur l'une de vos têtes.

Grace et Naïs braquèrent en même temps leurs lampes et leurs pistolets dans la direction de la voix. Elles n'illuminèrent qu'un mur métallique percé de gros boulons.

— De là où je suis, je peux vous abattre, mais je suis hors de votre portée. Montrez-moi vos badges.

Grace fouilla dans sa poche intérieure et brandit le sien en l'éclairant de sa lampe. Naïs fit de même avec sa carte de la DIA.

On entendit alors un glissement métallique et un déclic. Un moteur s'enclencha et une ampoule se mit à briller au plafond, révélant une large pièce austère dotée d'une table couverte de feuillets, d'une maigre bibliothèque et d'un espace central avec un tabouret posé à côté d'un réchaud à gaz. À l'écart, un amas de fourrures devait faire office de lit.

Puis émergeant de l'ombre, se profila un homme, les cheveux courts et vaguement ondulés, une figure un peu pataude avec des joues lourdes et un regard triste, peut-être parce que dans les coins, ses yeux s'étiraient vers le bas.

— Neil Steinabert ? hésita Naïs, avec une révérence qui surprit Grace.

— Oui. C'est moi.

Puis il les regarda longtemps sans rien dire et, pendant ce moment de latence, Grace eut la sensation très étrange de connaître ce visage. Oui, elle l'avait déjà vu quelque part. À plusieurs reprises, même. Mais où et quand ?

– 46 –

Naïs avait l'air comme hypnotisée par la présence de Neil Steinabert. Avait-elle, elle aussi, reconnu chez lui quelque chose de familier ? Ou était-ce seulement l'émotion d'avoir enfin réussi à retrouver celui qu'elle cherchait depuis tant d'années ?

— Comment allez-vous, Neil ? demanda Grace, de cette voix douce et prévenante qu'elle avait toujours à l'égard des victimes.

Le savant les contourna et remonta l'escalier pour refermer la porte d'accès à la cabine. Puis il leur fit signe de s'approcher du centre la pièce et y disposa les fourrures qui lui servaient de lit, autour du réchaud à gaz. Le petit groupe s'assit dans le silence troublé par le sourd ronronnement de ce qui devait être un groupe électrogène.

— Comment va Ayanna ? s'enquit Neil.

— Bien, mais elle va certainement regagner Kapisillit ou Nuuk, maintenant que son grand-père est mort.

Il hocha la tête, puis il soupira, comme si, au fond, plus rien ne le touchait vraiment.

— Le jour où Anton et moi avons décidé de fuir, nous nous doutions que notre vie serait difficile. Donc, pour répondre à votre question, je vais comme j'avais prévu d'aller. Mais que savez-vous de moi exactement et comment m'avez-vous retrouvé ?

À son phrasé lent et terne, Grace mesura la pesanteur de son existence dans ce navire glacial, perdu au fin fond du Groenland. Elle lui résuma le déroulé de leur enquête, en mentionnant le meurtre d'Anton et son excérébration, son cabinet secret et ses recherches en astrophysique, les révélations de la plaquette commerciale d'Hadès, puis elle termina en racontant la découverte des cercueils destinés à accueillir les centaines de milliers de victimes de l'abêtissement de la civilisation occidentale.

Neil écouta attentivement, avant de les questionner.

— Que voulez-vous savoir de plus ?

Grace consulta Naïs du regard, mais sa camarade n'avait pas l'air de vouloir, ou même pouvoir, parler. Elle ne décollait pas ses yeux de Neil, buvant chacune de ses paroles.

— Pourquoi avez-vous fui Olympe ? demanda alors Grace.

Neil versa de l'eau dans une casserole qu'il déposa sur le réchaud à gaz avant de l'allumer.

— Au départ, Olympe nous a fourni toute la matière intellectuelle dont nos cerveaux avaient besoin pour se nourrir, s'enrichir, se muscler. Au labo Lugar, en Géorgie, nous disposions de tout ce que nous voulions en termes de confort, de savoir, nous avions accès au meilleur matériel scientifique et, surtout, nous étions libres de travailler sur ce qui nous intéressait. Nous étions le projet Métis.

Quelque part dans les cales du bateau, le groupe électrogène toussota et la lumière vacilla un instant.

— Pardon de vous couper, intervint Grace. Mais comment avez-vous rejoint Olympe au départ ?

— C'est, disons... difficile à raconter. Je ne me sens pas encore prêt. Veuillez m'en excuser. Plus tard, peut-être...

— Très bien, acquiesça Grace, un peu surprise par la réponse. Alors, pourquoi êtes-vous partis d'Olympe ?

— Au bout de quelques années, les dirigeants d'Olympe nous ont fait intégrer une équipe composée d'informaticiens et de statisticiens parmi les plus chevronnés au monde et nous ont demandé d'orienter nos recherches sur un domaine bien précis. Anton et moi étions versés dans la physique et l'astrophysique. C'était notre passion, notre raison de vivre, même, mais Olympe voulait exploiter notre matière grise pour une autre discipline. Au départ, nous avons trouvé cela très intéressant. Puis nous avons vite compris ce qu'ils comptaient faire de nos découvertes.

— Sur quel domaine vous a-t-on demandé de travailler ?

— Les sciences cognitives. Tout ce qui est en rapport avec la façon dont nous apprenons, nous réfléchissons et nous nous comportons. En résumé, sur l'origine et le fonctionnement de l'intelligence humaine. Ce qui inclut les processus de dépendance, la façon dont on brise les volontés et dont on instaure le conditionnement, la fabrication et la destruction de matière grise, les productions artificielles d'hormones du plaisir et leur accoutumance, l'orientation programmée des comportements, etc.

— La science de la manipulation, en fait.

— En quelque sorte.

— Et à quoi Olympe destinait ces recherches ?

— Vous connaissez déjà la réponse, inspectrice.

Elle l'avait en effet trouvée au moment où elle posait la question.

— L'abêtissement généralisé de l'Occident est l'œuvre d'Olympe, inspectrice, ou, plus précisément, de sa filiale Léthé, qui, je vous le rappelle, est le fleuve de l'oubli dans la mythologie grecque. Là se situe le cœur de leurs activités. Toute leur énergie, tous leurs moyens financiers et intellectuels sont mis au service de cet anéantissement de l'intelligence des populations. Et parce qu'ils commençaient à stagner dans leurs processus d'innovation malgré le recrutement de brillants ingénieurs, ils ont fait appel à des QI hors du commun, comme celui d'Anton et le mien, pour développer de nouvelles techniques encore plus performantes. Pour résumer, ils ont voulu utiliser notre cerveau pour rendre les gens plus bêtes, plus vite.

Neil parlait sans éclat, sans élever la voix, comme un oracle annoncerait une fatalité. Il retira la casserole du feu et versa l'eau bouillante dans trois tasses où pendait un sachet de thé.

— Dans quel but, me direz-vous ? poursuivit-il. Parce que cela rapporte des milliards de dollars et un pouvoir inouï. Depuis trente ans, Léthé travaille à l'élaboration de produits et outils qui font croire aux consommateurs que leur utilisation massive les rend plus heureux et plus intelligents. Alors que tout est minutieusement pensé pour les rendre au contraire dépendants, malheureux et surtout de plus en plus bêtes. Ce qui par ricochet permet aux États de manipuler à leur guise leurs citoyens. Les dirigeants d'Olympe ne reculant devant aucun profit, ils ont poussé le cynisme jusqu'à créer Hadès pour vendre les cercueils destinés aux gens qu'ils vont eux-mêmes conduire à la mort.

Grace se frotta le front. Un instant écrasée par tant de perversité, elle faillit perdre le fil de sa pensée. Elle comprenait dans les grandes lignes le schéma de cet abrutissement généralisé, mais il lui manquait les détails.

— Neil, quels sont ces outils qu'Olympe développe ?

Le savant distribua les tasses à ses invitées, puis il se leva pour aller chercher quelque chose dans sa petite bibliothèque. Quand il revint, il tenait dans la main un classeur gonflé de documents et une clé USB.

— Ces dossiers secrets révèlent toutes les techniques qu'Olympe utilise pour servir son projet d'asservissement intellectuel et dont il vend les brevets à de très grosses entreprises. Et je suis au regret, mesdames, de vous annoncer que comme des milliards de personnes sur Terre, vous utilisez ces pièges à neurones tous les jours, sans vous rendre compte qu'ils vous façonnent petit à petit comme Olympe a décidé que vous devriez être : du bétail abruti.

À ces mots, Neil ouvrit son classeur et lorsque Grace entraperçut les noms des clients d'Olympe, elle mesura l'ampleur de la catastrophe.

– 47 –

— Si vous voulez faire tomber Olympe, il faut d'abord que vous mesuriez la gravité des conséquences de leurs actes pour notre civilisation, dit Neil. Je vous révélerai ensuite les noms de leurs clients et surtout le secret que l'entreprise leur vend.

Il sortit quelques feuilles et les déposa devant lui. Grace les ignora, préférant d'abord écouter.

— Je ne sais pas si les documents que vous avez trouvés chez Hadès le stipulaient, commença Neil, mais sachez que la baisse du QI en Occident a débuté au milieu des années 1990, pour s'accélérer dans les années 2000. Ce qui correspond à la période des ventes massives de consoles de jeux vidéo et à l'arrivée progressive des smartphones et des tablettes. Bref, à l'augmentation explosive de la durée d'exposition aux écrans, notamment chez les plus jeunes. Or, vous le savez peut-être déjà, toutes les études sur la question sont indiscutables : la forte consommation d'écrans récréatifs détruit l'intelligence. Les recherches prouvent sans contestation possible que les enfants qui regardent beaucoup les écrans développent un QI inférieur à ceux qui les regardent moins.

— Attendez, exactement comme le document d'Hadès, vous ne parlez que de la décadence de l'Occident. En Asie, par exemple, il me semble que les habitants de cette région du monde sont très accros à leurs téléphones ou leurs jeux... Pourquoi seraient-ils épargnés par la baisse de l'intelligence ?

— Pour deux raisons : la première, c'est que la Chine, le Japon, la Corée du Sud, Singapour et Taïwan investissent des sommes colossales dans l'éducation et valorisent considérablement l'excellence scolaire. Cela permet en quelque sorte de compenser l'intelligence perdue devant les écrans. La seconde raison est plus législative. À Taïwan, des parents qui laissent leur enfant de moins de dix-huit ans trop longtemps devant un écran sont accusés de maltraitance et soumis à une amende de mille quatre cents euros.

— Entendu, mais avez-vous un exemple précis prouvant que ces fameux écrans finissent par rendre plus bêtes ? le relança Grace, qui aimait avoir des preuves solides.

— Il existe plusieurs recherches à ce sujet, répondit Neil en consultant les pages éparpillées devant lui. Tenez, cette étude qui a démontré que pour des enfants de trois à six ans, le fait de se retrouver devant un écran le matin avant d'aller à l'école ou à la crèche multipliait le risque de retard de langage par 3,5. C'est désastreux. Des résultats du même ordre ont été obtenus chez les enfants de six à dix-huit ans. Plus les participants à cette étude passaient de temps devant un jeu, la télé ou leur smartphone, plus leur QI verbal diminuait. Autrement dit, moins ils acquéraient de vocabulaire et moins ils étaient en mesure de saisir l'énoncé d'un problème simple. De futurs adultes incapables de s'exprimer correctement, de se faire comprendre et de comprendre les autres.

Naïs se pencha en avant et saisit une des feuilles noircies de chiffres, de statistiques et de comptes rendus d'expériences étalées par terre.

— Cette étude anglaise portant sur le niveau scolaire est aussi très parlante, confirma Neil. Elle a comparé les résultats d'adolescents de seize ans à un examen national suivant le temps qu'ils avaient passé devant un écran durant l'année. Je précise que tous avaient la même durée de révisions. Ceux qui n'avaient jamais regardé d'écrans ont tous obtenu un A+. Ensuite, plus les élèves sont consommateurs d'écrans, plus leurs notes s'effondrent.

Neil but une gorgée de son thé et secoua la tête. Grace sentait qu'il avait pensé ce discours depuis des années et qu'il avait enfin l'occasion de le partager avec des personnes prêtes à l'écouter et surtout à comprendre l'urgence de la situation.

— Le pire dans tout ça, poursuivit le savant, c'est que l'imagination, source de toute créativité, est aussi détruite par le temps passé devant les écrans. Une étude canadienne a montré que des enfants vivant sans télévision parvenaient à inventer 40 % d'usages possibles en plus pour un objet que les enfants qui la regardent. D'une part, parce que la télé fait le récit à la place de l'enfant et, d'autre part, parce qu'elle le prive d'un temps de jeu dans la vie réelle. Des jeux qui le forceraient à s'adapter à des contraintes physiques très concrètes : lancer le ballon au bon endroit malgré le vent, fixer deux morceaux de bois ensemble sans outils, ou même tout simplement planifier la construction de son village de jouets. Cette expérience de la vraie vie est celle qui nous permet en tant qu'humains de développer nos capacités cognitives et motrices qui sont les socles de l'intelligence.

Neil huma l'arôme de sa boisson, puis contempla sa tasse comme s'il en appréciait chaque courbe, chaque dessin.

— Comment voulez-vous qu'un enfant abruti aux écrans puisse penser et fabriquer un objet aussi simple que ce mug ?

Il regarda dans le vide.

— Comment voulez-vous que l'Occident ne s'autodétruise pas quand on sait qu'à partir de deux ans, les enfants de nos pays cumulent presque trois heures d'écran par jour que les huit à douze ans montent à plus de quatre heures et que les treize à dix-huit ans frôlent les sept heures.

Grace avait effectivement entrevu les dérives des nouvelles générations, mais l'exposé de Neil dépeignait une réalité bien plus grave que ce qu'elle redoutait.

— Et Olympe œuvre donc pour accélérer cette dégénérescence ? conclut Grace, écœurée.

— Oui... Olympe fait tout pour que nous perdions le plus de temps possible sur ces écrans. C'est là que vous allez mesurer l'ampleur de la supercherie, comprendre à quel point tout, je dis bien tout, a été pensé depuis le début pour détruire notre cerveau et nous transformer en mollusques consommateurs. À commencer par toutes les applications numériques utilisées par des milliards de personnes, sur lesquelles Anton et moi avons travaillé un temps : Facebook, Instagram, Tinder, Twitter, Pinterest, Snapchat, Yahoo, Google, Netflix...

Neil chercha une feuille et sembla satisfait de la trouver rapidement.

— Je vais prendre un exemple simple : Facebook. Les gens s'en servent pour communiquer, s'informer, contester, bref, pour se sentir libres de dire ce qu'ils pensent. Pourtant, le but de cette application n'est pas du tout de nous aider à échanger. Ça, c'est ce que l'on nous fait croire pour mieux atteindre le réel objectif : bouffer notre temps. Et ce n'est pas moi qui le dis, mais l'ancien président de Facebook, Sean Parker, qui s'est repenti. Je le cite : « Le truc qui motive ces gens qui ont créé les réseaux sociaux, c'est : comment consommer le maximum de votre temps et de vos capacités d'attention ? » Pourquoi ? Parce que plus vous passez de temps à dire ce que vous pensez, plus ils récoltent de données sur vos goûts vestimentaires, musicaux, vos orientations politiques, vos préoccupations du moment, votre humeur, vos envies de vacances et j'en passe. Et toute cette information, que vous leur donnez en croyant communiquer librement, ils l'utilisent ensuite pour vendre de la publicité ciblée aux entreprises. Tout simplement. Tous les réseaux sociaux connus ne poursuivent que ce but !

— Mais quel rôle joue Olympe là-dedans ? insista Grace.

— Olympe leur fournit une arme terrible puisqu'elle a trouvé comment nous faire perdre notre temps sur les réseaux sans que l'on s'en rende compte. Elle a même mis en place une méthode qui nous donne envie de gaspiller ce temps précieux. Et cette arme dévastatrice remonte... à la préhistoire.

– 48 –

Grace changea de position sur la fourrure, tandis que Naïs trempait ses lèvres dans son thé, sans cesser de regarder Neil avec ce même émerveillement qu'elle arborait depuis que l'homme s'était montré à elles. Ce dernier baissa la tête pour rassembler ses idées.

— Le public ne sait pas que, sous leurs airs de jeunes types cool qui se baladent en baskets et font tout soi-disant au *feeling*, la plupart des patrons de la Silicon Valley ont suivi les cours du fondateur du laboratoire des technologies persuasives de l'université de Stanford, rebaptisé laboratoire de « captologie ». Et l'une des ficelles que l'on apprend là-bas, c'est que l'ensemble de l'humanité, sans exception, est accro depuis des centaines de milliers d'années à une molécule : la dopamine. Une substance chimique que sécrète le cerveau dès que l'on reçoit une récompense. C'est notre talon d'Achille à tous. Dans les années 1950, des expériences sur des rats ont mis en évidence un phénomène très inquiétant. Pour faire simple, on a implanté des petites électrodes dans le cerveau d'un rat. Chaque fois qu'un faible courant électrique passait dans les fils, l'animal fabriquait de la dopamine. On a ensuite montré au rat qu'il pouvait lui-même produire ce faible courant électrique, et donc envoyer cette décharge de dopamine, en pressant un bouton. Personne n'aurait pu imaginer que les rongeurs allaient appuyer sur cette manette sans jamais s'arrêter, au point de refuser de se nourrir, de se reproduire et de dormir, jusqu'à ce que mort s'ensuive !

— Et on peut transposer cette expérience à l'humain ? questionna Grace, qui redoutait la réponse.

— C'est bien le problème, notre cerveau fonctionne exactement de la même manière : contrairement à la faim, à la soif ou au désir sexuel, notre goût pour la dopamine ne connaît pas de seuil de satiété. On en veut toujours plus. C'est cette vulnérabilité de la psychologie humaine que les fondateurs de ces applications comme Facebook, Instagram et autres exploitent avec une précision scientifique. D'où l'invention du like : on me félicite et paf ! dopamine. Un commentaire sous ma publication : les gens s'intéressent à ce que je poste, hop ! dopamine. Le message d'un inconnu qui veut vous parler en privé : je suis impatient de découvrir cette nouvelle interaction, tac ! dopamine. Les autres utilisateurs me demandent en ami : je deviens donc quelqu'un d'important, encore un shoot de dopamine. Facebook, et ses notifications rouge bonbon, a été conçu pour vous dire : il y a toujours une petite récompense à dénicher quelque part. Et si cette récompense n'arrive pas, alors vous allez ressentir le besoin de publier quelque chose. Non pas pour communiquer vraiment, seulement pour mendier quelques likes ou commentaires afin d'obtenir votre dose de... dopamine.

Grace n'utilisait pas Facebook ni Instagram, ni n'importe quel autre réseau dit social. D'abord, parce qu'elle était inspectrice de police, ensuite, parce qu'elle était bien la dernière personne sur terre à vouloir exposer sa vie privée, et enfin, parce qu'elle avait toujours perçu une forme de vacuité dans ces systèmes. Mais elle ignorait avec quel degré de perversion le réseau avait été conçu. Elle chercha le regard de Naïs, qui avait l'air étrangement absente. Était-elle déjà au courant de cette mécanique d'addiction ? Ces précisions lui étaient-elles inutiles ? À moins qu'elle n'attende que Neil leur explique concrètement comment faire tomber Olympe.

— C'est donc Olympe qui a fourni ces méthodes de conditionnement aux géants des réseaux ? demanda Grace pour encourager le savant dans ce sens.

Neil considéra ses deux interlocutrices d'un air triste.

— Non. Olympe est allé plus loin.

— Comment ça ?

— Eh bien, au bout d'un moment, l'humain se lasse de ce qu'il peut obtenir trop facilement. Une récompense trop prévisible procure moins de dopamine. Alors, le groupe d'ingénieurs d'Olympe dont Anton et moi-même faisions partie a mis au point un autre système. Une astuce si géniale, si perfide qu'elle est aujourd'hui utilisée par tous les réseaux sociaux, mais aussi les créateurs de jeux sur smartphone et tablette.

Le scientifique se leva pour prendre une boîte posée sur l'étagère de sa petite bibliothèque. Il l'ouvrit devant ses deux visiteuses et en sortit un téléphone portable.

— Dans notre centre de recherche de l'ancienne République soviétique de Géorgie, nous avons conduit plusieurs expériences dont je suis loin d'être fier.

Neil alluma son téléphone et lança une vidéo. Sur l'écran apparut l'image d'un laboratoire dans lequel on apercevait en arrière-plan des cages abritant des macaques. Puis la caméra s'orienta vers un spécimen qui fit froncer les sourcils à Grace. Le pauvre animal avait toute une série d'électrodes fixées à même le crâne.

— Ces capteurs enregistrent les messages électriques que le cerveau génère, et nous indiquent donc les zones sollicitées au moment de telle ou telle action. Ce qui nous permet de mesurer en direct la quantité de dopamine produite par le cobaye.

Le singe était assis sur un siège et, devant lui, se trouvait un verre en plastique muni d'une paille. Au-dessus était installé un distributeur de boisson équipé d'un gros bouton rouge.

— Au début de l'expérimentation, nous avons réglé la machine de telle sorte que chaque fois que le singe appuie sur le poussoir, du jus d'ananas, dont il raffole, coule dans le verre, expliqua Neil.

On voyait en effet l'animal l'enfoncer et obtenir sa ration, qu'il buvait avidement. Sur un écran fixé à côté était inscrite la dose de dopamine sécrétée par son cerveau, qui augmentait à chaque gorgée. Après avoir actionné le mécanisme trois fois d'affilée, le singe quitta son siège pour aller faire autre chose. Il y revint une heure plus tard et ainsi de suite.

— Voilà ce qu'il se passe si la dopamine est délivrée chaque fois que l'animal fait le bon geste. Il obtient sa récompense, ensuite il vaque à ses occupations et revient à la machine seulement quand il ressent l'envie d'une nouvelle dose de jus d'ananas. Mais maintenant, regardez comment il réagit si on triche et qu'on ne distribue plus la boisson chaque fois qu'il appuie sur le bouton, mais de façon aléatoire.

Le film le montra alors entrer dans le laboratoire, grimper sur la chaise et appuyer sur le bouton rouge comme il avait l'habitude de le faire. Le jus ne coula pas. L'animal parut surpris et tapa plus fort sur le poussoir. Toujours rien. Il s'acharna comme cela une bonne dizaine de fois et soudain, le précieux liquide se déversa. L'écran affichant le taux de dopamine indiqua un niveau de sécrétion bien supérieur à celui mesuré lorsque le jus était distribué de façon prévisible, à chaque pression. D'ailleurs, le singe s'empressa d'appuyer encore et encore, sans récompense, jusqu'à la trentième tentative, où il put de nouveau remplir son verre, provoquant une explosion du taux de dopamine.

— L'expérience dure plusieurs heures, commenta Neil d'une voix malheureuse. Le taux de dopamine n'est jamais redescendu, et le singe n'a plus quitté son siège, poussant frénétiquement le bouton. On avait rendu ce pauvre animal totalement esclave à l'aide d'une astuce cruelle mais imparable : la récompense aléatoire.

Fascinée, Grace avait pourtant besoin d'éclaircissement.

— Mais les humains comme les animaux sont logiquement plus heureux quand ils savent à l'avance comment ils vont se nourrir ou réaliser telle ou telle action nécessaire à la survie. Comment se fait-il que l'incertitude soit source de plaisir ? Ce devrait être le contraire, non ?

— Ce n'est pas l'incertitude en soi qui génère le plaisir. L'incertitude crée une situation d'attente et d'espoir si intense, que lorsque la récompense tombe enfin, le plaisir est démultiplié. Il suffit alors de bien doser doute et récompense pour rendre les gens accros à un jeu ou une application.

— C'est donc ce principe de récompense aléatoire qui se trouve au cœur des outils conçus par Olympe et qu'utilisent les géants du numérique ? demanda Grace.

— Oui. C'est Olympe qui leur apprend à introduire cette arnaque dans chacun de leurs produits. L'algorithme de Tinder, l'application de rencontres, vous promet de vous proposer des profils de personnes qui vous correspondent parfaitement. En vérité, le programme pourrait le faire en quelques secondes. Mais vous ne deviendriez pas accro, car vous auriez tout de suite votre récompense. Donc, Tinder introduit exprès un principe d'incertitude. Vous faites défiler les gens pendant disons dix secondes. Vous voyez quelques profils vaguement intéressants, d'autres qui ne vous attirent pas du tout, et puis, soudain, un profil que vous adorez ! C'était inespéré : shoot de dopamine. À partir de ce moment, vous vous dites que ce genre de récompense peut tomber n'importe quand. Vous allez donc faire défiler des profils encore et encore dans l'espoir de revivre cet état de satisfaction. Tinder n'est plus une application de rencontres, elle devient un jeu. Chez Olympe, on a d'ailleurs appelé cette méthode la *gamification*.

— Vous parliez de Facebook, tout à l'heure, le relança Grace. Ils utilisent le même principe ?

— Parfaitement. Son fil d'actualité pourrait beaucoup mieux cibler les informations qui vous intéressent, mais vous y passeriez moins de temps. Donc, en moyenne, pour cinq *posts* qui ne vous ciblent pas, vous en avez un qui tombe pile sur ce qui vous intéresse et vous apporte cette petite dose de satisfaction dopaminée. Comme pour Tinder, vous vous dites qu'une autre « récompense » peut arriver d'ici cinq ou dix pages. La *gamification* est enclenchée, et l'utilisateur se retrouve dans une spirale infernale. Quel que soit le réseau social grand public, c'est le même principe. C'est ainsi qu'on a calculé qu'un Européen fait défiler l'équivalent de cent quatre-vingt-trois mètres de pages par jour sur son téléphone. C'est... je ne sais pas... deux fois la hauteur de la statue de la Liberté à New York.

— C'est exactement le même principe que les machines à sous, conclut Grace.

— C'est tout à fait ça... sauf que toutes ces applications sont déguisées en outils censés vous rendre la vie plus facile, plus attrayante. Donc, c'est encore pire que les machines à sous, qui ont au moins le mérite d'afficher clairement leur fonctionnement aléatoire, et qui, je le précise, sont interdites aux mineurs.

Neil serra les poings.

— Parce qu'à mes yeux, le pire est là. La plupart des applications qui utilisent la *gamification* ciblent en priorité les jeunes. Elles les conditionnent dans des états d'alerte permanents, les poussent à commenter, aimer, ne pas aimer, critiquer sous une pression de la rapidité, à l'exact opposé de l'intelligence qui demande un temps de réflexion. On en fait des machines à clic dépourvues de discernement. Enfin, pas tous...

— Comment ça ? réagit Grace, qui repensait à cette mère qu'elle avait croisée avant-hier et dont le petit garçon avait les yeux rivés sur un téléphone.

— Vous avez constaté qu'Olympe joue sur tous les tableaux sans aucun scrupule. Vous savez donc ce qu'ils ont fait ? Ils ont créé aux États-Unis des écoles garanties sans écran. Pour qui ? Vous l'avez deviné : les enfants des dirigeants de toutes ces entreprises à qui Olympe vend ses technologies d'addiction. Des parents qui travaillent entre autres pour Facebook, Tinder, Snapchat et qui, en coulisses, disent, et je les cite, que leurs enfants ne sont pas autorisés à utiliser cette merde.

La boucle était bouclée, songea Grace. Mais il lui manquait encore un maillon du raisonnement.

— La plupart des applications que vous citez sont gratuites ; comment les entreprises du numérique gagnent-elles de l'argent et payent-elles donc Olympe ?

— C'est simple, plus vous passez de temps sur une application, plus vous interagissez avec elle, plus vous donnez de l'information à une entreprise : ce que vous aimez ou non dans la vie, les gens que vous fréquentez, votre niveau de langage, les endroits d'où vous vous êtes connecté, l'âge de vos enfants, vos peurs, vos espoirs. Ces données sont ensuite revendues à d'autres compagnies, qui vont s'en servir pour vous envoyer des publicités correspondant à votre profil. Voilà d'où vient l'argent. Imaginez une femme qui n'a presque aucun *match* sur Tinder, eh bien, cette information vaudra de l'or pour une entreprise qui propose des relookings, des stages de prise de confiance en soi, ou même des relations tarifées. Les géants du numérique gagnent ainsi des sommes folles sur lesquelles Olympe prélève un très gros pourcentage.

La voix de Neil retomba dans la cabine métallique. On n'entendit plus que le souffle du vent glissant sur la glace et s'infiltrant entre les amarres gelées du navire.

— Vous savez maintenant pourquoi Anton et moi avons décidé de fuir Olympe. Nous ne rêvions que de science, de découvertes, de progrès, d'éveil des intelligences. Alors, pour rien au monde, nous ne voulions être les artisans de l'anéantissement de notre civilisation.

Grace admirait le choix de ces deux hommes, qui les avait condamnés à l'exil à vie et, pour l'un d'eux, à la mort.

— Pourquoi ne dévoilez-vous pas tout ce que vous venez de nous dire sur Olympe à la presse ? Il faut que les gens sachent la vérité.

— Parce que, d'une part, il est beaucoup plus facile de tromper les gens que de leur expliquer qu'ils ont été trompés. Les humains n'aiment pas qu'on leur montre leurs erreurs, ils disent qu'on cherche à les culpabiliser, qu'on leur gâche leur plaisir et que l'on voit le mal partout. Si on avait retiré les jeux du cirque aux Romains sous prétexte de cruauté et d'abrutissement, cela aurait été la révolution...

— Essayez au moins... Vous n'avez pas accumulé toutes ces preuves pour ne rien dire. La faute serait tout aussi inexcusable !

— Vous avez pu constater le temps que j'ai dû prendre pour vous expliquer les coulisses de cette destruction intellectuelle ? Mais quel média le prendra ? Et encore, s'il n'est pas contrôlé par Olympe, qui me fera censurer pour « complotisme » ou incitation à la haine.

— Vous n'avez pas le droit de ne pas tenter.

Le scientifique toucha son front proéminent, l'air grave.

— Si je parle, on cherchera à savoir qui je suis et qui était Anton... et l'information fera passer mon message au second plan. Tout le monde ne parlera plus que de notre origine, je vivrai l'enfer et je deviendrai inaudible.

Grace inclina sa tête sur le côté, comme chaque fois qu'elle avait un doute sur les propos de son interlocuteur.

— Neil Steinabert.

Naïs venait de prendre la parole pour la première fois depuis leur arrivée. Grace la regarda avec étonnement. Qu'allait-elle dire après son long silence ?

Le savant considéra l'agente de la DIA, semblant savoir ce qu'elle allait demander.

— Alors, vous connaissez la vérité, vous.

— Vous aviez besoin de nous raconter tout ce que vous aviez sur le cœur. Mais maintenant, dites-lui, ajouta Naïs.

— De quoi parles-tu ? Tu me caches quoi ?

— J'avais besoin de le vérifier de mes propres yeux avant de t'en parler, Grace. Neil, dites-lui pourquoi vous êtes la propriété d'Olympe.

Le savant blêmit et regarda Grace, les lèvres tremblantes.

– 49 –

— Désormais, vous le savez, d'ici quelques années, l'intelligence deviendra une denrée aussi rare que l'eau. Et comme l'eau, l'intelligence sera l'objet d'une guerre.

Neil semblait encore plus meurtri que lors de son exposé précédent.

Grace se tut, laissant au savant le temps pour trouver la force de dire ce qu'il avait tant de mal à révéler.

— Olympe a donc décidé de fabriquer et de vendre de l'intelligence. De la super-intelligence. En d'autres termes, ils veulent devenir le plus grand fournisseur de génies.

Il reprit son souffle.

— Or, les dirigeants d'Olympe ont constaté que depuis près d'un demi-siècle, le monde n'avait plus créé de génie universel et internationalement reconnu. Des femmes et des hommes capables de produire des sauts scientifiques, technologiques ou artistiques si novateurs que l'humanité en était changée à jamais. À leurs yeux, notre espèce s'est essoufflée, devenant incapable de donner naissance à des esprits aussi visionnaires que Léonard de Vinci, Copernic, Galilée, Picasso, Mozart, Socrate, Tesla, Marie Curie…

Neil secoua la tête, comme s'il ne croyait pas lui-même à ce qu'il allait dire. Il prit une profonde inspiration et parla sans oser regarder Grace dans les yeux.

— Alors, Olympe a décidé de cloner les génies du passé.

— C'est ce qu'ils ont appelé le projet Métis, souffla Grace, médusée. La création de l'intelligence suprême...

Avec qui discutait-elle depuis tout à l'heure ? Qui étaient vraiment Neil et Anton ?

— Pour Anton et moi, Olympe n'a pas eu grand mal à prélever l'ADN nécessaire au clonage, reprit le savant. Le cerveau de mon modèle original a été subtilisé à sa mort alors que son propriétaire avait expressément demandé à être incinéré. Quant au corps d'Anton, il est encore religieusement enterré à l'abbaye de Westminster...

L'inspectrice déglutit avec difficulté. Sa gorge semblait palpiter et des taches s'agitaient devant ses yeux.

— Pour nous aider à conserver un lien viscéral avec notre modèle, Olympe nous a donné des noms et des prénoms qui utilisaient les mêmes lettres que l'identité de notre archétype... une anagramme.

Grace réfléchissait à toute vitesse. Les lettres de Neil Steinabert flottaient dans sa tête et se recombinaient dans tous les sens jusqu'à ce que la réponse lui apparaisse. Ses mains tremblèrent, et sa voix incrédule ne fut plus qu'un filet étranglé.

— Albert Einstein...

Neil hocha la tête. La ressemblance était désormais évidente et expliquait son impression de déjà-vu. Neil était la copie vivante du brillant physicien lorsqu'il était jeune. Naïs, elle, l'avait immédiatement reconnu.

Grace se frotta les yeux et le front, incapable de prendre la mesure de la situation. Puis les lettres d'Anton Weisac dansèrent à leur tour dans sa tête, jusqu'à recombiner le nom de celui que certains considéraient comme le génie le plus important de tous les temps avant Einstein.

— Isaac Newton..., murmura-t-elle. Anton était Isaac Newton.

Un long silence s'installa dans la salle du navire. Tout s'emboîtait dans l'esprit de Grace. Neil et Anton étaient les propriétés de Métis au sens propre, ils avaient été créés par elle. La complexité des recherches d'Anton en astrophysique était tout sauf fortuite, de la part de celui qui avait offert au monde la découverte de la gravité. Et leur cerveau avait une telle valeur qu'Olympe avait préféré le réduire en bouillie plutôt que de le voir exploité par un concurrent.

— Grace..., commença Naïs. Je vais demander quelque chose à Neil. Je te promets que je t'expliquerai ensuite, mais, en attendant, ne m'interromps pas, d'accord ?

— Pourquoi devrais-je le faire ?

— Parce que... je ne t'ai pas dit toute la vérité sur l'objectif de ma mission.

Grace frissonna de peur. Naïs lui avait menti ? Elle avait bien nourri quelques doutes après avoir visité la maison de Neil et à l'aéroport de Nuuk, mais elle les avait chassés et lui avait accordé sa confiance. Ce don qu'elle avait refusé à tous depuis des années ? Instinctivement, elle serra l'anneau qu'elle portait au pouce, à s'en faire mal. Les murs tanguèrent. C'en était trop, elle perdit pied. Elle n'eut même pas la force de réagir. Perdue, désorientée, elle pouvait tout juste écouter.

— Que voulez-vous ? s'enquit Neil en s'adressant à l'agente de la DIA.

— Je vais avoir besoin de vous.

Le génie esquissa un petit sourire.

— Pour faire tomber Olympe ?

— Non. Le Pentagone a besoin de votre intelligence, mais cela n'a rien à voir avec Olympe.

Grace était de plus en plus déroutée.

— De quoi s'agit-il ? reprit Neil, méfiant.

— C'est quelque chose qui concerne toute l'humanité. Et que seul un esprit comme le vôtre pourrait peut-être comprendre, Neil. Quelque chose que même votre ancêtre biologique n'aurait pu imaginer voir un jour dans ses rêves les plus fous et...

Naïs ne termina pas sa phrase. Une violente secousse ébranla le navire dans une tempête de fournaise.

– 50 –

Grace n'entendait plus, ne voyait plus, elle ne percevait que la brûlure sur son visage et les contusions dans tout son corps. Au contact du sol, elle en déduisit que le souffle de l'explosion l'avait jetée à terre. Où était Naïs ? Où était Neil ? Et dans quel état ? Elle parvint à entrouvrir les yeux et, derrière un voile flou, elle distingua une silhouette s'approcher de l'escalier descendant dans la cale. Elle reconnut Naïs et voulut se lever à son tour, mais toute la pièce se mit à tourner, la condamnant à rester à terre. À ses côtés, elle vit le corps de Neil, inerte, contre l'un des murs. Était-il encore vivant ?

Deux coups de feu détournèrent l'attention de Grace. Naïs avait tiré deux balles avant de faire irruption face aux marches menant au pont. Deux autres détonations résonnèrent. Grace reconnut la déflagration d'un fusil et Naïs poussa un cri en lâchant son pistolet, son bras droit ruisselant de sang. Tandis qu'elle tombait à la renverse, un corps dévalait l'escalier pour débouler dans la cabine.

Gabriel. Ce dernier se remit debout plus vite que Naïs, malgré la blessure qu'elle lui avait visiblement infligée à la cuisse. Son arme ayant atterri trop loin de lui, il dégaina un couteau glissé à sa ceinture et boita jusqu'à l'agente américaine, qui ne se relevait pas.

— Naïs ! hurla Grace.

En dépit des douleurs à l'épaule et au bras, Grace réussit à saisir son pistolet et visa. Mais elle voyait flou et ses membres lui faisaient si mal qu'elle n'arrivait pas à stabiliser son canon. Deux balles fusèrent et on les entendit ricocher contre le métal, sans toucher leur cible. Gabriel, qui s'était arrêté, se traîna de nouveau jusqu'à Naïs. Cette dernière gémit et remua. Grace puisa dans les plus profondes ressources de son corps et de son âme pour se lever. Elle ne pouvait pas rester là et regarder sa coéquipière se faire achever. Les jambes écartées pour essayer de maintenir son équilibre aussi longtemps que possible, elle s'élança vers le tueur, tituba et tira au jugé devant elle en chutant, battue par le vertige.

Quand elle rouvrit les yeux, l'assassin la dominait. Il posa un genou à terre. Grace tenta de le frapper, mais elle n'avait plus de force. Il lui arracha son pistolet des mains, la retourna et lui lia les poignets à lui cisailler la peau. Immobilisée, Grace le vit faire de même avec Naïs. Puis il les transporta l'une après l'autre contre un mur et les obligea à s'asseoir. La tête dodelinant sur sa poitrine, Grace perçut le mouvement d'un corps que l'on fait glisser. Quand elle releva la tête, Gabriel leur faisait face, Neil à genoux à ses côtés, vivant, mais chancelant, les mains nouées dans le dos.

— Naïs... réveille-toi, souffla Grace.

Sa partenaire ne répondit pas, la nuque courbée, les yeux fermés, du sang s'épanchant dangereusement de son bras.

— Bon, écoute-moi bien, Neil, commença Gabriel. Tu es quelqu'un d'intelligent. Ça, au moins, on en est tous sûrs, ricana l'assassin, avant de grimacer quand sa blessure à la jambe le lança. Et tu vois, pour moi, l'intelligence, ce n'est pas savoir calculer mieux que tout le monde ou inventer des trucs incroyables ; non, tu vois, l'intelligence, c'est plus simple que ça, c'est la faculté de s'adapter à des situations.

Grace croisa le regard dévasté de Neil.

— Donc, reprit Gabriel, je vais te décrire la situation et tu vas t'adapter. Avec ton cerveau de génie, tu vas forcément trouver la bonne solution tout de suite. Alors, voilà, Olympe aimerait beaucoup que tu reviennes à la maison et que tu travailles de nouveau gentiment pour nous.

— Jamais, balbutia Neil.

— Ah non ! s'exclama Gabriel, comme un animateur mimerait la déception dans un jeu télé. Ce n'est pas une réponse digne de ton génie ; c'est borné, limité, impulsif, héroïque, même, si tu veux, mais c'est tout sauf de l'intelligence ! Tiens, mets-toi là-bas, contre le mur d'en face.

Le savant ne se laissa pas faire et Gabriel dut lui tordre le bras pour le contraindre à s'installer à quelques mètres de l'endroit qu'il lui avait indiqué. Attentive, Grace remarqua que le scientifique semblait chercher quelque chose dans son dos.

— Bon, si tu veux, fous-toi ici, s'agaça Gabriel. On va procéder autrement. Je vais te montrer ce que tu vas subir si tu refuses de me suivre. J'ai dû faire la même chose avec ton camarade Anton.

Grace comprit aussitôt. La terreur la saisit. Et avant même qu'elle ait pu réagir, l'assassin s'était approché d'elle et l'avait brutalement tirée par les pieds, qu'il attacha à une rambarde en acier de la cabine du navire.

— Voilà, ce sera plus simple.

La tête de Grace était désormais au-dessous de celle du tueur et il sortit de l'une de ses poches une tige télescopique en métal qui se terminait par une lame.

— Tu vois, Neil, je vais pratiquer une excérébration sur cette femme vivante, comme je le ferai avec toi, si tu t'entêtes dans ton choix stupide.

Grace se débattit. Mais avec les mains attachées dans le dos et les jambes bloquées, sa marge de mouvement était trop faible. Gabriel lui saisit la tête d'une poigne de fer.

Elle hurla. Il lui écrasa sa main libre sur la bouche.

— Allez, ne bouge pas, ma petite, tu te souviens de la mâchoire déboîtée d'Anton qui pendait sur le côté, hein ? C'est ce que j'ai dû lui faire pour qu'il se calme. Mais toi, tu ne veux pas ça, tu veux que ça aille vite et qu'on en finisse, non ?

Malgré tous ses efforts, Grace ne réussit pas à lui faire lâcher prise et, sa tête tremblante de rage et d'effroi, elle sentit la pointe glisser sur sa lèvre supérieure et entrer dans sa narine. Le métal lui écorcha la peau, le sang coula jusqu'à la commissure de ses lèvres.

— C'est entré, on va maintenant suivre le canal nasal et percer l'os qui fait la jonction avec le cerveau, et ensuite, on agitera la tige de gauche à droite très vite pour mixer la cervelle… Regarde bien, Neil.

La douleur éclata dans la tête de Grace. La pointe venait d'atteindre la zone étroite au sommet du nez et Gabriel poussait pour briser la résistance du cartilage. Soudain, la tige glissa maladroitement hors de son corps en lui raclant toute la cloison nasale. L'assassin bascula en avant et tomba sur Grace, qui vit Naïs debout juste à côté d'elle. Sa partenaire venait de décocher un coup de pied dans la nuque de son agresseur. Mais elle était si faible qu'elle s'écroula par terre, livide.

Déjà Gabriel se redressait. Il balaya l'air de son arme acérée en lâchant un cri haineux. Au même moment, Neil le percuta dans le dos et le tueur alla se cogner la tête contre l'une des parois, provisoirement sonné.

— Tournez-vous ! lança Neil, qui venait d'accourir auprès de Grace.

Elle donna une impulsion pour se mettre sur le ventre et elle sentit une lame couper ses liens. Elle avait vu juste, tout à l'heure. Neil avait refusé de s'asseoir là où Gabriel lui avait ordonné, parce qu'à quelques centimètres près, il pourrait récupérer un couteau qu'il savait être là.

Grace se retourna juste à temps pour voir Gabriel reprendre ses esprits. Elle saisit aussitôt le couteau que Neil tenait entre ses mains, et se jeta sur l'assassin pour le poignarder au flanc. Le tueur plaqua ses bras autour de sa poitrine et s'écroula au sol, inconscient.

Essoufflée, Grace se précipita auprès de sa coéquipière, qui avait les yeux fermés et ne bougeait plus. Grace colla son oreille contre sa bouche. Naïs vivait encore. Elle retira sa polaire, la plia en trois et la pressa sur sa blessure au bras.

— Naïs ! cria-t-elle en la secouant. Je t'en prie ! Naïs ! Neil, aidez-moi. Il faut arrêter l'hémorragie.

Le savant avait l'air paralysé, scrutant quelque chose qui se trouvait sous Grace. Elle baissa le regard et constata qu'elle pataugeait dans une flaque de sang.

— Non ! Naïs.

Et alors qu'elle n'y croyait plus, Grace vit sa partenaire soulever lentement ses paupières.

— Grace... Tu dois conduire... Neil à la base aérienne de Thulé...

— Tu l'emmènes avec moi, Naïs. Je ne sais pas pourquoi on y va, mais on y va ensemble.

— Ils sauront quoi faire sur place... Donne-leur le numéro 250687. Je t'en supplie, fais-le. Ce que Neil peut accomplir là-bas nous dépasse tous... Anton était sur le point de trouver... L'humanité doit savoir...

Naïs ferma les yeux et les rouvrit. La belle Écossaise se mordit les lèvres de peine.

— Grace, ne m'en veux pas... Au départ, je t'ai caché une partie de la vérité parce que je ne... savais pas si je pouvais avoir confiance en toi... et ensuite, je t'ai menti... parce que j'ai eu peur de te perdre en te l'avouant... Pardonne-moi.

— Naïs, s'il te plaît, tu es forte, tu en as vu d'autres. Tu vas tenir.

— J'aurais aimé vivre à tes côtés tellement plus longtemps, Grace... Tu es l'être que j'attendais depuis toutes ces années... Celle avec qui tout aurait été possible...

Le regard de Grace se voila.

— Quand tu auras terminé tout ça... pourras-tu aller voir ma fille ?

Grace caressait les cheveux de son amie, et elle hocha la tête alors que des larmes roulaient sur ses joues.

— Tu lui diras que sa maman l'a toujours aimée... et de là où elle sera, elle veillera pour toujours sur elle, comme elle aurait dû le faire en ce monde. Je ne l'aurais demandé à personne d'autre que toi, Grace. Mais vous êtes les deux... seuls êtres que j'aurai aimés...

Dans ses derniers mots, le souffle de Naïs ne fut plus qu'une onde éthérée et, ses doigts enroulés autour de ceux de Grace, elle s'éteignit.

– 51 –

Grace posa son front sur celui de son amie en pleurant. Puis, les yeux embués, y voyant à peine, elle fouilla dans les poches de Naïs pour être en mesure de rapporter quelque chose à sa fille. Elle trouva son badge d'identification, et en cherchant mieux, ses mains décelèrent ce qui pouvait être un morceau de carton. Il s'agissait en réalité d'un cliché d'une jeune fille qui avait les mêmes yeux que Naïs. La photo était froissée, élimée, prouvant que sa mère l'avait emportée partout, la gardant à tout moment avec elle. Grace la glissa dans sa poche. Tandis qu'elle fermait les paupières de Naïs, un craquement sonore, suivi d'une secousse, fit trembler le navire.

— L'impact de l'explosion a dû fendre la banquise autour du bateau, lança Neil, qui gardait toujours un œil sur l'assassin inconscient. C'est elle qui le maintenait à flot. Sans support et avec le poids de la glace sur la coque, on va couler !

Un grincement sinistre parcourut le flanc du bateau quelque part à l'extérieur, puis la cale du navire s'infléchit brutalement, projetant tous les corps et le matériel vers une des parois métalliques. Grace eut tout juste le temps de se protéger la tête avec les bras, et amortit le choc dans un capharnaüm d'objets qui s'écrasaient autour d'elle : réchaud à gaz, couverts, tasses, fourrures. À ses côtés, elle entendit une lamentation de douleur. Elle crut d'abord que c'était Neil, mais il s'était réceptionné sans trop de mal et se remettait déjà debout. Et c'est avec angoisse qu'elle tourna le regard vers Gabriel, qui bougeait lentement.

— Vite ! lança Neil, qui progressait déjà vers l'escalier en prenant appui contre le mur oblique du bateau. C'est une question de secondes !

Grace observa son amie. Sa seule amie. De l'autre côté, l'assassin encore en vie. Elle n'avait plus le temps de les extraire tous les deux de la cabine. Que devait-elle faire ? Ramener le corps de Naïs pour lui offrir des funérailles dignes ? Ou sauver la vie de son meurtrier pour le traduire en justice et tenter de faire tomber Olympe ?

— Fuyez ! cria le savant.

Déchirée par ce dilemme, Grace choisit à contrecœur ce qui, peut-être, donnerait du sens à la mort de Naïs.

— Neil ! Aidez-moi à le porter ! lança-t-elle en désignant l'assassin du menton.

Le scientifique jeta un coup d'œil vers le haut des marches, comme on regarde son dernier espoir de vie. La seconde d'après, un crissement métallique leur perça les oreilles. Un morceau d'iceberg pénétra dans la coque par une brèche et un torrent d'eau glacée se déversa dans la cale.

— Vite ! hurla Grace en saisissant Gabriel sous les bras.

— Vous allez tous nous faire tuer !

— Dans quel but avez-vous subi cette existence insupportable jusque-là, Neil ? Pour qu'Olympe s'en tire et que la civilisation occidentale s'autodétruise ? Il est la preuve dont nous aurons besoin ! Venez !

Le savant jura entre ses dents, puis rebroussa chemin avec déjà de l'eau à mi-mollets. Il avisa le cadavre de Naïs qui flottait, l'air de demander à Grace si ce n'était pas plutôt ce corps-là qu'il fallait remonter.

— Naïs aurait voulu qu'on fasse ce choix ! cria l'Écossaise.

Dans un brusque affaissement qui manqua de leur faire perdre l'équilibre, le navire plongea un peu plus. Neil saisit l'assassin par les pieds et recula dans la cabine inondée. L'eau glacée leur tétanisait les jambes, mais ils parvinrent jusqu'à l'escalier et rassemblèrent leurs forces pour hisser le tueur sur le pont incliné du bateau qui s'enfonçait à vue d'œil. Le bastingage du navire était maintenant descendu au niveau de la banquise et ils n'eurent qu'à enjamber la rambarde gelée pour mettre un pied sur le sol.

Mais, ils avaient à peine déposé Gabriel que la glace craqua et se fendilla.

— Vite, il faut rejoindre les motoneiges ! ordonna Grace.

Ils franchirent les cinquante mètres qui les séparaient des engins en traînant l'exécuteur d'Olympe chacun par un bras.

Comme un serpent en chasse, la crevasse les poursuivait à une poignée de secondes derrière eux. Si elle les rattrapait, ils seraient à leur tour engloutis dans l'eau glaciale. Ahanant, rugissant parfois pour dépasser leur épuisement, Neil et Grace atteignirent enfin les motos.

Neil s'écroula à genoux. Grace cala Gabriel à plat ventre en travers de sa motoneige et démarra en indiquant le véhicule juste à côté du sien.

— Neil ! Montez sur celle de Naïs !

L'homme se releva péniblement, mais poussa un cri de douleur au moment où il allait enfourcher l'engin.

L'assassin venait de saisir un couteau fixé à sa ceinture et de le planter dans l'abdomen du savant. Dans son mouvement d'attaque désespéré, il avait glissé du siège et gisait désormais sur le dos, un sourire aux lèvres.

— Tu n'iras nulle part…, râla Gabriel.

Et avant que Grace n'ait eu le temps de réagir, il se trancha la gorge. La crevasse qui les poursuivait s'élargit sous son corps, qui fut englouti. L'arrière de la motoneige de Grace s'inclina. Elle allait sombrer à son tour.

— Montez ! hurla-t-elle à Neil, en se penchant en avant et en accélérant.

Les chaînes rognèrent la glace dans un mugissement mécanique. Le savant s'installa derrière Grace en contenant un gémissement de douleur.

Elle poussa les gaz au maximum. La motoneige dérapa, puis démarra à toute allure, évitant de justesse de se faire happer par les eaux glacées.

Le vent fouettant son visage, les mains vissées sur le guidon, Grace mit le plus de distance possible entre eux et la crevasse. Mais elle n'avait pas parcouru deux cents mètres, que dans son dos, elle sentit le corps de Neil s'affaler lourdement contre elle.

– 52 –

Constatant que la fracture de la banquise avait cessé, Grace s'arrêta et se retourna. Le savant lui tomba dans les bras, évanoui.

— Neil ! cria-t-elle, en lui prenant le visage entre les mains.

Elle retira ses gants et prit son pouls. Son cœur battait toujours. En ouvrant son manteau en peau de bête, elle vit la tache de sang se répandre sous sa polaire au niveau du ventre. La blessure devait être profonde.

Transie de froid, sentant qu'elle ne tiendrait pas longtemps, elle prit rapidement place derrière Neil pour le soutenir, roula sa polaire maculée de sang et comprima la plaie. De sa main libre, elle maintint le guidon et démarra. Elle irait moins vite que prévu, mais elle ralentirait l'hémorragie jusqu'à ce qu'elle atteigne la communauté inuite. De là, elle foncerait seule jusqu'à Kapisillit et ferait appeler un hélicoptère de secours.

Les muscles des bras crispés, le cœur battant d'angoisse et de fatigue, Grace n'arrivait pas à prendre la mesure de la mort de Naïs. En deux jours, sa partenaire était entrée dans sa vie comme personne depuis des années. Elle l'avait sauvée, soutenue, rassurée, et même aimée. Quelque chose d'unique, de rare et surtout de durable s'était noué entre elles comme cela n'arrive que peu de fois dans l'existence. Naïs aurait pu devenir la pierre angulaire de son avenir. Et compte tenu de tout ce qu'elle lui avait dit, il était évident qu'elle avait nourri le même désir d'un futur commun. Sa disparition semblait si irréelle. C'était certain, elle allait la retrouver d'ici quelques heures et Naïs lui pincerait gentiment les joues en lui disant qu'elle lui avait manqué.

Grace baissa les yeux vers Neil, qui venait de gémir en bougeant la tête. Le sang de sa blessure avait commencé à geler et son corps s'était refroidi. Tout comme celui de Grace, dont les jambes étaient trempées. Elle les sentait à peine quand elle aperçut enfin les igloos.

Ayanna, ses oncles et sa mère accoururent auprès d'elle quand ils comprirent qu'elle portait un blessé. Sans même qu'elle ait besoin d'expliquer quoi que ce soit, ils transportèrent Neil avec précaution dans l'un des igloos. Ils bandèrent sa plaie après y avoir appliqué de la graisse, puis enveloppèrent le scientifique dans des fourrures à côté du feu. Grace ne resta que le temps d'avaler une boisson chaude et quelques morceaux de saumon séché, et d'annoncer que Naïs ne reviendrait pas. Ayanna la serra par la taille. Elle lui raconta qu'un homme était passé par le village et avait demandé s'ils n'avaient pas vu deux femmes. Ils n'avaient pas répondu. Grace les remercia et fut soulagée après coup que Gabriel ne s'en soit pas pris à eux.

Puis elle changea de pantalon et de bottes, et reprit sa motoneige en direction de Kapisillit.

En entrant chez le garagiste, elle comprit vite que ce dernier n'avait pas eu la même chance que la communauté inuite. Il gisait dans son atelier, du sang coulant de son crâne pour se mélanger avec le cambouis étalé par terre. Le fusil de chasse que Grace avait vu accroché au mur lors de son premier passage n'était plus là. Et il était fort probable que même en fouillant de fond en comble, elle ne retrouverait pas non plus les bâtons de dynamite qui servaient à déclencher les avalanches.

Elle s'enfonça dans le village jusqu'à ce que son téléphone capte enfin un réseau. Elle appela aussitôt la police de Nuuk et leur expliqua la situation. Les secours partirent sur-le-champ en direction de la communauté inuite dont Grace leur avait donné les coordonnées GPS.

Elle arriva sur place au moment où les sauveteurs terminaient d'embarquer Neil, et prit place à ses côtés après avoir dit adieu à Ayanna et sa famille. Puis l'hélicoptère s'éleva dans les airs.

En chemin, le médecin ne parut pas rassuré par l'état du scientifique. Selon lui, l'intestin avait été perforé, ce que confirma, quelques instants plus tard, le chirurgien qui avait examiné Neil à l'hôpital de Nuuk.

— Madame, il doit subir une opération, mais je ne suis pas sûr qu'il y survive... Il a perdu beaucoup de sang, il est très affaibli. Le risque d'arrêt cardiaque est très élevé.

— Quelles sont ses chances de survie ?

— Je dirais entre 20 et 30 %.

— Et si on ne l'opère pas ?

— Pardon ?

— Combien de temps pourra-t-il vivre si on ne l'opère pas ? Si on se contente de refermer la plaie superficiellement.

Le chirurgien considéra Grace avec méfiance.

— Six heures, peut-être, avant de succomber à une septicémie due au passage continu des germes de l'intestin dans le sang.

Grace demanda à parler au savant pour lui expliquer la situation.

Le médecin accepta et s'effaça pour la laisser entrer dans la chambre. Elle tira une chaise près du lit et parla de cette voix douce qui n'était que le reflet de sa profonde compassion.

— Neil, je suis désolée de tout ce que je vais devoir vous annoncer, mais je pense que vous voulez entendre la vérité.

Allongé dans son lit, le scientifique acquiesça d'un battement de cils.

— Si on vous opère, la probabilité que vous succombiez à l'intervention par arrêt cardiaque est comprise entre 70 et 80 %.

Grace attendit un instant avant de reprendre.

— Si on ne vous opère pas, la septicémie vous sera fatale d'ici six heures environ.

Neil hocha lentement la tête.

— Pour résumer froidement les choses, reprit Grace, si on vous opère, il y a un très fort risque que vous ne puissiez jamais vous rendre à la base militaire de Thulé. Et si on ne vous opère pas, vous vivrez le temps d'aller jusque là-bas, de voir ce qu'ils ont à vous montrer... mais vous mourrez aujourd'hui, de façon certaine.

— La question ne se pose pas, inspectrice. J'ai consacré ma vie à la recherche astrophysique... Rendre mon dernier souffle en voyant ce que personne n'a jamais vu et en aidant l'humanité à comprendre l'incompréhensible est la plus belle mort que je peux souhaiter...

Grace prit sa main dans la sienne.

Puis elle s'empressa de contacter la base militaire de Thulé. À peine avait-elle dit qu'elle travaillait avec Naïs Conrad de la DIA à la réceptionniste qu'on lui passa le général en chef. La déclamation du numéro 250687, donné par Naïs, fit le reste.

Une heure plus tard, à 13 h 54 précisément, Grace et Neil embarquaient à bord d'un bombardier médicalisé à l'aéroport de Nuuk, direction la base de Thulé, située à l'extrême nord-ouest du pays. Ce qui devait être depuis des années la destination finale de la mission de Naïs. Cet objectif pour lequel elle avait donné sa vie. Ce centre de recherche isolé, équipé de l'un des rares télescopes capables de percer les plus profonds secrets de l'Univers.

– 53 –

Une infirmerie avait été aménagée dans le bombardier et deux médecins veillaient sur la santé de Neil comme ils l'auraient fait avec un président. Allongé sur un brancard, une perfusion de kétamine dans le bras pour atténuer la douleur, le scientifique tourna la tête vers Grace, assise à ses côtés. Elle n'entendit pas ses premiers mots, couverts par le vrombissement des hélices, et approcha son visage du sien.

— Comment l'assassin d'Olympe a-t-il fait pour me retrouver ?

Grace avait redouté cette question dès qu'elle l'avait rencontré. Elle lui avoua la vérité en lui racontant le chantage auquel elle avait cédé. En revanche, elle ignorait comment Gabriel avait pu les suivre jusqu'à la cache de Neil.

Le savant soupira bruyamment et l'un des médecins lui demanda s'il fallait augmenter la dose d'antidouleur.

— Je serai incapable de réfléchir si vous m'en injectez plus.

Il ferma les yeux quelques secondes. Grace croisa le regard du soignant qui venait de se préoccuper de l'état de son patient. Elle y lut une profonde inquiétude. Il était clair que Neil vivait ses derniers instants.

— Votre téléphone, marmonna soudain Neil. Le lien que vous avez ouvert pour vous connecter au site de *Reveal no steal*... il y avait forcément un virus dedans. L'assassin a pu accéder à l'outil de localisation de votre portable, et même installer un mouchard qui active le micro de votre appareil et permet d'écouter les conversations environnantes. Olympe conçoit de multiples programmes de ce type...

— Dans l'urgence, je n'ai même pas pensé à cette éventualité, se maudit Grace. Si j'avais été plus vigilante, Naïs serait encore vivante...

Une secousse fit trembler l'avion et les deux médecins se précipitèrent pour maintenir Neil sur son brancard le temps que les turbulences cessent.

— Je suis désolé pour votre amie, reprit le savant quand le calme fut revenu. Mais vous ne pouviez pas penser à tout, inspectrice. Et le fait même que je sois là avec vous, en route vers cette base militaire, prouve que vous avez déjà anticipé beaucoup de choses... Prenez votre téléphone.

Grace s'exécuta. Neil lui donna une série de manipulations à opérer sur son appareil et parvint effectivement à révéler la présence d'un mouchard. Il aida ensuite Grace à l'effacer.

— Merci.

— Vous permettez que je regarde les travaux d'Anton que vous avez trouvés dans son cabinet secret ?

— Bien sûr.

Elle ouvrit le dossier approprié et fit défiler les photos pour Neil. Son attention sembla gagner en vivacité, comme si ces chiffres et ces calculs lui insufflaient un nouveau souffle de vie. Un sourire se dessina même au coin de ses lèvres.

— Que comprenez-vous ? demanda Grace au bout d'un moment.

— Lors de notre période de recherche libre chez Olympe, nous avons eu accès à toutes les dernières données astrophysiques recueillies par les satellites du monde entier, et cette image du fond diffus cosmologique a occupé nos esprits pendant de longues heures.

Il parlait comme un vieil homme évoque les meilleures années de sa jeunesse.

— Nous essayions de déterminer la nature exacte des anomalies énergétiques que l'on peut voir sur cette photo. Mais pour prouver ce que nous supposions, il nous aurait fallu des clichés plus précis dont la communauté scientifique ne disposait pas. Anton s'est acharné à faire des déductions probabilistes en fonction d'une multiplicité de paramètres potentiels. Il aurait pu y passer sa vie...

— Que supposiez-vous ? demanda nerveusement Grace. Une preuve d'une vie extraterrestre intelligente ?

— Je... ne peux pas vous en parler avant d'être certain de ce que j'avance. Ce serait irresponsable.

— Naïs devait absolument vous conduire jusqu'à la base de Thulé ; cela signifie sans doute que ces images qui manquent pour aller au bout de votre raisonnement doivent s'y trouver...

— C'est ce que je crois et c'est ce qui fait que mon cœur bat encore, inspectrice. J'espère tenir jusque-là...

L'avion obliqua vers l'ouest dans un bourdonnement accru des hélices.

— Quand arrivons-nous ? s'enquit Grace auprès des médecins.

— Dans trente-cinq minutes, inspectrice.

— Alors, cela me laisse le temps de faire une chose, souffla Neil.

— Dites-moi.

— Vous aviez raison, je ne peux pas mourir sans avoir essayé d'avertir le monde du danger que représente Olympe. Filmez-moi, et vous ferez ce qui vous semblera le plus utile de mon témoignage.

Les deux médecins redressèrent le dossier du brancard de Neil et s'éloignèrent un instant à la demande de leur patient. Grace attendit que Neil soit prêt et enclencha l'enregistrement vidéo sur son téléphone.

Le savant expliqua en détail qui il était, ce dont il avait été témoin et tous les processus d'addiction développés par Olympe au service des grandes entreprises du numérique. Quand il eut terminé, le pilote de l'avion annonça l'imminence de l'atterrissage.

Grace regarda par le hublot. Malgré l'heure tardive pour la région, le ciel était plus dégagé qu'à Nuuk et, au bout d'une pointe de glace qui s'enfonçait dans une mer d'un bleu métallique, elle discerna cet improbable groupement de bâtiments blancs et cette longue piste d'atterrissage à côté de laquelle étaient garés de gros avions militaires semblables à celui dans lequel ils se trouvaient. Et plus loin encore, au sommet d'un promontoire rocheux, trônait une immense antenne satellite blanche. Quand Neil l'aperçut à son tour, l'électrocardiogramme trahit sans nul doute possible l'emballement de son rythme cardiaque.

Le médecin qui était resté le plus discret jusqu'ici posa sa main sur le bras de Neil et parla d'une voix fiévreuse.

— Dites-moi que vous allez enfin pouvoir nous révéler la nature exacte de ce que nous avons photographié...

– 54 –

La rampe arrière de l'avion se déplia et un tourbillon glacial s'engouffra dans l'appareil. Une ambulance monta aussitôt dans la soute pour venir chercher Neil et Grace. Une fois encore, les médecins agirent avec une précaution infinie, tandis que des hommes armés surveillaient les alentours. Un président aurait été traité avec moins d'égards et de moyens, songea Grace.

L'ambulance regagna le tarmac et s'éloigna de l'avion en évitant soigneusement les secousses. En chemin, Grace vit défiler les baraquements qui émergeaient à peine des épaisseurs de neige engloutissant la base. Seuls le bitume des routes et la piste d'atterrissage traçaient des lignes noires au sein de l'éblouissante blancheur sur laquelle se reflétait le soleil.

Le véhicule s'arrêta devant ce qui avait l'apparence du plus grand bâtiment de la base. On les fit descendre, franchir une double porte, et entrer dans un hall éclairé au néon et peint d'un vert pâle. Un homme, dont Grace reconnut le grade de général, les y attendait. Deux autres, en blouse blanche, l'encadraient et scrutaient Neil tels des fidèles qui auraient assisté à l'apparition d'un être divin.

Le général s'approcha à grands pas. Soixante ans environ, élancé, un visage très allongé, à l'arête du nez sévère et aux yeux si cernés qu'il semblait presque étrange que cet individu tienne encore debout. En revanche, son regard était perçant, ses gestes maîtrisés et sa voix puissante.

— Général Martin Miller de l'US Air Force. Neil Steinabert, c'est un honneur de vous rencontrer. Au nom du gouvernement américain et de toute l'humanité, je dois vous dire notre immense gratitude à votre égard pour avoir accepté de venir jusqu'ici afin d'apporter vos lumières sur ce qui pourrait s'avérer être l'une des plus grandes révolutions dans la connaissance humaine.

Neil cligna des yeux.

— Inspectrice Campbell, je suppose, poursuivit le militaire en saluant Grace. Naïs Conrad était l'une de nos meilleures agentes. J'imagine que vous mesurez l'honneur qu'elle vous a fait en vous confiant le soin d'achever sa mission.

— Pleinement, répondit Grace.

— Le numéro d'identification que Naïs vous a donné est celui qui l'autorise à transférer toutes ses charges et ses habilitations à une personne. Autrement dit, vous disposez des mêmes accréditations au secret défense que notre agente défunte. Elle tenait visiblement à ce que vous soyez ses yeux et son cerveau après sa mort.

Grace eut un pincement au cœur et ne sut si elle allait pouvoir réfréner l'émotion qui l'étranglait. Heureusement, l'empressement du général l'aida à dissimuler son malaise.

— Nous avons bien évidemment vérifié votre identité et nous n'avons trouvé aucune raison de vous refuser ce transfert de pouvoir. Suivez-moi, je vais vous conduire sans tarder au centre de télécommunication.

Les deux hommes en blouse blanche prirent la relève des infirmiers de l'ambulance.

Ils traversèrent un long couloir verdâtre bordé de vitres derrière lesquelles travaillaient des personnes en uniforme. Puis ils empruntèrent une passerelle couverte menant à un bâtiment fermé d'une lourde porte hermétique gardée par deux soldats qui se mirent au garde-à-vous. Le général déverrouilla l'accès avec son passe et ils débouchèrent à nouveau dans un hall sans aucune fenêtre, baigné d'une lumière bleutée.

Tandis que l'imposant battant se refermait derrière eux dans un bruit d'aspiration, Grace repéra la forme de pentagone de l'endroit où ils venaient d'entrer. Face à eux se dressait une immense porte gardée par un homme armé. Sur chacun des quatre autres murs se trouvait une porte plus petite numérotée d'un grand chiffre noir allant de un à quatre, et également surveillée par des militaires.

— C'est ici que nous faisons travailler nos quatre équipes internationales d'astrophysiciens sur l'origine de l'Univers, expliqua le général. Chaque aile du bâtiment est dédiée à une équipe qui vit en vase clos depuis trois ans sans pouvoir communiquer avec les autres groupes. Je suis le seul à récolter le fruit de leurs quatre axes de recherche et à en connaître la teneur. Souhaitez-vous une synthèse de leurs travaux, Monsieur Steinabert, ou préférez-vous accéder directement au visionnage de la carte ?

— Je me doute de leurs conclusions, glissa Neil d'une voix fatiguée. Montrez-moi la carte.

Le général approuva et leur fit franchir l'entrée qui leur faisait face. Ils débouchèrent dans un couloir et pénétrèrent dans la première pièce à gauche grâce au badge du général. Ce dernier congédia les deux médecins. Une lumière tamisée provenant de spots discrets éclairait les murs capitonnés et aveugles d'une large salle meublée de quelques sièges et d'un simple bureau sur lequel se trouvait un ordinateur.

Le général appuya sur un bouton d'une télécommande qu'il avait prise sur le bureau et un écran noir descendit du plafond, à l'autre bout de la pièce.

— Je vous encourage à vous asseoir, inspectrice Campbell.

Grace prit place dans l'un des fauteuils et reconnut tout de suite l'image du fond diffus cosmologique qui apparut sur le téléviseur. À ses yeux, elle était identique à celle qu'elle avait trouvée dans le cabinet secret d'Anton. Des cercles rouges se dessinèrent progressivement autour d'une trentaine de points noirs dispersés sur la photographie.

Neil se redressa sur son lit, comme attiré physiquement par l'image rayonnante dans la pénombre de la pièce. Visiblement, il y percevait quelque chose que le commun des mortels ne pouvait discerner.

— Rapprochez-moi, lança-t-il.

Le général fit immédiatement rouler le lit de Neil plus près de l'écran.

— Il va me falloir un peu de temps et du calme, murmura nerveusement le savant.

Le militaire hocha la tête et recula pour regagner l'entrée de la pièce.

— Il n'y a plus qu'à attendre, chuchota-t-il avec anxiété.

Le général fit bouger la souris de l'ordinateur. L'écran s'alluma automatiquement, affichant quatre dossiers numérotés de un à quatre, comme les portes du hall. Grace saisit l'occasion.

— Comme nous avons peut-être un peu de temps, pourriez-vous me dire, en quelques mots, à quelles conclusions ont abouti les équipes qui travaillent sur les origines de l'Univers ?

Le militaire avança la tête vers l'écran et le regarda longuement, avant de faire glisser son pouce entre ses sourcils.

— Je suis désolé, inspectrice, mais ces informations sont pour le moment classifiées et...

— Dites-le-lui ! Elle le mérite.

La voix de Neil venait de s'élever du fond de la salle. Le général fit volte-face, surpris que le savant l'ait entendu.

— Bien... si c'est ce que vous souhaitez.

Puis, avisant de nouveau Grace :

— Après tout, vous en savez déjà beaucoup et ces informations seront bientôt rendues publiques, donc...

Grace l'encouragea à parler, en penchant délicatement la tête sur le côté.

— Bon, vous avez déjà entendu parler du big bang, inspectrice.

Elle approuva.

— La naissance de tout l'Univers actuel dans une folle explosion de lumière et d'énergie à partir de rien, précisa-t-il. N'est-ce pas ?

— Oui, je connais quelques détails supplémentaires, mais en résumé, c'est bien cela.

Le général opina du chef.

— Eh bien, contrairement à ce que le grand public croit et à ce que certaines écoles enseignent toujours, cette théorie n'est pas juste.

Grace fronça les sourcils, curieuse de savoir pourquoi le général lui annonçait une telle chose.

— Savez-vous pourquoi elle n'est pas juste ? reprit-il. Parce qu'on ne sait pas ce qu'il s'est passé à l'instant zéro de cette explosion. On peut décrire l'histoire de l'Univers en remontant dans le temps jusqu'à quelques années, quelques heures, quelques minutes, quelques secondes après sa naissance pour nous rapprocher au plus près de cet instant zéro où tout aurait commencé. Mais en dessous de 10^{-43} secondes, plus rien.

Le général frappa dans ses mains en émettant un clac sonore.

— On se heurte à un mur, au-delà duquel nous ne pouvons plus rien voir, plus rien savoir, plus rien dire. À 10^{-43} secondes précisément, l'Univers est tellement concentré, tellement chaud, tellement dense que plus aucun de nos modèles physiques ne fonctionne. Ils deviennent tous faux, on ne voit plus rien ! Entre l'instant zéro et 10^{-43} secondes, c'est donc le mystère total. Ce microscopique moment où tout est né nous est absolument inconnu. Donc, il n'est pas formellement possible de dire que l'Univers est né du big bang puisqu'en réalité, nous avons ce qu'il y avait tout juste après sa naissance, mais pas la naissance en elle-même.

— Vous parlez du fameux mur de Planck, derrière lequel on n'a jamais réussi à regarder, c'est ça ?

Le militaire écarquilla ses yeux fatigués.

— Vous connaissez ce concept ? Vous êtes étonnante, inspectrice Campbell.

À travers ses nombreuses lectures, Grace avait effectivement côtoyé cette espèce de limite infranchissable pour la science. Mais il ne lui avait pas semblé qu'elle remettait catégoriquement en cause le principe du big bang.

— Ce mur totalement opaque à l'humanité dit clairement que nous sommes incapables de prouver que cet instant zéro a existé, puisque nous n'avons jamais pu le voir. Et comprenez bien ce que cela implique, inspectrice.

Grace réfléchissait à toute vitesse, mais le militaire ne lui laissa pas le temps d'aller au bout de son raisonnement.

— Si nous n'avons pas les moyens d'être témoins de cet instant zéro, cela signifie qu'il n'y a peut-être jamais eu d'instant zéro. Cela veut dire que l'Univers n'a peut-être jamais été du rien. Peut-être qu'il y avait quelque chose avant...

Grace se tut, attendant avec une impatience presque douloureuse la suite de la démonstration.

— Les quatre équipes d'astrophysiciens qui travaillent dans cette base depuis trois ans ont pour objectif d'élaborer des théories pour, disons, escalader ce mur infranchissable, derrière lequel se cachent tous les secrets de l'Univers, reprit le militaire. Comme je vous l'ai dit, elles ne se parlent pas et sont donc dans l'impossibilité de s'influencer ou de se copier.

Le général appuya sur une touche du clavier de l'ordinateur et l'écran afficha quatre schémas sensiblement similaires.

— Or, inspectrice Campbell, ces quatre équipes indépendantes, qui sont composées des meilleurs astrophysiciens et physiciens de notre siècle, ont élaboré quatre théories différentes, mais toutes ces théories, je dis bien toutes, et, je le rappelle, sans que ces personnes se soient concertées, toutes ces théories fondées sur des calculs de probabilités aboutissent à la même conclusion, avec un degré de certitude quasi absolu : l'instant zéro n'a jamais existé. Le big bang n'est pas l'origine explosive qui aurait créé tout ce qui existe. Autrement dit, il n'y a jamais eu de rien. Il y avait bien quelque chose avant ce que l'on a abusivement baptisé big bang.

Grace prenait lentement la mesure de ce qu'elle entendait.

— Il y avait quoi, alors ?

— Si cet instant n'est plus un commencement, il devient une transition. Un passage très étroit entre un Univers précédent et le nôtre. Un instant infiniment court, où l'Univers d'avant se contracte jusqu'à frôler le zéro sans l'atteindre, pour reprendre ensuite son expansion et devenir le nôtre. Ou plutôt pour continuer à devenir lui-même, sous une forme différente ou peut-être similaire à son état précédent. Le big bang devrait donc s'appeler le *big bounce*, le grand rebond, puisqu'il s'agit d'un passage et non d'une naissance.

Grace ouvrit la bouche pour parler, mais les mots avaient du mal à se former sur ses lèvres tremblantes d'émotion.

— Cela veut dire que l'Univers avec un grand U est né avant le nôtre, et qu'il y a peut-être eu plusieurs rebonds avant d'arriver à nous ?

— Oui.

— Mais alors, quand est-ce que tout a commencé ?

— C'est toute la question, inspectrice. On ne fait que déplacer le problème de l'origine du tout premier Univers pour l'inclure dans un modèle de cosmologie cyclique. Mais en ce qui concerne le nôtre, il est aujourd'hui théoriquement acquis qu'il n'est pas le premier et qu'une autre forme de l'Univers a précédé la nôtre.

Grace comprenait désormais mieux les schémas affichés sur l'écran. Tous représentaient plus ou moins un même cylindre qui se resserrait pour ne devenir qu'une mince ligne débouchant sur la réouverture du même cylindre qui s'était contracté.

— Mais comment pouvez-vous être sûrs à 100 % de cet Univers cyclique, puisque ce ne sont encore que des théories, aussi probables soient-elles ? demanda-t-elle.

— Ces théories sont très solides. Les scientifiques qui les ont élaborées sont reconnus pour être d'une rigueur exceptionnelle. Mais vous avez raison, elles ne valent pas grand-chose tant qu'elles n'ont pas été validées par l'expérience.

Le général bougea la souris de l'ordinateur et Grace vit réapparaître la fameuse photo ovale du fond diffus cosmologique, image de notre Univers lorsqu'il n'avait que 380 000 ans.

Il reprit de sa voix profonde et assurée.

— Inspectrice Campbell, s'il y a eu un Univers avant le nôtre, pourrait-il en rester des traces dans celui que nous occupons aujourd'hui ? À l'image des ruines d'une civilisation disparue sur Terre, peut-on trouver dans l'espace des vestiges de l'Univers précédent, qui prouveraient son existence ? Quelque chose a-t-il survécu à la contraction extrême menant au rebond ?

Fascinée, Grace sentit que le général détenait la réponse à ces vertigineuses questions. Et cette sensation de toucher un savoir si profond se faisait grisante. Le militaire appuya de nouveau sur une touche.

— La réponse est oui. Nous avons tout récemment obtenu une preuve de l'existence de l'Univers précédant le nôtre, déclara le général. Cette preuve se trouve dans les toutes dernières images que nous avons reçues du fond diffus cosmologique.

– 55 –

— Les cercles rouges que scrute Neil depuis tout à l'heure sur le fond diffus cosmologique désignent les vestiges de l'Univers qui existait avant le nôtre.

Grace se rappela ce que lui avait expliqué le professeur d'astrophysique de l'université des Highlands sur ces anomalies énergétiques qu'il avait repérées et sur lesquelles Anton Weisac travaillait. À cet âge de 380 000 ans, l'Univers n'aurait pas pu produire une énergie suffisante pour libérer ces traces, et il était donc impossible d'expliquer la présence de ces aberrations physiques.

— Comment le savez-vous ? Enfin, je veux dire, quelle est la nature de ces points et comment peut-on être sûrs qu'ils proviennent de l'Univers qui a précédé le nôtre ?

— Les derniers clichés grossissants pris par nos satellites nous ont prouvé que cette trentaine de bizarreries énergétiques possédaient des formes tourbillonnantes typiques des traces que les trous noirs laissent derrière eux en s'évaporant. Or, à l'âge de 380 000 ans, l'Univers n'avait pas encore eu la possibilité de former des trous noirs et encore moins de les avoir vus disparaître. Nous sommes donc formels, ces points sont des ondes gravitationnelles provenant de trous noirs de la précédente ère du cosmos, qui ont survécu au grand rebond du mal nommé big bang.

Alors que la voix du général retombait dans la pièce tamisée, Grace mesurait l'ampleur de la révolution métaphysique qu'on venait de lui démontrer. Preuves à l'appui. Mais une question demeurait en suspens. Si tous ces scientifiques savaient tout cela avec certitude, pourquoi le général avait-il besoin de Neil ? Elle posa la question, sans même que le savant ait l'air de l'entendre.

Le militaire fit de nouveau glisser son pouce entre ses sourcils.

— L'Univers d'avant a très vraisemblablement été un monde reflet du nôtre. Comme il était composé des mêmes éléments chimiques que celui que nous habitons, il a très certainement conduit à la vie, à la conscience et à l'intelligence, donc à des civilisations évoluées. Des civilisations qui, avant la contraction de leur Univers, étaient forcément bien plus avancées que nous dans leur maîtrise des lois de la physique. À leur place, nous aurions tenté de léguer à l'Univers suivant ce que nous avons appris. Or, le fond diffus cosmologique est visible de toutes les parties du cosmos. Donc, si on voulait déposer un message à l'attention des civilisations suivantes sans savoir où elles se trouveront dans l'espace, c'est là que nous le mettrions.

Le général se tourna vers Neil.

— C'est pourquoi nous avons la conviction qu'un message se cache dans le fond diffus cosmologique. Un code, une formule, une idée, même... Quelque chose est très certainement inscrit dans les profondeurs de l'Univers. Et l'essence de ce message est logiquement de nature mathématique. Or, nous avons beau scruter, aucun schéma ne nous apparaît… C'est la raison pour laquelle nous avons besoin d'un cerveau extraordinaire pour mener une telle recherche. Un esprit doté de cette intuition, de cette intelligence perçante, de ce génie qui voit ce que personne d'autre n'a vu. C'est pourquoi nous courions depuis des années après Neil Steinabert et son collègue Anton Weisac. Depuis le jour où nous avons appris ce qu'Olympe avait fait de l'ADN de Newton et d'Einstein…

Il parlait d'un ton solennel.

— Neil Steinabert est le seul être capable d'aider l'humanité à déchiffrer ce message. Nous avons besoin de lui plus que jamais.

— Il y a quelque chose…, lança soudain Neil du bout de la salle. Je le vois…

Grace accourut, précédée du général, qui l'avait dépassée dans un empressement quasi frénétique.

Le savant respirait de plus en plus bruyamment. Son front perlait de fièvre. Était-ce la septicémie qui commençait ou la stimulation hors du commun de sa réflexion ?

— Neil, ça va ? demanda Grace en se rapprochant de lui.

Le scientifique jeta un regard luisant d'une flamme folle que Grace ne lui connaissait pas.

Puis il s'adressa au général.

— J'ai besoin de voir l'image en plus grand ! s'emporta-t-il. Vite !

Le militaire fit rouler le brancard de Neil vers la sortie et les conduisit à travers un enchaînement de couloirs. Le savant suait à grosses gouttes et se cramponnait le ventre, une grimace de douleur déformait ses traits. Grace toucha le front du scientifique. Il était brûlant et tout son corps frissonnait. Il n'en avait plus pour longtemps.

Ils franchirent enfin une porte à double battant et pénétrèrent dans une immense salle obscure surmontée d'un dôme. Une vingtaine de sièges orientés vers le plafond équipaient ce qui avait tous les attributs d'un planétarium.

Le général installa Neil bien au centre de la salle et se dirigea vers une console dont il actionna plusieurs boutons. La voûte se mua soudain en un ciel de points représentant le fond diffus cosmologique dans des proportions immenses.

Grace se laissa happer par le paysage écrasant qui les surplombait, avant de se tourner vers Neil. Seul, allongé dans son brancard, le visage nappé d'une lueur bleutée, il contemplait l'empreinte fossile de l'Univers, ses yeux sautant d'un endroit à l'autre et ses lèvres murmurant des phrases inaudibles.

Grace se rapprocha de lui et l'entendit prononcer des suites de chiffres. Cette fois, elle en était certaine, Neil décodait un message qu'il était seul à voir.

Elle croisa le regard empli d'espoir du général et se rendit compte que le savant parlait de plus en plus vite et de plus en plus fort. Comme s'il n'était plus que le génie de son esprit, oubliant son entourage et son propre corps.

À ses côtés, Grace perçut soudain de la peur dans sa scansion, et après une longue minute d'une mélopée qui s'étirait vers un étranglement, Neil lui saisit brutalement la main. Sa peau était brûlante, moite, et sa poigne douloureuse. Le débit de ses paroles s'accéléra, sa prise se raffermit, écrasant les doigts de l'inspectrice. Que voyait-il pour être dans cet état ? Que comprenait-il ?

Le général tenait son menton entre ses paumes, suspendu aux lèvres du savant, qui tremblotaient plus qu'elles ne s'ouvraient pour articuler. Et soudain, la voix de Neil ne fut qu'un filet. Sa poigne se relâcha et sa main glissa de celle de Grace. La bouche entrouverte, les pupilles fixées dans le vide, le savant se figea dans la mort. Et comme une étrangeté encore vivante sur son visage livide, une larme coula de son œil pour rouler sur sa joue.

Bouleversée, Grace voulut reprendre la main de Neil dans la sienne, mais le général la bouscula.

— Non ! Ce n'est pas possible ! Réveillez-vous ! se mit-il à hurler, en secouant le corps du scientifique. Vous n'avez pas le droit de nous laisser comme ça ! Vous étiez le seul ! Qu'avez-vous vu ? Répondez !

— Général Miller, intervint Grace avec fermeté.

— Taisez-vous ! C'est à lui que je m'adresse !

— C'est à un mort que vous demandez de parler.

Grace n'avait même pas terminé sa phrase qu'une équipe de médecins fit irruption dans la salle.

— Réanimez-le ! ordonna le général dans un état second.

L'un des secouristes arracha la chemise de Neil et lui plaça les électrodes d'un défibrillateur sur la poitrine. Après avoir émis un long bip, la machine délivra sa décharge électrique. Le corps de Neil se contracta brièvement. Le médecin écouta le cœur et fit non de la tête.

— Recommencez ! Il a vu, il sait, il ne peut pas mourir comme ça ! hurla le général.

Le médecin répéta l'opération, sans succès. Soudain, le militaire leva la main pour frapper le savant.

— Jamais de la vie ! s'écria Grace, en lui saisissant le bras.

L'homme allait la gifler, mais se ressaisit au dernier moment.

Comme écrasé par le poids du monde, il s'accroupit contre le dossier d'un fauteuil, le regard vide.

— On ne saura jamais, balbutia-t-il. Jamais.

Sous le choc de la mort de Neil et de l'agression du général, Grace cherchait à reprendre ses esprits. Et ce n'est que trop tard qu'elle vit le militaire attraper son arme de service et se tirer une balle dans la tête.

– 56 –

Deux jours plus tard, après avoir répondu de multiples fois à la police militaire de la base de Thulé et consigné tout ce dont elle avait été témoin au cours de son enquête dans un rapport qu'elle s'engageait à garder confidentiel, Grace regagnait l'Écosse dans un avion spécialement affrété par l'US Air Force. À quelques mètres d'elle dans le cargo, le corps de Neil reposait dans un cercueil, emportant dans sa mort le secret qui aurait dû bouleverser l'humanité.

Grace ne cessait de repenser à cette larme qui avait coulé sur la joue du savant. Qu'avait-il vu ? Quel message l'avait mis dans un tel état de panique ? On ne le saurait probablement jamais, du moins pas avant que le monde n'ait donné naissance à un autre génie de la dimension d'Einstein ou de Newton.

Pendant tout le voyage, elle ne connut aucun repos. En y réfléchissant, elle avait échoué sur tous les plans. Elle n'était pas parvenue à remonter jusqu'aux dirigeants d'Olympe et donc à confondre les vrais coupables du meurtre d'Anton Weisac. Elle avait été incapable de protéger Naïs, le seul être qui aurait pu la rendre heureuse, et Neil était mort avant d'avoir pu révéler ce qu'il avait compris.

Le jour même de son atterrissage, elle se rendit au commissariat pour retrouver Elliot Baxter, son supérieur. Dans l'établissement, tout le monde s'arrêta de travailler pour contempler Grace traverser l'open space. Un claquement de mains retentit, puis un autre, et petit à petit, tous ses collègues se levèrent pour l'applaudir. Grace n'était pas certaine de comprendre ce qui lui valait cet honneur, puisque son enquête n'avait pas abouti. Elle remercia timidement d'un signe de tête, craignant presque un canular, et entra dans le bureau vitré d'Elliot. Il parut étonné en la voyant.

— Ne me dis pas que tu ne m'attendais pas ?
— Si, bien sûr que je t'attendais, mais, tu as… changé.

Grace ne s'était absentée que quelques jours. Troublée, elle tourna la tête. Elle se souvenait qu'elle pouvait apercevoir son reflet dans la vitre latérale du bureau de son supérieur. Une image d'elle qu'elle avait pris l'habitude de regarder ces derniers mois, pendant qu'Elliot lui expliquait pour la énième fois qu'il ne pouvait pas la réintégrer à son poste d'inspectrice sur les affaires criminelles et qu'elle devait rester à ses occupations administratives.

En se voyant, elle comprit ce qu'Elliot voulait dire. Elle en fut même surprise : son buste s'était redressé, et elle avait devant elle une très belle femme, déterminée. Même ses yeux donnaient l'impression de s'être agrandis, comme si ses paupières étaient plus ouvertes. Elle, qui se sentait triste, minée par l'échec, se trouvait pourtant plus grande, plus sûre d'elle, plus présente.

— Pourquoi ces applaudissements ? demanda-t-elle. Une manière de célébrer l'échec retentissant de mon enquête ?

Elliot décolla son regard de l'inspectrice, troublé.

— Grace, quand tu as contacté la base de Thulé, les officiels de l'US Air Force et de la DIA du Pentagone ont appelé le ministre de la Défense écossais pour vérifier ton identité. Au pied du mur, il n'a pas voulu créer d'incident diplomatique avec les forces américaines en niant ton implication. Il a donc levé son interdiction d'enquêter sur Olympe et m'a mis en relation directe avec les Américains. Nous avons longuement échangé, ces deux derniers jours, afin d'organiser ton rapatriement et celui du corps de Neil Steinabert. Le rapport que tu leur as fait sur ton enquête m'a été communiqué dans les moindres détails. Ici, tout le monde sait ce que tu as traversé et les épreuves que tu as surmontées pour aller au bout de ta mission... Nous sommes tous ébahis par ce que l'on peut sans exagérer qualifier d'exploit. Tous ceux qui travaillent ici mesurent la force d'âme qu'il a fallu déployer et, en leur for intérieur, ils savent qu'ils n'en auraient probablement pas été capables.

— Je n'ai rien réussi à obtenir, Elliot... À part la mort de l'assassin d'Anton et de Neil, mais les vrais commanditaires sont libres.

— Personne n'aurait pu faire plus que ce que tu as fait. Personne.

Elliot baissa les yeux.

— Et permets-moi de te présenter mes sincères excuses pour t'avoir si mal traitée durant l'année qui vient de s'écouler. Rien ne justifiait un comportement si méprisant à ton égard.

Grace sentit un nœud oublié se dénouer en elle.

— Nul besoin de te confirmer ton retour immédiat à ton poste d'inspectrice criminelle, ajouta Elliot.

— Merci.

— Tu fais l'honneur de notre police, Grace. C'est à nous de te remercier. Mais avant de te remettre au travail, prends quelques jours de repos. Ils te sont naturellement offerts. Je te contacterai pour les funérailles de Neil.

Grace répondit d'un battement de cils.

— Et pour Olympe, que fait-on ? s'enquit-elle.

— On ne pourra jamais s'attaquer frontalement à une organisation si tentaculaire et puissante. Tu le sais mieux que moi, désormais. Le ministre de la Défense a lâché du lest face aux Américains, mais maintenant que la crise a été évitée, il m'a fait comprendre qu'on en resterait là au sujet d'Olympe.

Grace fouilla dans la poche de son manteau, posa son téléphone portable sur le bureau et démarra la vidéo de la confession de Neil Steinabert.

Quand l'enregistrement d'une vingtaine de minutes fut achevé, Elliot se passa une main dans les cheveux en laissant échapper un souffle de fascination. Puis il regarda Grace avec insistance.

— Je n'ai jamais vu cette vidéo, je ne sais pas qui l'a enregistrée et encore moins qui l'a mise sur Internet de façon anonyme pour qu'elle devienne virale et réveille les consciences…

Grace lui répondit d'un sourire entendu et remit le portable dans sa poche.

— Que vas-tu faire ces prochains jours ? demanda Elliot. Rentrer chez toi, retrouver tes livres et ta tranquillité ?

— Oui, mais avant, je dois aller voir quelqu'un. D'ailleurs, j'aurais besoin d'entrer en contact avec un membre de la DIA.

Elliot griffonna un numéro de téléphone sur un papier et le tendit à Grace.

Elle le remercia et s'apprêta à quitter le bureau, quand son supérieur la rappela.

— Grace, de ce que j'ai compris de ton rapport, l'entraide entre toi et Naïs Conrad a été d'un niveau rarement atteint entre partenaires. Je voulais te dire que j'étais désolé de sa mort.

— Merci, répondit Grace sans se retourner.

– 57 –

À Carleton, dans le Minnesota, la cloche du collège retentit au sommet du bâtiment gothique de briques rouges. Quelques instants plus tard, les élèves commencèrent à sortir dans un brouhaha de discussions, pour se disperser sur les chemins sillonnant les espaces verts du campus fraîchement tondus et baignés de soleil. Au pied de la volée de marches de l'entrée, Grace guettait.

La plupart des jeunes collégiens se déplaçaient sans prendre garde à ce qui se trouvait devant eux, les yeux sur l'écran de leur téléphone. Chacun semblait répondre à ses obligations sur les réseaux sociaux, lorsqu'un des élèves interpella son groupe de camarades pour leur montrer quelque chose. Des exclamations de surprise, des rires et des interrogations fusèrent. D'autres se rassemblèrent pour voir ce qui déclenchait ces réactions, et consultèrent à leur tour leur portable. Bientôt, ce fut tout le campus qui regardait une vidéo que Grace avait vite reconnue en entendant certains extraits sonores.

En arrivant à l'aéroport de Minneapolis, elle avait posté le témoignage de Neil sur YouTube. Cela faisait à peine une heure, mais il comptabilisait déjà plus d'un million de vues et les sites d'information l'avaient immédiatement repris pour le rediffuser et en faire la une de leurs publications. Dans les commentaires, certains internautes expliquaient que la vidéo avait été retirée à plusieurs reprises du réseau, mais que, chaque fois, elle était relayée par d'autres personnes, si bien que ceux qui cherchaient à la faire disparaître n'y parvenaient pas. Et cette tentative de censure n'avait fait qu'attiser les curiosités.

Étonnée de voir que toutes ces jeunes personnes ne décollaient pas leur regard de l'écran malgré la longueur du témoignage, Grace reprit un peu espoir. Peut-être que le testament de Neil allait effectivement réveiller les consciences.

Elle sortit de ses pensées lorsqu'elle aperçut une belle adolescente quitter l'établissement avec un groupe d'amies. Grace la reconnut aussitôt. La jeune fille d'environ douze ans ne souriait pas, ne parlait pas, et ses camarades semblaient mettre un soin particulier à l'entourer. Elles aussi consultaient leur téléphone avec assiduité.

Grace s'approcha avec un sourire et de la bonté dans le regard.

— Bonjour, je m'appelle Grace Campbell, tu es bien Elena Conrad ?

La collégienne s'arrêta, avec la même expression que celle de sa mère lorsqu'elle était méfiante.

— Je peux te parler un instant ?

— Comment connaissez-vous mon nom ? demanda-t-elle, les sourcils toujours froncés.

— J'étais une amie de Naïs, ta maman.

Elena serra les dents et hocha le menton, le visage fermé.

— Je sais que tu ne la voyais pas souvent, et...

— ... c'est pour ça que sa mort ne change pas grand-chose, asséna l'adolescente, en tournant les talons pour rejoindre ses copines.

Grace comprenait cette colère mêlée de peine. La jeune fille se protégeait comme elle pouvait.

— Elena, attends, ce que j'ai à te dire est important pour toi. Vraiment.

La collégienne sembla réfléchir et finit par faire signe à ses amies qu'elle les rejoindrait.

— Je vous écoute…, soupira-t-elle d'un air impatient, presque excédé.

— Je n'ai pas connu ta mère longtemps, mais nous avons traversé toutes les deux des épreuves qui, disons, accélèrent une relation. Et j'étais à ses côtés lorsqu'elle nous a quittés.

— Qu'est-ce que ça peut me faire ?

— Avant de mourir, elle n'a pu prononcer que quelques mots. Et ils ont été pour toi, Elena.

La jeune fille fronça de nouveau les sourcils, mais cette fois, Grace sut que c'était pour dissimuler son émotion.

— Elle m'a demandé de te dire qu'elle t'avait toujours aimée et que là où elle serait, elle veillerait toujours sur toi, comme elle aurait dû le faire en ce monde.

La mâchoire de l'adolescente se crispa, ses lèvres tremblèrent et ses yeux s'embuèrent.

Grace tira la photo élimée que Naïs gardait sur elle, et lui tendit.

— Si elle est dans cet état, c'est que ta mère la portait sur elle en permanence, où qu'elle soit. Elle ne m'a pas demandé de te la donner, c'est moi qui l'ai trouvée sur elle. Je pense que c'est bien que tu l'aies…

Au moment où Elena prit la photo entre ses doigts hésitants, de grosses larmes coulèrent et un sanglot étranglé s'échappa de sa gorge.

Grace ne put retenir son émotion.

Contre toute attente, l'adolescente se rapprocha de Grace, qui lui ouvrit ses bras. Elena s'y blottit en pleurant comme elle aurait dû le faire lorsqu'elle avait appris la mort de sa mère. Les deux êtres aimés de Naïs se réconfortèrent en silence, avec la seule tendresse de l'étreinte.

Quand Grace sentit qu'Elena commençait à s'apaiser, elle lui chuchota à l'oreille.

— J'ai un secret à te dire... mais tu dois me promettre de n'en parler à personne.

La jeune fille acquiesça.

— Cette vidéo qui contamine le campus, les États-Unis et bientôt le monde entier... et qui va peut-être ouvrir les yeux de millions de personnes esclaves, c'est grâce à ta maman qu'elle existe. Mais chut...

Elena se décolla doucement de Grace ; dans ses yeux rougis ne brillait plus seulement le chagrin. Comme une couronne de lumière émergeant de la mer, un éclat de bonheur luisait désormais dans son regard. Et de la joie s'esquissa au coin de ses lèvres.

— Tu peux être fière de ta maman, comme elle l'était, crois-moi, de toi.

L'adolescente était trop émue pour parler.

— Tu peux m'appeler quand tu le souhaites, Elena, je te promets que je serai toujours disponible pour toi. Toujours et tout le temps.

Grace lui tendit son numéro de téléphone, prit ses mains entre les siennes, et après lui avoir adressé l'un de ses doux sourires, elle se retira.

Le lendemain après-midi, elle était en route pour les Highlands. Elle voulait, ou plutôt elle devait, retourner sur les lieux où cette enquête avait commencé. Tout était allé si vite que ces derniers jours se voilaient parfois de la nébuleuse allure du rêve ou du cauchemar.

Quelques heures plus tard, elle aperçut le monastère en contrebas de la colline qu'elle venait de gravir, le visage fouetté par le vent, encore humide des embruns de la traversée. Le ciel frôlait de son gris d'acier les crêtes verdoyantes des reliefs aux arêtes noires et cassantes. Elle suivit le chemin funèbre jusqu'à l'ancestrale bâtisse aux pierres millénaires, se rappelant à quel point elle ignorait ce qui l'attendait lors de sa venue quelques jours auparavant. La lourde porte en bois s'ouvrit sur la silhouette encapuchonnée d'un moine. Il ne fallut pas longtemps à l'abbé Cameron pour qu'il dévoile son visage, les yeux emplis d'une joie sincère.

— Inspectrice Campbell... Dieu soit loué, vous êtes... vivante. Nos prières ont été exaucées.

Grace eut envie de le prendre dans ses bras. Le religieux dut le ressentir et posa pudiquement ses mains sur ses épaules avec un sourire chaleureux.

— Entrez, je vous en prie, mes frères seront heureux de vous revoir et de vous savoir en bonne santé. Venez.

À peine la porte fermée, dans l'antichambre aux voûtes gothiques, Grace retrouva l'atmosphère hors du temps qui l'avait tant marquée. Accompagnée de l'abbé, dont la robe frôlait les dalles dans un discret froissement d'étoffe, elle suivit le long couloir, revit les tableaux qui ne la quittaient pas du regard et déboucha sur le cloître, baigné d'une lumière grisâtre. Petit à petit, les souvenirs affluèrent, comme pour valider que tout ce qu'elle avait vécu était bien arrivé.

— Tout est terminé, finit-elle par dire à l'abbé. Personne ne reviendra vous importuner. L'assassin n'est plus de ce monde.

— Que Dieu ait pitié de son âme.

Alors qu'ils repassaient devant la chambre où le corps d'Anton Weisac avait été retrouvé, Grace s'arrêta. La porte était fermée, mais une odeur d'eau de Javel médicalisait l'air. Elle se revit arriver sur les lieux, trempée, sidérée devant le cadavre martyrisé de ce jeune homme dont le cerveau avait été arraché. Elle se revit hésitante, rongée par le doute sur sa capacité à résoudre une telle affaire.

Alors, elle sut qu'elle avait obtenu ce qu'elle était venue chercher en retournant dans cet endroit : non pas la certitude que tout ce qu'elle avait vécu était réel, mais la conviction qu'elle n'était définitivement plus la même femme que celle qui avait débarqué dans ce monastère en ce petit matin de tempête, comme elle l'avait entraperçu dans le bureau d'Elliot Baxter.

— Frère Cameron, je ne veux pas importuner vos frères dans leur étude et leur prière. Dites-moi seulement comment va frère Colin.

— Je comprends... Si vous voulez, il est dans sa chambre.

Grace acquiesça d'un signe de tête et ils rejoignirent les quartiers des moines, avant que l'abbé ne frappe à la porte.

— Frère Colin, vous avez de la visite.

Grace poussa lentement le battant et vit le moine allongé dans son lit lever vers elle son regard enfantin éclairé de reconnaissance. Il était encore pâle, mais il pouvait mieux bouger que lorsqu'elle l'avait laissé entre les mains du médecin chargé de lui enlever la balle qu'elle lui avait tirée dans la jambe.

Elle s'assit familièrement à côté de lui, sur le bord du matelas.

— Comment vous sentez-vous ?

— Lib... libé... libéré..., bafouilla-t-il.

Grace hocha la tête.

— Je suis profondément désolée de vous avoir infligé cette violente blessure, confessa Grace.

Frère Colin prit son souffle et parut s'apaiser.

— Vous m'avez sauvé la vie... Je prie pour vous tous les jours.

Grace lui sourit, une chaleur de bien-être emplissant sa poitrine, mais son visage se rembrunit vite.

— Ne priez pas pour moi, frère Colin... Si vous le voulez bien, priez pour un jeune homme mort en m'aidant dans mon enquête. Un jeune homme innocent qui avait la vie devant lui. Et qui n'aura pas eu...

Grace se ressaisit.

— Il s'appelait Yan, dit-elle.

— Je le ferai.

— Et si vos prières pouvaient accompagner une femme qui m'était... très chère, je vous en serais profondément reconnaissante. Elle s'appelait Naïs.

— Je prierai pour vous, pour Yan et pour votre amie Naïs. Soyez-en sûre. Je le ferai chaque jour, le temps qu'il faudra pour que vous trouviez la paix... et que... et que la culpabilité vous quitte pour de bon.

— Merci. Portez-vous bien, frère Colin. Je suis heureuse que vous vous sentiez libre.

Grace posa un instant sa main sur celle du jeune moine et se leva. Elle entendit alors Colin se redresser un peu plus dans son lit.

— Je ne sais si vous croyez en Dieu, inspectrice. Mais... mais lui croit en vous.

Grace sut tout de suite que cette phrase laisserait une marque indélébile en elle, mais elle était incapable d'en mesurer encore la portée.

— On verra. À un de ces jours, frère Colin, conclut-elle en quittant la pièce.

L'abbé la reconduisit à l'entrée du monastère. Il lui assura qu'elle serait toujours la bienvenue et qu'il y aurait toujours une chambre pour elle si elle voulait se retirer quelque temps.

Grace s'attarda une dernière fois dans le hall, admirant en silence ces murs définitivement imprégnés de la grande histoire. Elle entendit résonner les voix et les pas feutrés des fondateurs du plus ancien culte du christianisme d'Occident, elle imagina Macbeth contemplant la mer qui se jetait en contrebas de la falaise, quelques jours avant d'être enseveli dans le cimetière jouxtant l'ancestrale bâtisse. Et désormais, elle savait que le monastère d'Iona comptait parmi ses hôtes disparus le plus illustre des génies, Isaac Newton.

— Vous avez l'air pensive, inspectrice, dit l'abbé Cameron.

Grace hésita à lui confier qui était réellement Anton Weisac et quel privilège extraordinaire il avait eu d'échanger avec lui. Mais si par hasard, le secret venait à être éventé, des curieux viendraient défiler par centaines, et l'endroit perdrait son âme et sa sérénité.

— Vous vouliez me dire quelque chose ?

— Oui. Merci pour votre aide, frère Cameron. À un de ces jours.

Grace s'éloigna et reprit le bateau pour rentrer enfin chez elle.

Le soir même, elle montait les marches de son immeuble à Glasgow. Elle frappa chez son voisin, Kenneth Ghilchrist, qui la regarda avec la même expression qu'Elliot avait eue en l'accueillant. Puis il se reprit.

— Cela n'a peut-être pas grande valeur, mais qu'est-ce que je suis content de vous revoir, dit le vieil homme dans un élan de sincérité.

— Moi aussi, confessa Grace sans mentir.

Le retour à la normalité lui faisait du bien.

— Voici les clés de votre nouvelle serrure. La vitre du balcon a également été remplacée. Les factures sont sur votre table basse. Comme convenu, je n'ai touché à rien d'autre.

— Merci, Kenneth. Merci beaucoup. Je vous déposerai un chèque.

— Prenez soin de vous. Vous avez l'air fatiguée, mais... changée.

Grace sourit, salua le vieil homme et entra chez elle.

Elle referma la porte derrière elle et resta un instant sans bouger à observer son salon, ses meubles, ses livres. C'était si bizarre. Elle avait l'impression d'être partie il y a plusieurs mois et son propre intérieur lui paraissait presque étranger, comme s'il appartenait à quelqu'un d'autre.

La tristesse et la culpabilité louvoyaient en elle, mais elle se sentait plus forte, plus libre. Les épreuves qu'elle avait surmontées, l'amour que Naïs lui avait accordé, les révélations astrophysiques dont elle avait été témoin, tout cela l'avait jetée dans une telle effervescence de vie et de savoir qu'elle se sentait grandie, confiante. Et par-dessus tout, il lui sembla qu'elle n'avait plus peur. Et ses crises de boulimie avaient l'air d'avoir disparu à tout jamais.

Mais cette transformation tiendrait-elle ? Il n'y avait qu'une seule façon de mettre cet espoir à l'épreuve.

Grace traversa son salon et écarta le rideau qui cachait la porte blindée. Elle était juste tirée, exactement comme la jeune femme l'avait laissée en partant.

Ce que personne ne devait voir ou savoir reposait à l'abri entre ces murs. Ce qui lui faisait le plus peur dans la vie se trouvait là, de l'autre côté de cette porte.

Son cœur battit plus fort, sa respiration se fit plus profonde. Grace joua longuement avec l'anneau qu'elle portait autour du pouce.

Puis elle posa sa main sur la poignée et, dans un élan de courage, elle entra.

Épilogue

Si vous êtes en mesure de lire et comprendre ce message, c'est que votre civilisation a atteint le niveau d'intelligence suffisant pour faire le choix qui déterminera l'avenir de l'Univers. Et vous devez être l'un des représentants de ce que cette intelligence a engendré de plus puissant, mon ami. Vous saurez donc si vous devez ou non transmettre la vérité à votre espèce.

Votre Univers est le sixième rebond de la création originelle. Car une véritable naissance a bien eu lieu au départ. Nous ignorons si cette création fut intentionnelle ou le fruit d'un hasard, et si elle devait avoir un architecte, nous n'avons découvert ni son identité, ni l'intention qui a guidé son acte fondateur. La seule chose dont nous sommes certains, c'est que ce premier Univers n'était pas destiné à rebondir. Toutes les données que nous avons recueillies et qui nous ont été transmises par les quatre civilisations précédentes montrent que la composition du cosmos portait en elle sa contraction finale et en aucun cas une nouvelle expansion.

Vous vous demandez alors pourquoi vous seriez la sixième forme d'Univers s'il ne devait y en avoir qu'une ? La réponse risque de vous perturber, mais vous devez être en mesure de l'assumer : vous existez parce que nous l'avons voulu.

Notre savoir scientifique nous a permis de modifier le code de l'Univers pour que quelques secondes avant sa destruction totale, il se régénère et donne naissance à une nouvelle histoire de lui-même. Phénomène que vous avez certainement appelé, comme nous, « un rebond ». Les composants de cette nouvelle version de l'Univers demeurent les mêmes qu'à l'origine et sa programmation est similaire, si bien que la vie et la conscience finissent toujours par survenir, comme cela était prévu à sa première naissance.

Mais pourquoi avons-nous voulu ce rebond ? Pourquoi avons-nous choisi de vous donner la vie alors que la nôtre était terminée ? Parce que, comme les civilisations qui nous ont précédés, nous avons décidé de vous offrir la possibilité de comprendre ce qui nous échappe encore : d'où venons-nous réellement au départ ? Y a-t-il eu un Créateur, une volonté première ? Mais pourquoi ? Dans quel dessein ? Et où est-il désormais ? Ou ne serait-ce qu'un hasard qu'il y ait eu un jour quelque chose, plutôt que rien ?

Malgré toutes nos avancées technologiques, malgré la réunion de nos intelligences les plus perçantes, nous n'avons toujours pas réussi à répondre à ces interrogations. Nous avons senti que nous approchions du but, mais il nous aura manqué quelques centaines de milliers d'années pour trouver la solution, avant que notre Univers ne se contracte et nous fasse disparaître. Nous vous transmettons donc le relais pour que vous réussissiez là où les cinq civilisations précédentes ont échoué.

Mais vous vous demandez certainement pourquoi vous seriez capables de trouver ces réponses plus vite que nous et nos prédécesseurs, puisque l'Univers ne vous laissera pas plus de temps avant sa contraction fatale.

Pour une raison simple. La première génération a manipulé le code de l'Univers pour qu'à chaque fin de cycle, une partie du savoir accumulé passe à travers la membrane du rebond et se répande dans l'Univers suivant. Ainsi, à chaque époque de nos évolutions, certains êtres viennent au monde en héritant d'une partie des connaissances de la civilisation précédente. Ce sont eux qui font progresser le vivant. Cela peut aller de la maîtrise de la taille de silex, en passant par l'innovation du langage, de l'écriture, la découverte des ondes, de la roue, de la gravité...

Vous appelez certainement ces individus des génies. Désormais, vous saurez que l'extrême puissance visionnaire de ces êtres s'explique par le fait qu'ils sont les réceptacles de ces savoirs venus des Univers précédents. Ce qui fait que chaque cycle voit naître des êtres plus intelligents que ceux du cycle précédent. Ainsi, en cumulant nos connaissances de cycle en cycle, nous sommes convaincus que nous finirons par atteindre un tel niveau d'érudition et de technologie que nous comprendrons qui a créé le premier Univers et pour quelle raison.

Mais alors, pourquoi vous avoir parlé d'un choix à faire au début de ce message ?

Parce que nous nous sommes rendu compte que l'intelligence humaine évoluait plus vite que la capacité de l'homme à supporter la profondeur de ses découvertes. Deux exemples suffisent à prendre la mesure de nos limites. L'infini, pour commencer. Vous avez découvert que le cosmos était infini. Mais comment penser une telle idée ? Notre esprit va toujours chercher à se demander ce qu'il y a après, après, et encore après... jusqu'à la folie.

Autre exemple qui met notre raison face au vertige de l'impensable : la physique quantique et la multiplicité des réalités. L'écran sur lequel vous lisez, l'oiseau qui passe devant votre fenêtre, le soleil qui brille au-dessus de votre tête vous semblent uniques. Pourtant, toutes ces choses existent en plusieurs exemplaires en même temps et en des endroits différents, jusqu'à ce que vous les regardiez et que votre conscience ne choisisse qu'une seule des possibilités d'existence. Cela est tellement loin de ce que nous dit le sens commun, que l'accepter comme vérité peut faire perdre la raison.

Et vous allez faire bien d'autres découvertes qui seront de plus en plus déconnectées de vos capacités d'appréhension. Parce que, comme nous, vous voulez savoir. Tout savoir.

Mais la question que nous nous sommes posée avant de vous donner la vie a été la suivante : supporterez-vous la vérité si vous la trouvez ? Cette quête de la connaissance de l'Origine se fera forcément au prix de votre sérénité et vous confrontera à des abysses au fond desquels vous trouverez *la* Réponse, mais aussi certainement la peur, l'angoisse, la folie.

Nous avons décidé de vous offrir cette chance de découvrir cette vérité, mais peut-être avons-nous eu tort. Ou bien devrais-je dire *ai-je* eu tort, car je suis le dernier de mon espèce. Une partie a fini par mourir de vieillesse, tandis que beaucoup d'autres ont justement préféré mettre un terme à leur existence plutôt que continuer à vivre avec ce qu'ils n'auraient jamais voulu savoir.

J'ai œuvré pour que ce message vous parvienne plus tôt dans votre développement intellectuel qu'il ne nous était parvenu. Afin que vous puissiez dès maintenant soit freiner l'intelligence de votre espèce si vous jugez que la connaissance ne vous apportera que peur, angoisse et malheur. Soit attiser votre quête de savoir pour percer ce mystère absolu de notre origine à tous, ce qui fera de vous la première génération libre et omnisciente. Celle qui saura Tout.

Je vous laisse faire ce terrible choix, mon ami. Mon devoir a été accompli. C'est à votre tour de décider.

Les générations qui vous ont précédés vous font confiance. En tant que sixième itération, vous êtes forcément plus sages que nous tous.

EST-CE QUE TOUT EST VRAI ?
(À ne lire vraiment qu'une fois le roman terminé, sous peine de vous en vouloir à vie...)

EST-CE QUE TOUT EST VRAI ? C'est la question que les lecteurs me posent le plus souvent. La réponse est toujours la même : les personnages croisés n'existent bien évidemment que dans le roman, mais tous mes thrillers sont basés sur des faits scientifiques et historiques réels. Voici quelques éléments d'information pour étancher la soif des plus curieux et peut-être vous donner envie d'aller visiter les lieux traversés au cours de l'enquête.

L'abbaye d'Iona existe bel et bien sur sa petite île à l'ouest de l'Écosse. Le parcours maritime emprunté par Grace est celui que vous suivrez si vous comptez vous y rendre et, comme elle, vous foulerez les dalles du chemin des morts pour gagner l'entrée de l'abbaye en bord de mer. Je vous laisse retrouver la cellule d'Anton...

L'hôtel d'Inchnadamph où Grace fait la rencontre de Yan pourra également vous accueillir si vous faites partie des plus aventureux décidés à aller explorer les terres reculées des Highlands et leurs cavernes...

L'immeuble de trois étages où se trouve l'appartement de Grace existe lui aussi à Glasgow et offre effectivement une vue directe sur la tour de l'université.

Nul besoin de s'étendre sur Nuuk, la capitale du Groenland, mais je précise que le minuscule village inuit de Kapisillit n'est pas une invention, et qu'il est effectivement accessible par bateau pour les touristes. À ce titre, je tiens à remercier mon camarade et ami romancier Mo Malø, grand spécialiste du polar groenlandais, pour m'avoir aidé à dénicher ce petit bourg perdu au fond du fjord et qui correspondait parfaitement aux besoins de mon intrigue. Je ne saurais ainsi trop vous conseiller sa trilogie policière groenlandaise *Qaanaaq*, *Diskø* et *Nuuk* (Éditions Points et La Martinière), si angoissante et immersive que l'on frissonne vraiment dans tous les sens du terme.

Enfin, la base militaire américaine de Thulé est au cœur d'une grande polémique au Groenland (que je vous laisse découvrir dans d'autres romans que le mien, au hasard, *Qaanaaq*), et je vous déconseille d'aller y faire un tour par vos propres moyens.

Qu'en est-il des faits scientifiques au cœur de l'enquête ? D'abord, concernant la baisse du QI en Occident, il existe de multiples articles et ouvrages qui explorent la question. On débat de la pertinence du QI comme évaluation de l'intelligence, et certains chercheurs tempèrent ce que d'autres considèrent comme une chute alarmante. Mais tous s'accordent sur au moins un tassement occidental qui contraste sérieusement avec l'envolée des chiffres en Asie. Vient ensuite l'identification des causes, qui vont de la consommation outrancière des écrans récréatifs à la moindre exigence scolaire, en passant par les pesticides. Sur ce point précisément, prudence et discernement ne manqueront pas de guider vos recherches.

Le projet d'Olympe de redonner vie aux génies du passé m'a été inspiré par une véritable initiative. En 2019, un groupement de chercheurs français, italiens, espagnols, américains et canadiens a lancé le Leonardo Project. L'équipe, constituée de biologistes, anthropologues, historiens de l'art et experts de la police scientifique s'est donné pour mission de trouver le code génétique de Léonard de Vinci, afin de percer les secrets de son cerveau génial. Ils pensent récolter l'ADN du savant sur une mèche de cheveux retrouvée récemment chez un collectionneur, et qui serait authentique. Ou, au pire, ils envisageraient de retrouver de l'ADN sur les toiles du peintre connu pour utiliser ses doigts dans la composition de ses œuvres. Dans le roman, Olympe a franchi une étape de plus : le clonage des génies du passé à partir du séquençage de leur ADN. Sachant que le clonage humain est actuellement possible et que la seule (et heureuse) limite est éthique...

En ce qui concerne la « captologie », l'université de Stanford possède bien un département consacré à cette science de la persuasion et de la manipulation. C'est le Stanford Persuasive Technology Lab. Pour ceux qui auraient l'ambition de devenir les futurs dirigeants d'Olympe, vous pouvez donc commencer votre initiation ici : https://captology.stanford.edu/

Sinon, Facebook, Instagram, Tinder, etc., existent vraiment. J'ai vérifié sur Google. Blague à part, toutes ces interfaces, ainsi que tous les jeux type Candy Crush, utilisent incontestablement la méthode addictive de la « récompense aléatoire », qui fait des miracles ou des ravages selon le point de vue. D'ailleurs, maintenant que vous en connaissez le principe, la supercherie va vous sauter aux yeux. Et pour celles et ceux qui douteraient encore, je vous encourage vivement à lire *La Fabrique du crétin digital* de Michel Desmurget (Seuil), *La Civilisation du poisson rouge. Petit traité sur le marché de l'attention* de Bruno Patino (Grasset), et d'aller visionner ou lire quelques interventions du repenti Tristan Harris (ex « philosophe produit » chez Google) qui a fondé le mouvement « Time Well Spent » et qui dénonce tous les secrets de la technologie de l'addiction sur les réseaux sociaux. Même si son discours est déjà récupéré par les géants de la Silicon Valley... Des géants dont la philosophie a été admirablement bien résumée par le journaliste Guillaume Erner : « La morale de l'histoire, la voilà. Livrez vos enfants aux écrans, les fabricants d'écrans continueront à livrer leurs enfants aux livres. »

Viennent enfin vos questionnements sur les révélations astrophysiques faites à Grace dans la base de Thulé. Et c'est là que débute le vrai vertige, parce que toutes les théories exposées et les découvertes évoquées sont puisées directement dans la littérature scientifique la plus sérieuse. Sur les limites de la théorie du big bang, l'incertitude autour de l'instant zéro et le principe du *big bounce* (l'Univers rebond), faites-vous plaisir (ou peur) en lisant le lumineux Étienne Klein et notamment son ouvrage *Discours sur l'origine de l'Univers* (Flammarion). Vous lirez également avec stupéfaction les articles du physicien et mathématicien Roger Penrose, qui travaille depuis des années sur les preuves de son modèle « d'Univers cyclique ». Et vous serez, comme je le fus, très intrigué par cette publication de juin 2006 du physicien Anthony Zee, de l'université de Californie à Santa Barbara, et de son collègue Stephen Hsu, de l'université d'Oregon, qui suggèrent qu'un message pourrait être encrypté dans l'Univers, et plus précisément dans le fond diffus cosmologique. Un message présent depuis des milliards d'années, dont les deux scientifiques disent ignorer le contenu, mais qui serait forcément d'essence mathématique et fournirait un code universel...

Bonnes recherches à vous et si vraiment vous séchez, envoyez-moi un petit « message »...

Remerciements

Première lectrice depuis toujours, je remercie ma femme, Caroline, pour son éternelle bienveillance et ses indispensables encouragements des tout premiers instants, lorsque l'étincelle de ce qui va devenir feu est encore si fragile. Rares sont les personnes qui savent souffler avec ferveur mais douceur sur la délicate braise. Et dans le feu de l'action de l'écriture, elle sait également débloquer des situations narratives dans lesquelles je me débats parfois comme une mouche au fond d'un verre. Je n'oublierai pas non plus ce qu'elle m'a dit le jour où je lui ai annoncé que je venais de terminer mon nouveau roman. Fébrile, je l'entendais déjà consacrer ce moment important avec une solennité émue. C'est alors que d'un sourire ravi accompagné d'une voix enchantée, elle m'a lancé : « Ah, tu vas enfin pouvoir laver le sol de la cuisine ! » Voilà, vous savez désormais pourquoi j'écris des romans : pour retarder le plus possible le moment de passer la serpillière sur le carrelage. Quand elle sortira son livre (une captivante et enivrante romance historique), ce qui ne devrait plus tarder, je me ferai un plaisir de lui tendre le balai !

Autre pilier du long (mais passionnant) processus d'écriture, mon ami Olivier Pannequin, qui passe un temps considérable à lire, relire, et me dire sincèrement ce qu'il pense de chaque idée, chaque chapitre. Critique, mais aussi force d'encouragements et de propositions, mon endurance au travail lui doit beaucoup.

Je pense également à mes éditeurs de chez XO, Bernard Fixot, Édith Leblond, Renaud Leblond, qui, année après année, me permettent de réaliser mon rêve en m'offrant l'association parfaite de la liberté créative et de la diffusion de mes romans au plus grand nombre. Je sais la rareté de ce privilège.

Merci à Camille le Doze, mon éditrice sur ce roman, avec qui ce fut un réel plaisir de travailler dans l'enthousiasme, l'échange et l'exigence.

Enfin, un grand merci et un grand bravo aux attachées de presse de XO, les redoutables Stéphanie Le Foll et Mélanie Rousset, qui ont prouvé combien elles étaient capables de faire des merveilles pour notre existence médiatique.

Une présence médiatique qui ne vaudrait pas grand-chose sans la puissante armée de libraires, équipés de leur botte secrète : la passion. À toutes et tous, un immense merci des plus sincères pour votre soutien. Avec une pensée toute personnelle pour ceux que je connais mieux et qui me suivent depuis les débuts : la centrale nucléaire Caroline Vallat qui, en cas de pénurie énergétique mondiale, pourra largement alimenter l'humanité pendant cent ans, Jérôme Toledano, le libraire « satisfait ou remboursé » qui conseille et vend plus vite que son ombre, et Antoine Mallet, l'homme qui ne sait toujours pas s'il apporterait un livre ou une peluche dinosaure sur une île déserte. Mon conseil : aucun des deux, tu seras obligé d'écrire !

Et, pour terminer, merci à vous, lectrices et lecteurs, pour ces moments hors du temps que nous partageons à travers ces bien étranges histoires.

Voilà, c'était mon « dernier message ».

Nicolas Beuglet
Le 15 juillet 2020

Composition et mise en pages
Nord Compo à Villeneuve-d'Ascq

Achevé d'imprimer sur Roto-Page
par l'Imprimerie Floch à Mayenne
en octobre 2020

N° d'édition : 4389/05 – N° d'impression : 97109
Dépôt légal : septembre 2020

Imprimé en France